Que cavalos são aqueles que fazem sombra no mar?

António Lobo Antunes

Que cavalos são aqueles que fazem sombra no mar?

ALFAGUARA

© António Lobo Antunes, 2009

Todos os direitos desta edição reservados à
Editora Objetiva Ltda.
Rua Cosme Velho, 103
Rio de Janeiro — RJ — Cep: 22241-090
Tel.: (21) 2199-7824 — Fax: (21) 2199-7825
www.objetiva.com.br

Capa
Dupla Design

Imagens de capa
© Vasiliki Varvaki/iStockphoto
VikaValter/iStockphoto

Revisão
Leonardo Alves
Rodrigo Rosa

Editoração eletrônica
Abreu's System Ltda.

CIP-BRASIL. CATALOGAÇÃO-NA-FONTE
SINDICATO NACIONAL DOS EDITORES DE LIVROS, RJ
A642q
    Antunes, António Lobo
       Que cavalos são aqueles que fazem sombra no mar? / António Lobo Antunes.
- Rio de Janeiro : Objetiva, 2009.

      334p.   ISBN 978-85-7962-000-3

      1. Romance português. I. Título.

09-3894.   CDD: 869.3
                                CDU: 821.134.3-3

Para a Maria João

antes da corrida

Toda a vida, antes da doença e durante a doença, a minha mãe contou-nos e contou-nos
— Oiçam isto
que em pequena a minha avó acompanhava a minha bisavó de visita a senhoras que moravam em andares antigos na parte antiga de Lisboa, salas e corredores numa penumbra perpétua onde as pratas e as loiças a seguiam e a minha avó com dez ou onze anos a pensar
— Como esta casa deve ser triste às três horas da tarde
porque era nas salas, nos corredores e nos esconsos também, com pantufas e vassouras, que chovia no inverno, não lá fora e não chuva tão pouco, uma surpresa nas coisas a condoer-se da gente, a minha bisavó e as senhoras moviam a boca sem palavras e no entanto falavam visto que um brilho de saliva, um dente, um sorriso diante do dente quando uma fotografia até então invisível surgia do escuro ou um espelho enodoado pelos mistérios do tempo duplicava os retratos num ângulo diferente que assustava porque não eram eles sendo eles, criaturas parecidas com os defuntos nos sonhos dirigindo-se aos vivos do alto de colarinhos de celulóide e plastrons de pintas, compreendia-se
— Sou eu
mas a quem pertence o eu que segredava
— Sou eu
e quem somos nós sem boca nem olhos nem substância de carne tal como a minha mãe hoje sem achar nenhuma casa triste às três horas da tarde nem se aperceber dos retratos
— Sou eu
convencidos que a minha mãe os ajudava acreditando neles, serenando-os
— São vocês

a animar perfumes gastos e palpitações de renda, a minha mãe que não consegue uma frase sequer, sílabas de mão alastrando peito fora até o cobrir por inteiro, não se lembra dos corredores onde chovia no inverno ou da surpresa das coisas como não deve lembrar-se dos cavalos, dos toiros e das férias na quinta, do meu pai empoleirado na vedação escolhendo os garraios de chapéu a enegrecer-lhe a voz, sentava-se à mesa com o garfo a entrar e a sair da aba, há quantos anos morreu você, há quantos anos pergunta

— Quem sou eu?

ou antes não pergunta nada, nunca perguntou nada, não respondia à minha mãe voltado para os campos lá fora e as patas dos animais, embora longe, a trotarem no soalho, encontráva-mo-lo na quinta porque não vinha a Lisboa, esquecido que Lisboa existia e portanto surdo para os defuntos nos sonhos e agora que defunto calado, de o chapéu no bengaleiro sem enegrecer coisa alguma e contudo não cessando de aumentar, a minha mãe recebia o maioral incapaz de decidir fosse o que fosse acerca de pastagens e gado, resumida a sílabas que um brilho de saliva ou um dente pontuavam, se a interrogasse

— O meu pai?

um resmungo difícil guiado por uma contracção do ombro, uma parte sua que buscava exprimir-se e não exprimia, a mão diminuta no peito e adeus, a enfermeira colocava-lhe as fraldas, limpava o tubo da garganta, mudava-a de posição na cama e nisto a minha mãe a erguer-se para o reposteiro

— Tu

numa zanga inesperada, que mal lhe fez o reposteiro mãe, eu a empurrá-la contra os lençóis

— Senhora

enquanto os dedos me aleijavam o braço num último

— Tu

que deixara de ser

— Tu

para se tornar no galope dos cavalos vindos das estrebarias lá atrás com empregados a gritarem ordens sobre o muro onde as roseiras floriam em março, a minha irmã Rita com o cancro

— O que se passa com as roseiras mana?

despeitada por o mundo continuar sem ela, a impressão que a minha mãe

— Como esta casa deve ser triste às três horas da tarde

e mentira, a minha mãe a fixar o reposteiro já sem zanga, tão magra, a cessar de fixá-lo, a olhar-me não me vendo

— O que via você?

via o meu pai escolher os animais para as corridas

— Via o meu pai a escolher os animais para as corridas senhora?

e a minha mãe do lado de fora da cerca a enxotar o calor e o relento dos bichos com o leque, de pente no cabelo

(encontrei-o há dias, quebrado, ao remexer colares de pérolas no cofre do quarto)

exuberante de mantilhas e hoje mantilha nenhuma, as duas alianças, a sua e a do meu pai, não no anelar, no médio para não escorregarem e escorregando mesmo assim, dava com as alianças na fronha de maneira que acabei por guardá-las na companhia do pente, um toiro encostado a uma azinheira vigiava-nos de baba a pingar do nariz, recomeçou a caminhar e eu com medo, a sombra do chapéu do meu pai falou aos empregados e um deles veio a trote e afastou-o, a minha mãe

— Tu

baixinho enxotando o

— Tu

com o leque e quem me garante que o reposteiro não o homem, que mal lhe fez o empregado senhora, cavalos e cavalos entre as roseiras, todas as casas são tristes às três da tarde derivado a essa noite interior que sucede ao meio-dia e demora a passar com as pratas e as loiças no fundo de nós e a memória de um par de luvas no chão sem que recordemos a quem pertenciam, que estranho viver, como se faz, começa-se por onde, em que capítulo, tive dois maridos e ignoro o que lhes sucedeu ou antes não ignoro mas não vou ocupar-me deles se acabou, pelo menos um anda de certeza por aí e nem o nome me acode, Jaime ou Ricardo, calculo que Jaime, não, Ricardo, conheço o nome da minha mãe, dos meus irmãos, do meu pai e basta, não me obriguem a insistir no que não quero, tive dois maridos e a nenhum chamo

— Tu

embora haja momentos, eu cá me entendo, em que ao meter o prato na máquina penso que, penso que gostava de companhia, isto é o prato gostava de companhia que se nota pelo modo como pinga, eu não preciso, cavalos e cavalos entre as roseiras, quando me levavam à praia imaginava-os na linha das ondas fazendo sombra no mar, lá estava a sombra mais densa que as algas, não navios, não penedos, não pássaros, cavalos, o cavalo do meu pai com a aba do chapéu a escondê-lo e a seguir eu na garupa a agarrar-lhe o casaco hesitando se o meu pai o cavalo ou a pessoa, na dúvida de quem era filha, os empregados
— A sua filha senhor
e vai daí é ao meu pai que pertenço dado que os empregados não se enganavam nos garraios, recitavam de cor as famílias, as descendências, os laços, o que acontecerá à casa de Lisboa e à casa da quinta quando a minha mãe morrer, o cabelo já meio defunto aliás, ia dizer poeirento mas não digo, ia dizer não nascido no interior da pele, colado a ela mas não digo, não digo dos olhos quase cegos, para quê, digo que as rosas floriram sozinhas, os objectos tornando-se coisas eles que por enquanto fervem, respiram e não me esqueço de vocês descansem, a concha com as iniciais da minha mãe no círculo de madrepérola da tampa e uma moeda para um lado e para o outro dentro, quando o meu pai discutia com a minha mãe apanhava a concha da cómoda, agitava-a e a moeda a cantar, nunca a poisava no sítio e por mais que tentasse não acertava com o local exacto, demasiado à esquerda, demasiado à direita, girava-a no sentido dos ponteiros do relógio, no sentido contrário, um grau ou dois, e não nunca, recuava a verificar o resultado

(a língua do toiro surgia do focinho e sumia-se, o que significava a língua, o que significa um ramo de azinheira a tremelicar sem vento?)

e não ali, não assim, derivado à concha tudo se me afigurava em desordem e eu em desordem também, escutava os passos do meu pai na sala de jantar a detestá-lo por me desarrumar o passado, luvas no soalho, azuis, com botão, sem que descubra a quem pertenciam, vontade de mandar no meu pai
— Ponha a concha onde deve ser depressa
para que a Terra certa, quem alinha o Universo se eu não existir, olha o toiro da azinheira fora do naperon a seguir-me, se a

concha onde deve ser o toiro composto, a sombra dos cavalos que se desloque, não me faz diferença, agora o toiro, que podia estar na cómoda, quieto, peço tão pouco, não me contrariem, o meu marido, não o Jaime ou o Ricardo, o segundo
Afonso
afinal acodem-me os nomes, Ricardo e Afonso, com o Afonso tive um cachorro que passava o dia na alcofa a espiar-nos, comia da tigela por condescendência e regressava à alcofa de olho suspeitoso a torcer de caminho as franjas do tapete, levávamo-lo a passear contra a vontade dele que mirava troncos e pneus com desprezo, quando o autocarro o atropelou e o veterinário disse
— É melhor dar-lhe uma injecção
a alcofa permaneceu que tempos acompanhada por um osso de borracha, pus o osso na algibeira do avental, de quando em quando apertava-o
(saudades julgo eu)
e nem um latido para amostra, se o interpelasse como a minha mãe ao reposteiro
— Tu
talvez uma sílaba perdida a acalmar-me, com o correr dos anos vai-se ganhando carinho pelos objectos mesmo em relação àqueles que mexem, hoje é domingo de Páscoa vinte e três de março, chegou cedo este ano para me atormentar, se abrir a janela nuvens lá fora, se não abrir nuvens na sala e chuva na cama da minha mãe, o veterinário dobrou a pata do cachorro e a cartilagem solta
— Não tem conserto
o cachorro a avaliá-lo, de olhos desdenhosos e um cuspo de sangue, não, cuspo somente, não exageres, a garupa arrepiou-se e pronto, a empregada que nos recebeu no consultório vendia comida em latas com um fox-terrier no rótulo e instruções em três línguas que só à lupa se decifravam além de comprimidos destinados a melhorar os incisivos
(se os tomasse o que acontecia?)
e a propósito de incisivos o queixo da minha mãe sem placa ou seja não mãe entre o nariz e o pescoço, gengivas, não chova senhora, não traga outubro outra vez e a resignação dos olmos, candeeiros acesos às duas da tarde, uma esperança suave

de morrer, o efeito da injecção custoso e o meu marido nem notou ocupado a decifrar as instruções da lata seguindo-as linha a linha com o dedo, a paz

(será paz ou ardemos e não reparam?)

pagámos o crematório no quintal que me pareceu um forno de pão e daí a nada carvões tão leves, prefiro que me enterrem inteira para continuar a pensar sob a lápide enquanto as unhas crescem e as luvas se desbotam da memória, de tudo o que passei são as luvas que ficam, não a noite aos dezoito anos no estacionamento frente às ondas com dor e medo e vontade de rezar, a minha mãe a mostrar-me as nódoas da roupa interior

— Que é isto?

são as luvas que ficam, não me interessaram na altura e se me garantissem

— Vais lembrar-te das luvas

não acreditava, luvas calcule-se, quem entende a alma, vieram buscar toiros na semana passada para a primeira corrida e os cavalos fazendo sombra no mar ou seja no penedo onde a gente brincava a escorregar do musgo, o meu irmão João não conseguia subir

— Puxem-me

e o animal olhando-o da azinheira, em que se distrairá a minha mãe no interior dela mesma, o meu marido com a trela e um pacote de cinzas que não necessitavam de alcofa

— Queres o pacote para alguma coisa?

a trela ficou não sei onde, no alto do armário em que se empilham as malas, num desvão, na despensa, no meu desvão, na despensa, no meu desvão as luvas e a minha mãe menos nítida que as luvas a exibir-me nódoas

— Que é isto?

um estacionamento em que nada fazia sombra em nada, candeias à pesca ao longe, sempre duplas, a da traineira e a da água, a primeira para cima e a segunda para baixo semeando a solidão de damas de copas, um carro melhor que o nosso a oscilar para a frente e para trás também de faróis apagados a impedirem que os toiros o vissem, um dos meus pés torcia-se contra o volante, a alavanca das mudanças trilhando-me os rins, um dos rins, enfim o que julgo um dos rins, o do lado oposto amolgava-se no relevo do banco, o meu corpo feito de peças excessivas que estorvavam, nunca esperei que o mar tanto cotovelo que me rasgava a blusa, estou de acordo consigo mãe, que é isto, a minha mãe a aumentar as nódoas esticando o tecido

— Não repitas o que eu digo

de boca a tremer no sofá estudando a roupa a aproximá--la do nariz, eu

— Vai assoar-se a mim?

e na altura em que o mar se calou o meu marido calado, mais novo do que parecia antes, a desamarrotar-se com palmas que não lhe pertenciam

(pouco lhe pertencia na sua aflição)

ou antes a desamarrotar o que fizemos a fim de supor que não fizemos nada

— Palavra de honra que não fizemos nada

embora a minha mãe

— Que é isto?

não fizemos nada, se ao menos os cavalos regressassem à praia e as sombras pisando o que a vazante deixou, caniços, óleo, algas, uma asa de bilha, o meu marido

— E agora?

as sombras dos cavalos pisando o

— E agora?

igualmente, eu com pena de nós, olha as luvas no soalho que não sei porquê me comovem, a mão que não se atreve a tocar na minha e se tocasse perdia dedos coitada a implorar

— Deixa-me

sem implorar seja o que seja, ao sairmos do estacionamento o carro melhor que o nosso não baloiçava já, os empregados transportavam os toiros para a corrida numa camioneta que cheirava a urina e os focinhos a espreitarem nos intervalos das tábuas, o meu marido rodou o volante no qual tinha a certeza que o meu pé ainda

— Gosto de ti

numa hesitação de círio comigo a pensar

— Vai apagar-se, vai apagar-se

no interior do

— Gosto de ti

a borboleta trémula de um pedido

— Não contes a ninguém

cambaleando antenas, dois dedos surgiram da camisa, roçaram-me o joelho e perdeu-os de novo enquanto os meus

(verifiquei-os um a um à socapa)

continuavam no seu lugar felizmente, capazes de se estenderem, encolherem, prenderem a carteira, empurrarem a minha mãe contra os lençóis

— Senhora

nesta casa tão triste às três horas da tarde, a minha irmã Ana

— Morreu

e morreu o tanas visto que sílabas, a camioneta dos toiros poeira que demorava a cair ocultando-nos de nós mesmos e ao ocultar-nos de nós mesmos não éramos, quantas vezes, até sem poeira, me pareceu eu não ser, depois da poeira as azinheiras e o pasto perfeitos graças a Deus, tudo o que o meu irmão Francisco quer vender como se fosse possível vender um par de luvas no chão, não escrevo do que o meu pai morreu, hão-de fazê-lo por mim, mas reparem no vento de março desdobrando os freixos e na voz de gente da erva desejosa que a compreendamos

— Sou eu

como se fosse importante compreender e compreender o quê se não há um pito para compreender, nunca me importei em compreender incluindo o que persiste da minha mãe hoje em dia ou seja uma ausência na cama com o seu

— Tu

repentino, deixe-me em sossego mãe e no canto do cérebro que permanece alerta um divagar de sílabas, o que acontecerá aos seus vestidos a escorregarem das cruzetas, aos seus frascos de perfume, aos seus santinhos, o que me acontecerá a mim não mencionando envelhecer, é claro, ou seja os degraus conquistados um a um e o piano do coração aos trambolhões na escada rasgando cordas de veias, o meu marido

— Temos de casar a sério?

não no carro com a sombra dos cavalos na água, na esplanada onde galope nenhum, a lermos o papel da análise com o rim a doer-me outra vez, um dedo inesperado, diferente daqueles que lhe conhecia, surgiu à procura de não sei quê na pálpebra, examinou o não sei quê, esfregou-o nas calças e o meu marido a interrogar o dedo

— E se não fui eu?

nunca vi uma pessoa ocupar tão pouco espaço como ele nessa tarde à medida que fragmentos indecisos principiavam a unir-se em mim, membranas transparentes e essa espécie de lágrimas que nos acompanham toda a vida, algumas vezes nas pálpebras mas a maior parte do tempo ocultas de nós, numa das pregas de desconsolo de que somos feitos, se conseguisse contar-vos, e não consigo, o que nos rói sem sabermos, o que custa sem darmos fé omitindo os segredos estrangulados e as misérias conscientes, tanta boneca falecida, tantos olhos só nossos que nos censuram

— Porquê?

a minha mãe

— O que se passa contigo?

mentir

— Não se passa nada garanto

quando se passa tudo mãe, não insista nem me dê atenção, casei com o meu marido não foi e anulei as nódoas sem anular os cavalos, aí estão eles a atazanarem-me, não esclareço isto bem porque as palavras avançam depressa e o papel não chega, eis o António Lobo Antunes a saltar frases não logrando acompanhar-me e a afogar num tanque os gatinhos do que sinto para se desembaraçar de mim, casei com o meu marido e depois do veterinário e do cão cada qual na sua ponta de sofá que ia alargando, alargando, nem aos berros nos ouvíamos, nem juntos nos enxergávamos, nem perto se conhecia o outro, ambos a interrogar o dedo, vieram buscar metade dos móveis, o faqueiro de prata que a tia dele ofereceu e a bicicleta de montanha, entristeceu-me a roupa nas embalagens de cartão das mudanças, pensei

— Vão estragar-lhe camisas vão perder-lhe sapatos

com pena do meu marido e de nós, vi-o entrar no carro, vi-o a ver-me demorando a entrar, esperei um gesto e gesto algum, um braço que acenasse, a bandeirola de um sorriso a desistir, o

— Gosto de ti

apagou-se numa espiralzinha, o que eu não dava para o escutar, se o meu pai gostasse de mim pode ser que eu mais ou menos no apartamento cheio de pregos nas paredes em lugar de quadros e um retrato nosso na quinta, o meu filho não se parece

connosco, parece-se com a minha incompreensão e o meu espanto, ao menos o toiro na azinheira media-me, vão enterrar-lhe uma espada às seis e a espada a falhar, tentam de novo e falham, vão enterrar-lhe uma espada mãe, não insista
— Tu
sossegue, meia dúzia de horas e liberta-se do soro, do oxigénio, da magreza, mais fácil que se julga, não me atormente
— Que é isto?
porque não passa de uma nódoa de sangue que pouco vale juro, um pinguinho, os joelhos dobram-se, o corpo dobra-se sobre os joelhos, a cabeça dobra-se sobre o corpo, tomba de banda sem acreditar que tombou e no momento em que não acredita esquece-se, uma parelha arrasta-a para fora da praça e os empregados alisam os sulcos na arena
— Nunca existiu
tiram as cobertas da cama, os remédios da mesinha, guardam tudo numa caixa e fim, não é nos cemitérios que estamos, é em caixas sob a forma de lamelas de comprimidos, cartas atadas com cordel de embrulho, poeira de café no saquinho fechado com uma mola de roupa e resto eu a endireitar as coisas no tampo da cómoda enervando-me de não lhes achar o local certo
— Não é ali que maçada
e tornando a endireitá-las, a sombra dos cavalos, valha-nos isso, corre no mar sem necessidade que a emende não pisando caniços nem óleo, pisando o que fomos senhora e continuamos sendo, duas mulheres sozinhas neste quarto e no interior das pregas de desconsolo uma cintilação furtiva em que não se repara, temos de partir não é, fechar a porta, sairmos, o toiro da azinheira um passito ao acaso antes do primeiro músculo fraquejar e o perdermos, reflectindo melhor o meu marido um aceno, quem não levanta um sorriso mesmo perdendo-o logo, atente no meu senhora e sorria de volta, não se transforme em caixa, não seja bolor na cave entre bolores mais antigos, a janela em cima a iluminar um gato que nos ilumina a nós com as lamparinas dos olhos, há alturas no escuro em que só os gatos se acendem, que fazem eles no livro, de que região da infância veio este encher a página de sumaúma e silêncio enquanto o meu marido desce a última mala a bater nos degraus e lá regressam o estacionamento, o pé no guiador, os cavalos e um dos empregados

— Que é isto?
não
— Que é isto?
era a minha mãe a designar-me a roupa, se um dia visitar a caixa respondo
— Isto é do toiro na azinheira não meu
quando a espada e os joelhos, o corpo, a cabeça, a música e os lenços do público, a minha irmã Ana a chorar e eu
— Não chores
que não foi a mãe, foi um bicho, não se morre cá em casa, coelhos bravos no quintal e pupilas que fungavam, fungavam, o jardineiro afiançava que os mochos os descosiam com as unhas, não tornei a encontrar o meu marido
(do meu filho não falo)
mas o carro não cessa de afastar-se quando chego à varanda a tropeçar nos vasos, quer dizer descubro-o parado entre carros parados, o meu marido a poisar a mala, a meter a chave na porta, a ajeitar a mala no banco onde me sentava como se a mala eu e agradou-me imaginar que a mala eu em vez do estojo da barba, das
(espuma seca fora do tubo, flocos endurecendo logo)
gravatas graxa camisas, a respiração da minha mãe pára um momento, os olhos ausentam-se e prossegue num soluço com os olhos, apesar de ali, noutro sítio, iguais a quando remexia o interior da carteira à procura das chaves ou da agenda
(telefones do dentista, da depilação, do cabeleireiro)
com o acaso da mão, sempre me admirei que os olhos se tornem cegos quando não os usamos, se encontrasse o gato num canteiro fugia de mim como tudo me foge, não só o meu marido, o meu pai por exemplo a evitar-me calado, isto na quinta, em Lisboa a minha mãe
— Tu
de maneira que distrai-te, alinha os solitários, as escovas, a argola do reposteiro a necessitar de um escadote para a prender à sanefa e ao trazeres o escadote o tapete dobrado, desdobra o tapete, com o sapato não consegues, encolhe-se mais, tens de ajoelhar como o toiro e corrigir as franjas, ao corrigires as franjas os bibelôs na mesinha de apoio sacodem-se e deslocam-se, arruma os bibelôs, o jogo de xadrez de que um peão tombou um

segundo peão modificando o cavalo que não faz sombra no mar, uma peça de boca aberta
— Não abra a boca mãe
que não se move nunca, de que serve o cavalo, de que sirvo eu a ordenar o mundo que um de nós
(qual de nós?)
virá desordenar conforme a recordação do meu marido se desordena em mim, escondo-a debaixo das luvas e do meu pai a evitar-me
(porque me evita pai?)
e reaparece de imediato, tenaz, não se imagina o trabalho de escondê-la, que vida, pegar no tabuleiro e jogá-lo contra a parede até não ficar senão o toiro da azinheira a espreitar-me, como esta casa é triste às três horas da tarde, o animal veio vindo do curro onde urinava de pânico farejando a própria urina e as próprias fezes não as reconhecendo, farejando o próprio cheiro e investindo contra si mesmo porque o cheiro mudara, devolvam-lhe a árvore, o vento e os cavalos de xadrez que os conduzem, de marfim e sem patas, pulando por cima dos peões e aquietando-se solenes, os andares antigos na parte antiga de Lisboa hoje em dia prédios novos, que é das salas e dos corredores em que chovia no inverno, não lá fora e não chuva tão pouco, uma surpresa nas coisas a condoer-se da gente, a minha bisavó e as senhoras nem uma palavra e no entanto falavam porque um brilho de saliva, um dente, o que queriam, o que esperavam, o que as interessava ainda, um retrato surgia do escuro esperançoso que o entendêssemos e não podíamos entender, entendia-se
— Sou eu
mas quem é o eu que segreda
— Sou eu
a minha mãe sílabas de palma a alastrar peito fora até o cobrir por inteiro se calhar na mira de afogar ecos que não significam nada ou significam o que me escapa e todavia existe, o meu irmão João a olhar para mim, a olhar para ela
— Mãe
e a cara da minha mãe a rodar na direcção do som e desistindo antes de encontrá-lo porque se esqueceu dele, se calhar ao ouvir
— Mãe

é a mãe dela que lhe surge na cabeça de mistura com pedaços de memórias, o meu pai a tirar o chapéu à minha avó
— Senhora
tão intimidado e sem dedos como o meu marido, apenas dúzias de polegares que se despedaçavam entre si visto que um ou dois pendentes, ou não memórias, eu a empurrá-la contra o lençol e o seu ódio por mim
— Que queres tu?
o que sentimos uma pela outra que não consigo dizer, fitava-me a abanar a cabeça com as nódoas do estacionamento na ideia, mostrava a moldura do meu avô atrás dela
— Se o teu avô sonhasse
sem notar que não era o meu avô, era uma paisagem com carneirinhos e pastores, o meu avô mais acima ou então, em lugar do meu avô, uma menina com dez ou onze anos a pensar
— Como esta casa deve ser triste às três horas da tarde
abraçada a uma poltrona encontrando um fio solto e a enrolar o fio, a poltrona desaparecia à medida que o enrolava no pulso, a caixa na cave e o gato em precauções delicadas
(tive um primo assim, sempre a pedir
— Com licença
por cerimónia com a vida, pinças em lugar de mãos, pestanas em lugar de olhos, tosse de papel de seda, o lenço que enfeitava o casaco a tornar-se magnólia)
o meu irmão João a aproximar-se da cama
— Já foi?
e não foi por enquanto, espera, só depois das seis horas quando as pessoas na praça e a música começar a tocar, por enquanto o
— Tu
de outrora mas espaçado, fraco, um
— Tu
não destinado à gente, destinado a ela, quase o
— Sou eu
dos defuntos nos sonhos e com o
— Sou eu
um galope distante, a princípio na quinta a conduzir os toiros, depois no corredor e por fim no que suponho as ondas,

luzes reflectindo-se a si mesmas, não a nós que deixámos de ser, o meu marido a endireitar o banco exigindo

— Endireita o banco

a fim de apagar o que aconteceu não apagando o que aconteceu, a limpar os vidros com a manga sem conseguir desembaciá-los, os vidros e nós embaciados pelos séculos dos séculos e no entanto os cavalos na areia, dez, doze, quinhentos e o meu pai no meio deles, o meu pai pela primeira vez o meu nome

— Beatriz

não evitando-me, amigo, o meu pai meu amigo a agarrar-me a cintura, a colocar-me na garupa, a seguirmos juntos e a nossa sombra maior que as restantes, tão grande, as nossas sombras uma única sombra a enegrecer a casa, a desaparecermos do quarto, de Lisboa, da quinta, entre milhares de crinas, sem vermos

(como podíamos ver?)

a cabeça de um toiro poisar sobre o corpo e um último

— Tu

que se não dirige a ninguém, no interior de uma caixa amolgada.

tércio de capote

1

Não pensem nem por um minuto tirar o que é meu: se durante anos roí os ossos desta família a emendar as trapalhadas do meu pai e a pôr rédea curta aos caprichos da minha mãe é mais que justo comer o pedaço de carne que talvez sobre depois das hipotecas e das dívidas e viver decentemente como na época em que a minha irmã Beatriz, que toma conta da minha mãe e os maridos deixaram, de volta do meu pai
— Leve-me a passear consigo leve-me a passear consigo
empoleirando-se no selim, casou grávida era eu miúdo, lembro-me da minha mãe a mostrar-lhe não sei quê na roupa
— Que é isto?
de aproximar-me para ver o que seria isto e a minha mãe afastando a roupa
— Sai daqui Francisco
lembro-me do meu pai à mesa nesse dia, a gravata ora larga ora estreita conforme respirava e nunca vi ninguém, mesmo os potros depois de correrem muito, respirar com tanta força, a minha irmã Beatriz e a colher dentro da sopa as duas, isto não na quinta, na casa de Lisboa, o meu pai deixou o guardanapo na toalha e desapareceu no alpendre, a minha mãe quis levantar-se e em lugar de levantar-se aumentou no assento, os meus irmãos calados
— Mãe
eu calado igualmente
— Deixe-se de fitas acalme-se
(quase tudo se passa em silêncio na vida, mesmo os gritos)
nunca gostámos um do outro pois não, porque diabo me teve antes de tantos filhos que é melhor não pensarem nem por um minuto em tirar o que é meu, roí os ossos da família a namorar credores, a convencer ganadeiros, a disfarçar disparates puxando

o lençol daqui e dali de maneira a diminuir os rasgões do colchão que toda a gente notava, a minha mãe se lhe exibia facturas

— Faz o que te apetecer estou cansada

isto é trabalha, esfalfa-te, mente-me desde que me deixes em paz, a censurar o chapéu do meu pai no bengaleiro

— Não tinhas o direito de abandonar-me com duas casas às costas

ele que sempre a abandonou senhora, o que se ralava consigo, o meu mal é que oiço as pessoas pensar, emudecem e oiço-as, no casamento da minha irmã deram-me dois copos de vinho e o soalho entortou-se, ao conseguir uma espécie de equilíbrio entortou-se ao contrário, empastelei

— Pára

e ele surdo, o que comi rãs vivas no estômago a coaxarem bolhinhas, um cavalheiro alarmado

— O garoto vai vomitar

ainda hoje, mesmo sem beber para que os soalhos calmos, não uma rã inteira, um esboço de rã, o médico

— Não se preocupe são gases

e eu a saber que é um bicho, nós no casamento e o meu pai na quinta de cadela aos pés, uma rafeira para as perdizes e as lebres, imobilizava-se de pata no ar em atitude de arranque, nem uma vibração até ao disparo da espingarda e com o disparo a pata viva, o meu pai sem companhia na quinta a recusar o almoço, a Mercília trouxe o tabuleiro, demorou um instante a fitá-lo e levou o tabuleiro, talvez a única criatura que não detestei por completo, não disse que gostava, disse que não detestei por completo

— Criei-os a todos

comigo a dar-lhe as costas

— Para o resultado que tiveste mais valia matar-nos

a Mercília a sentença habitual

— Deus não o fez com alma menino

e por sorte não me fez com alma, se o fizesse tornava-me um inútil como os outros e nem dinheiro para comer tínhamos, o meu pai enxotou a rafeira

— És cabra como a minha filha

a cabra que ele deixava agarrar-se-lhe ao cinto na garupa do cavalo, uma ocasião, ainda nem sabia ler, pedi

— Leve-me um bocadinho

e ele dando esporas ao bicho a afastar-se, a Mercília pegou-me ao colo

— Não se importe menino

eu, que não chorei uma lágrima, esperneei até me soltar no chão e a Mercília surpreendida

— Quer bater-me menino?

(será que também ouvia as pessoas pensar?)

não o estorvo de hoje que desconheço o motivo de continuar aqui

(mal a minha mãe falecer corro com ela)

com uma bengala em cada punho, a tropeçar para a direita e para a esquerda perguntando sem fôlego

— Continua a querer bater-me menino?

não servindo salvo para enfiar as gengivas nos restos da panela numa cadeira com o assento estragado que desencantou não sei onde, o mesmo avental desde o princípio e chinelos que a minha mãe deitou fora, quando a minha irmã Beatriz visitava a quinta com o marido o meu pai saía a acompanhar o gado para não a ver, notava-o ao longe, até o automóvel se ir embora, em manobras rancorosas que desorientavam os bichos, a minha irmã Beatriz com a minha mãe no quarto da costura emudecendo mal eu chegava, o marido por ali a verificar as terrinas procurando-lhes a marca na base, se me ouvisse pensar percebia

— O que viu ela em ti?

e o filho de gatas com o carro de bombeiros que me ofereceram num Natal antigo, lá estava a escada que o óxido paralisou e a pintura com riscos, tirei o carro à criança como qualquer pessoa faria

— Onde desencantaste o carro?

a certificar-me se as portas continuavam a abrir e a sereia funcionava, não imaginem nem por um minuto roubar o que é meu, larga o Natal que me pertence, some-te, a sereia não funcionava, as portas não abriam e o meu pai não me levava atrás dos toiros, pergunto o que me aconteceu de bom até hoje e nisto dei comigo a lembrar-me dos insectos que passeavam à superfície do ribeiro e eu parvo a espreitá-los, eis a maravilha que consegui, agachar-me numa pedra a contemplar insectos, a minha irmã Beatriz para a minha mãe

— O Francisco roubou o brinquedo ao miúdo

e aposto que dali a pouco ia ter com a Mercília a queixar-se de mim, a Mercília berrava-lhe ao ouvido dado que para os surdos o mundo endureceu, não eles

— Deus não o fez com alma

e que me interessa o que trago na cabeça, alma ou bielas, desde que me mantenha vivo a impedi-los de comer a carne que me pertence, séculos a roer ossos dão-me algum direito acho eu, quem negoceia, quem pede, quem assina, quem aldraba para que continuem a convencer-se que são ricos de tanto pasto, tanto animal, tanta árvore

— Roubou o brinquedo ao miúdo Mercília

e eu com os brinquedos que tive, isto é os insectos do ribeiro na ideia, a minha mãe que vai morrer

— Tu

calculo que para mim dado que não havia um instante em que não me censurasse

— Mesmo sem sair de casa consegues sujar-te

e quem apareceu até hoje que se preocupasse comigo, preocupei-me eu convosco, agradeçam-me, mal a minha mãe no cemitério não vos quero aqui, digo a um dos empregados que acompanhe a Mercília à camioneta da carreira e fique a vê-la partir não me interessa para onde desde que não lhe ponha a vista em cima, apanhava-me a comer fruta verde e zangava-se, uma tarde baixou-se de repente e abraçou-me como se fosse filho dela e não sou, a quantidade de vezes que repeti

— Não tenho pais

e não me atrevia a mexer-me nem a andar porque diante de mim, em lugar de soalho, um buraco, ninguém me tranquilizou a garantir

— Não há buraco nenhum

ninguém disse

— Vem cá

e portanto imitei a assinatura da minha mãe e dos meus irmãos e entendi-me com o notário que hesitava em, depois conto, ninguém disse

— Vem cá

disseram

— Mesmo sem sair de casa consegues sujar-te custa-me acreditar que nasceste de mim

e o desgosto, o desprezo, se não acreditam perguntem ao carro de bombeiros que amolguei sem querer e ele confirma ou à fruta que me transtornava a barriga e a Mercília
— Eu avisei
os insectos continuavam a correr sem destino na água como tantas vezes corri sem destino na quinta a vasculhar sob as pedras
— Hei-de encontrar um tesouro
e encontrava bagas secas, um pedaço de ferradura, lixo, porque não me consentem morar em lugares sem cólicas nem vómitos nem o médico
— Arranjaste-a bonita
nem a minha mãe a dissolver pastilhas para os intestinos num copo e a Mercília a assoar lágrimas
— Eu avisei
para diante e para trás sem descanso com os passos na minha testa a esmagarem-me e ao pensar nisso há momentos em que quase aceito que, ou seja momentos em que quase admito
não admito
não a obrigar a subir para a camioneta da carreira, oxalá te evapores num instante da quinta e de mim, ao abraçar-me eu que sou bom demais fraquejo e o que me vale é recompor-me depressa
— O Francisco roubou o brinquedo ao miúdo Mercília
quando o Francisco se limitou a recuperar o que lhe pertence e o que lhe pertence são portas que não abrem e uma escada que não funciona, grande coisa, enquanto os meus irmãos bicicletas, triciclos, a minha irmã Rita, que se encostava ao peitoril a afirmar de mão no queixo que a lua lhe sorria, um pónei só dela, aqui entre nós, tirando o carro de bombeiros, assim de repente o que me deram mais, imitei a assinatura da minha mãe e dos meus irmãos e entendi-me com o notário que demorava a carimbar corrigindo a parte dos óculos que assenta no nariz com o mindinho
— Não é muito católico pois não?
de modo que tive de lhe aumentar o espírito religioso mediante a promessa do lameiro e umas casitas em Santarém onde segundo a lenda o meu avô nasceu e quase nada rendiam, o notário de volta dos óculos, receoso

— Não sei

baralhando páginas num gabinete acanhado onde a lua de certeza lhe não sorria, a pedir

— Com licença

a tirar um frasco e uma colher da gaveta, a engolir o xarope, de palma sob a colher protegendo a camisa, a lamber a colher, a embrulhá-la no lenço, a rolhar o frasco

(não a rolhar, a enroscar a tampa)

a apontar o colete

— Os pulmões

dado que as rãs dele não no estômago como as minhas, nos pulmões, fechava as pálpebras no interior dos aros e sentiam-se os animaizinhos a rasparem, imitei as assinaturas da minha família, inventei uma rubrica ao ceder-lhe o lameiro e as casas, as rãs desconfiadas

— Não parece o teu nome

e claro que não era o meu nome conforme hei-de provar mais tarde, embora não acredite que exista um mais tarde, no tribunal, ficas a amparar as gotas do xarope na palma e o médico a mandar-te vestir

— As rãs andam a comê-lo compadre

como pudeste imaginar que te entregava o que ganhei a roer ossos, o notário decidiu-se por fim chamando o ajudante, a quem prometi o lameiro também, para servir de testemunha e aplicou os carimbos comigo a invejá-lo porque se existem três coisas agradáveis na vida são cortar folhas pelo picotado, esmagar entre o polegar e o indicador num estalinho cujo som me exalta as bolhas de plástico com que se protegem os cálices nos caixotes e o acto de carimbar, volúpia sublime por se decompor em diversas fases, primeira humedecer o carimbo na almofada de tinta, segunda esmurrá-lo contra o papel numa energia feroz e por último a contemplação, ia escrever feliz e escrevo feliz, a contemplação feliz da obra acabada, o pedaço de carne que sobrar depois das hipotecas e das dívidas graças a Deus meu, reflectindo melhor talvez a lua sorria na janela do notário ao passo que espreitando do ombro da minha irmã Rita se enleava nas azinheiras, séria

— Não a vejo sorrir

e a minha irmã Rita

— É que não olhaste com atenção

não a vejo sorrir mas vejo-me sorrir a mim trancando a pasta do notário no cofre, duas rodas com números e as jóias que foram da minha mãe e a partir deste momento me pertencem num saco, se a Mercília adivinhasse

— Deus não o fez com alma menino

na camioneta da carreira com um chapelito de pena quebrada, metade da pena para cima e a outra metade a baloiçar, o vizinho de banco

— Onde se apeia você dona Mercília?

e a Mercília demorando a entender, a entender, a olhar os troncos que caminhavam para trás, um moinho, tordos em cima dos choupos

— Longe

não para o vizinho, sem dar pelo vizinho, para mim que não estava com ela

— Longe

e todavia suspeito que mesmo sem alma me preferia aos outros dado que a condição humana é um abismo, arrelia-me a Páscoa com a toalha nova na mesa, velas acesas e pratinhos de amêndoas, a temperatura da sopa avaliada com o mínimo em que a língua se tornava, o mínimo a recolher de imediato para o interior da boca

— Queima

vinte e três de março e o

— Tu

a esmorecer, porque não te mexes como dantes Mercília, a ideia da morte da minha mãe, apesar de tudo

— Mesmo sem sair de casa consegues sujar-te custa-me acreditar que nasceste de mim

apesar de tudo uma ova, não nasci dela e portanto não minha mãe mas habituei-me a senti-la por perto e vai daí a ideia da sua morte incomoda-me, pega-me ao colo Mercília, emudece as rãs impedindo-as de me maçarem e obriga-me a dormir, porquê tanto barulho nos ouvidos que me não consente escutar o que a Mercília diz e não é

— Deus não o fez com alma

é

— Menino Francisco

e uma espécie de ternura, que estupidez ternura, a remexer-se em mim, a suspeita que se me pegasses ao colo aceitava mesmo que aproveitassem para me tirar o que é meu, ou seja as ruínas da casa da quinta e da casa de Lisboa depois das hipotecas, das letras, das dívidas, o que a minha irmã Ana não gastou na droga, o que o meu irmão João não gastou nos miúdos e o que o meu pai não gastou no Casino quando saía penteado, a tresandar a perfume, de casaco e gravata, anunciando à minha mãe

— Um encontro com empresários espanhóis chego amanhã

e a cara dela, nascida do tricot, a tombar um bocadinho, o perfume continuava durante horas apesar da minha mãe a arredondar as narinas

— Abre a janela Mercília que não aguento o pivete

e na janela a primeira lua a sorrir, o perfume substituído pelas maçãs do pomar e os besouros que antecedem o escuro, percebiam-se os cavalos a tossirem no estábulo e oiço o tiro de há tantos anos quando a égua velha partiu uma perna, a minha mãe a poisar o tricot

— Estou tão gasta

medindo as bochechas e as cortinas a dilatarem a noite dado que é através delas que as sombras respiram, se não acendessem uma luz no quarto recusava deitar-me, fitava a lâmpada no medo que a apagassem e de súbito não percebia a lâmpada e dia, o notário agarrou a pasta que eu agarrava igualmente a pensar nos carimbos

— Não vai enganar-me com o que prometeu pois não?

com ganas de lhe carimbar o mata-borrão da secretária, os códigos, a barriga, as folhas amontoadas num cesto, porque será que as escadas dos cartórios quase tão gastas quanto a minha mãe, balcão gasto, máquinas de escrever gastas, uma empregada de aliança, mas viúva no coração, a conversar connosco num suspiro a desbotar tristezas e o suspiro

— Não têm piedade de mim?

um relógio desacertado na parede a mentir com descaro, mesmo na gaveta o xarope enjoava-me, a colher, o lenço, as manchas secas do rótulo, em miúdo o enfermeiro supositórios e eu de barriga para baixo à espera que me chegassem à boca para os engolir, o meu pai regressava sem gravata nem perfume e vestígios de mulher no colarinho que se percebiam porque o tricot da minha mãe suspenso, dedos demorados na cara avaliando desabamentos, quedas, tijolos que faltavam, canos onde a água presa sem subir aos olhos, notava-se que gotas à beira das pálpebras e nenhuma assomava, hoje vai falecer senhora, tenha paciência, se o enfermeiro supositórios não lhe chegariam à boca, as patas da égua velha esticadas e uma mosca a esconder-se nas narinas, a Mercília debruçou-se para a minha mãe num esforço de bengalas

— Logo à tarde

ao estocarem o toiro na primeira corrida e nós no camarote a assistirmos, os joelhos que se dobram, o corpo que se dobra sobre os joelhos, a cabeça que se dobra sobre o corpo, o meu irmão João que ia ao parque procurar rapazes com o meu dinheiro

— Quanto custas menino?

a tapar-se no braço

— Em acabando digam-me

a esposa do notário, de peruca, juntava as mãos de baton em beijo se nos via passar com a minha mãe

— Adoráveis

e a roçar-nos a testa de traços que custavam a limpar, a Mercília pedra-pomes, lixívia

— Que castigo

enquanto a esposa do notário de peruca de banda

— Adoráveis

em que se ocupariam ela e o marido ao serão, provavelmente instalavam-se no canapé como andorinhas num fio a somarem minutos que se acumulavam sem que as horas mudassem, sempre nove e meia ou um quarto para as dez, ele a olhar a peruca e ela a entender e a ajeitá-la, o notário continuando a olhar a peruca e ela a ajeitar de novo desejosa de agradar-lhe

(— Deixei de agradar-lhe não se interessa por mim)

— Não ficou bem?

(não se interessa por mim)

quando não era a peruca que lhe fazia fernicoques, há eternidades que se desinteressara da peruca e da esposa, era a ausência de nexo dos dias, o que se faz com eles, tudo tão claro dantes, tão lento, a empregada da aliança a arriscar

— Não é feliz doutor?

e o notário olhando a empregada como olhava a peruca, de uma distância que o afligia a si mesmo

— Onde estou que não sei?

desconhecendo tudo, ignorando tudo, durando sem bússola com a certeza que se passeasse na rua nem a sombra o acompanhava

(— O que aconteceu à minha sombra não mintam)

de regresso ao cartório, a seguir ao almoço, procurava-a no chão, nos edifícios, ou parte no chão e parte nos edifícios acompanhando-o e nada, experimentava um gesto na esperança que a sombra o imitasse e qual sombra, em contrapartida o pai virava uma lâmpada na direcção da parede e formava animais com os dedos, um coelho a franzir-se, um pássaro que movia as asas, outros bichos e o pai

— O que é este?

ele pasmado

— É um cão a ladrar

o buraco da órbita ora mais pequeno ora maior e os maxilares tac tac, uma cabrinha, um galo, o que o pai afirmava um tigre

— Um tigre

embora nem aquela barbicha dos tigres tivesse, aqueles dentes, o pai nascera para coelhos e pássaros, não nascera para tigres, o notário virou o candeeiro do escritório no sentido da parede, enrolou os dedos a experimentar o tigre e apenas o oval da lâmpada exibindo fissuras no reboco, a empregada a preocupar-se

— Algum problema na caliça doutor?

e o notário a virar de imediato a lâmpada na direcção da secretária em que para além dos carimbos um limpa-chaminés de pasta a troçá-lo, com vassoura, cartola e labita

— Não

o limpa-chaminés que conhecia desde pequeno no alto da lareira, havia outro boneco

(o que lhe sucedeu?)

que representava um vendedor de jornais de boné, não de peruca como a esposa, a contar moedas na palma consoante havia patos de vidro e um elefante com as orelhas abertas, tantas coisas outrora dando nexo aos dias, a mãe a estender roupa nas traseiras serenava-o, que certeza de eternidade e que ausência de ameaças, a Mercília endireitou-se nas bengalas

— Logo à tarde

e a partir de logo à tarde não pensem um minuto em tirar-me o que é meu, se roí os ossos da família

(— Adoráveis)

a resolver trapalhadas é mais que justo pertencer-me o bocado de carne que sobra, eu para os meus irmãos mostrando-lhes os papéis do notário

— Desapareçam

e eles, que remédio, mal saídos do cemitério e já de malinha aviada, durante a cerimónia uma cotovia

(adorável)

num jazigo ou num choupo a insistir na sua nota, tivesse eu a espingarda de pressão de ar perdida não sei onde disparava e um alvoroço de folhas, será que terminamos no rectângulo que a pá abriu, será que

— Tu

ou

— Mesmo sem sair de casa consegues sujar-te custa a acreditar que nasceste de mim

sob a lousa e o que a gente cuida que deixou de ser prosseguindo noutro lugar, é isso que me assusta na morte, a hipótese do não fim do que vivemos, tudo idêntico de maneira diversa, a intensidade das emoções, as lágrimas e o riso intactos, o meu pai a prejudicar-me a herança jogando os toiros no Casino com uma bolinha a saltar numa roda de números e uma mulher que nunca vi

(não a empregada do notário nem a que visito às quartas-feiras, me segreda

— Riqueza

e mora com um galgo surdo-mudo)

apoiada no ombro

(escrevo galgo no masculino mas não reparei se macho ou fêmea visto que se escapa para a marquise de unhas a derraparem com a pressa)

em que nenhuma das filhas se apoiava, não conversava connosco, conversava com os empregados sem abrandar o galope, uma tarde pouco antes de casar-se a minha irmã Beatriz numa espécie de segredo

— Há cavalos no mar

atravessando a praia a quebrarem caniços, qual o meu nome verdadeiro sob este nome, Francisco, como me chamo de facto, me reconhecem os que ignoro quem são e me despertam sacudindo-me, procuro o interruptor e não os vejo, vejo o quarto idêntico àquele em que adormeci, roupa a pingar da cómoda, os sapatos unidos à espera acusando-me com as biqueiras

— Canalha

o relógio da mesinha num reboliço de atraso, tanta angústia nos relógios, tanta vontade de alcançar o tempo, abre-se o mecanismo e volantezitos esprenéficos a garantirem

— Vamos já vamos já

e não vinham, como consigo usar esta agonia no pulso, esta ansiedade

— Acalma-te um instante vamos já

de certeza que o sangue do braço esquerdo nervoso, a mulher das quartas-feiras

— Que rápido

satisfeita porque pensa que os volantezitos derivados a ela, no fim de contas talvez conserve a Mercília para me recordar o que fui, não por amizade, não por dó e reflectindo na ideia é melhor desistir, Deus não me fez com alma que sorte, a trabalheira que a alma me daria e por conseguinte a Mercília na camioneta que pára aqui às sete horas, sem bagagem visto que me pertence o que é seu, empresto-lhe as bengalas, sou bom, a Mercília de chapelito barato

(não, um chapéu antigo da minha avó com uma ou outra lantejoula que se aguenta)

consinto-lhe o chapelito com uma pena quebrada, metade da pena para cima e a outra metade a baloiçar, um vizinho atencioso

(a fragilidade dela, a idade dela, essas maçadas)

— Onde se apeia você dona Mercília?

a Mercília demorando a entender, a entender, a olhar os troncos que caminhavam para trás, um moinho, tordos em cima de choupos, paisagens de aguarela sem qualidade alguma,

compram-se nas feiras, penduram-se no corredor, esquecem-se, a Mercília não para o vizinho, sem dar pelo vizinho, para mim que não estava com ela
(que horror estar com ela)
— Longe
e todavia suspeito
(que horror estar com ela?)
que mesmo sem alma me preferia aos meus irmãos, a ideia que a palma da Mercília
(agradável, desagradável, agradável)
na minha cabeça e se calhar engano-me
(engano-me?)
estou seguro que me engano, mão alguma na minha cabeça, o meu pai
— Não estive no Casino estive a aturar um empresário
trazendo fichas nos bolsos enquanto eu roía os ossos e a apostar no dezassete, abomino esta Páscoa, este domingo de chuva, não porão a toalha nova na mesa, não acenderão as velas, não queimo a língua com a sopa, anteontem as mulheres da vila a cantarem na igreja e os plátanos do adro uma dignidade episcopal, a minha mãe a concordar com a Mercília
— Logo à tarde
e eu danado, porquê logo à tarde, porque não para a semana, em abril ou daqui a muitos meses, tome os anos que lhe der na gana senhora, não se aflija, a minha irmã Beatriz
(o primeiro marido deixou-a, o segundo marido deixou-a, quem não te deixa mana?)
no quarto com a minha mãe, a consola com os medicamentos e as pagelas que a não protegem mais, o médico
— É assim
como se tivesse de ser assim, como se fosse assim, como se a morte uma condenação inevitável que asneira, eu não morro pelo menos antes de provar o bocado de carne que é meu, a mulher das quartas-feiras carregando no fechozinho do estojo sem acreditar
— Um anel para mim?
e um anel para ti calcula, um anel com uma pedra verde para ti, aproveita antes que me arrependa e come-o, não é de oiro, é da carne que me custou a ganhar, come-o, a minha irmã

Beatriz e eu à espera e chuva nos vidros ou seja lentes de aumento gordas, pergunta: quem espreitar através delas vê o quê, resposta: quem espreitar através delas vê a minha mãe que principia a desistir, as rugas de uma das bochechas mais nítidas

(— Um anel para ti come o anel depressa
e a mulher soltando o estojo
— Que brincadeira é esta?
como se fosse uma brincadeira, não tenho paciência para brincadeiras, querias dinheiro não é verdade, aí está o dinheiro, come-o)

daqui a pouco seis horas e o estoque, oxalá encontre um intervalo de vértebras

(só se preocupam comigo pelo dinheiro, comam-no)

e uns passos ao acaso antes dos joelhos a dobrarem-se, do corpo a dobrar-se sobre os joelhos e da cabeça a dobrar-se sobre o corpo, a minha irmã Beatriz

— Não ouves?
e embora não acreditasse na minha irmã Beatriz

(continuo sem acreditar na minha irmã Beatriz, não queres comer também?)

não pude negar que mau grado o mar distante e a chuva nos caixilhos se escutavam as ondas e os cavalos galopando sobre elas

(pega-me ao colo Mercília até que eu adormeça)
não pude negar que se distinguiam as marcas na areia
(até que eu adormeça)
tão próximas que se estendesse a mão
(adormeci?)
conseguia tocar-lhes.

2

Vieram dizer-me que a minha mãe estava a morrer e por respeito à morte tirei o dedo da gengiva embora nunca tenha visto ninguém morrer nem saiba o que é morrer, sei que diante dos caixões se fala em voz baixa e nos movemos devagar, mais educados, mais compostos, cumprimentando-nos num sorriso triste e depois ficamos ali de mãos dadas connosco mesmos, à frente ou atrás das costas

(são as únicas alturas em que damos a mão a nós mesmos como se fôssemos uma pessoa diferente e somos uma pessoa diferente porque os dedos que apertamos estranhos e a gente mirando-os à socapa a perguntar

— Parecem meus mas são meus?

encolhemos um ao acaso, sentimo-lo mover-se e o que prova isso conforme nada prova o anel, a pulseira, o que não falta são anéis e pulseiras, serei uma, serei duas, serei uma criatura que não tem a ver com qualquer delas ou comigo, devolvam-me a mim por caridade, se calhar é isto o que a morte significa, onde estou eu?)

de mãos dadas à frente ou atrás das costas e as cadeiras contra a parede preenchidas por velhas de lenço no punho juntamente com o terço e este lenço pertence-me, este terço pertence-me, estas mãos são as minhas, metade das velhas cochicha para a outra metade e a metade que recebe os cochichos fecha os olhos a acenar que sim e abre-os depois do sim cochichando por seu turno, o cabelinho arranjado com ganchos que esta madeixa solta-se, os queixitos ossudos, pernas em que se enrolam varizes, um dente pronto a morder o ar se nos apanham

— Esta é qual?

a que recebe o cochicho a escancarar o olho de súbito não nevoento, agudo, e quando o olho esmorece a tornar-se a ruga que era

(acontece-me pensar que em vez de rugas pálpebras, dúzias de pálpebras nas bochechas, na testa)
— A filha que se droga e só lhe deu desgostos
e uma conta de terço a somar-se às que tinham, a Mercília disse que a minha mãe morria às seis horas
(os joelhos das velhas um montinho de ossos soldados sob a saia, regam as flores com uma chávena ou seja regam o chão, não o vaso e não nascem caules do soalho)
achava-me eu na despensa a aquecer a colher com o pó e no postigo junto ao tecto, onde bolor, a chuva
(lembro-me de uma prima da minha avó que me chamava Micaela, não Ana
— Ofereço-te um periquito no Natal Micaela
eu que não suporto pássaros, pega-se-lhes e o coração, de tão frágil, dá medo, cinco minutos depois a prima a coçar-se perplexa
— O que é que eu disse há bocado?
a livrar-me do medo)
a chuva menos melancólica em Lisboa que na quinta onde só existem azinheiras e gado, nunca entendi se eram as árvores ou os toiros que os empregados do meu pai conduziam porque tudo a galope e o meu pai com galhos, não braços, a saírem das mangas
— Rápido rápido
a chuva menos melancólica aqui e eu a chover também, eu com suores, eu com febre, se o pó não demorar a aquecer as azinheiras e o gado abrandam e curo-me, sentia a Mercília no corredor, duas bengalas e dois sapatos a deslocarem-se num vagar de lagosta não mencionando as antenas, as pinças
— Em que bicho te tornaste Mercília?
e por causa do suor e da febre não acertava com a veia, quem jura que o sangue é vermelho mente, é grosso e escuro, o bolor do postigo amarelo e o sangue cor de reposteiro de sacristia a aumentar na seringa, eu a sair de mim crescendo no tubo, puxando muito o êmbolo fico inteira no vidro a espiar o bolor
(se eu morrer bolor somente?)
a propósito de cores as lagostas abre-se a carapaça e brancas
— A tua carne branca como a das lagostas Mercília?

a primeira bengala ou o primeiro sapato a alcançar a despensa, como consegues viver fora de um aquário tu e a Mercília dando com a colher a estender uma pinça e a roubar-ma

— Quer matar-se menina?

como se eu quisesse matar-me e todavia há alturas

(desse assunto não falo)

quero não ter febre nem diarreia, que a seringa tire a chuva da gente e os pingos que me fervem na pele se evaporem, eu deitada na cama, alegre

— Tudo tão simples que bom

o mundo facílimo de compreender, perguntem o que lhes der na gana, não importa o quê, que conheço a resposta, três vezes nove vinte e sete, capital da Colômbia Bogotá, meço um metro e sessenta e três descalça, aí têm, mais cultura que isto não há, a minha mãe para o meu pai, muito antes de ir morrer

— Não lhe notas uma diferença nos olhos?

e é natural que note que eu também noto paizinho, o tamanho das pupilas, o brilho, não tenho apetite, sobra-me a roupa na cintura e sou alegre, não consigo mastigar à esquerda visto que me faltam molares, apodrecem, desfazem-se, cuspo-os na palma e negros, reparem no espaço das gengivas que aumenta, o meu pai cercado de azinheiras e toiros que almoçavam junto dele recolhendo a luz na faca da manteiga e projectando-a no tecto

— Uma diferença nos olhos como?

a Mercília a servir à mesa nessa época tentando explicar-lhe calada comigo a pedir-lhe calada à medida que o quadro de uma cabeça de garraio diminuía e aumentava a pulsar

— Não digas

a luz da faca na minha cara e ao passar-me na vista magoava, o meu pai mais alto que nós, a minha mãe gorda, vinha uma senhora emendar-lhe as unhas e trancavam-se na sala aos risinhos, uma ocasião espreitei-as do terraço e beijavam-se, a minha mãe beliscando a cintura

— Não estou forte demais?

numa voz que não lhe conhecia ou seja nem voz, um gorjeio onde flutuavam asteriscos, punham-se uns a seguir aos outros e percebia-se

— Não estou forte demais?

de maneira que repare nos olhos dela paizinho depois da senhora das unhas se ir embora, experimente-os com a faca e esqueça-se dos meus, o que vende o pó não me beija, agarra-me o cotovelo

— Anda cá

isto num lugar quase sem prédios de onde se vê o Tejo, mesmo com sol ao meio-dia crepúsculo, movemo-nos numa espécie de cinza em que vigas quebradas, barrotes, tijolos, um homem de gabardine a dormir num degrau, o que vende o pó

— Quem é o teu dono?

e eu

— Você

porque sou a azinheira dele e o cavalo dele, reparem como galopo ao vir-me embora a tropeçar nos calhaus, ajude-o a guiar-me pai evitando os carros da polícia nos buxos da ladeira, um dos pretos que trabalhava para o que vende o pó jogou-me uma lata a rir-se, não é que me sinta sozinha, quer dizer sinto-me sozinha mas não ligo a isso, o que ganhava em ligar, a lata acertou-me no tornozelo, bateu numa pedra, parou, a minha mãe morre às seis horas e amanhã na igreja perco as mãos de certeza, procuro-as nos braços dos outros sem as encontrar, o que vende o pó a largar-me o cotovelo

— Não trazes dinheiro?

de modo que entrei no quarto da Mercília, a antiga copa que cheirava a biscoitos ao lado da cozinha, à procura, dois ou três vestidos e um casaco herdado da minha mãe a que faltava o colchete do meio nos cabides do armário, o bambi de faiança que um dos meus irmãos partiu sem orelhas nem cauda, retratos nossos também, o meu de laço no cabelo

(lembro-me desse laço eu que de tão pouco me lembro e da minha mãe a fixá-lo com um gancho)

estendendo as mangas para um brinquedo invisível, lembro-me de me achar linda com o laço, crescida, segura do respeito dos adultos que não precisavam de se extasiar

— Tão grande

para eu saber que tão grande, não me ponham uma almofada na cadeira para chegar aos talheres

(estou a demorar imenso a contar isto porque tenho vergonha do que vou escrever) que em consequência do laço tudo perto de mim, entrei no quarto da Mercília

(escrevo, pronto, somos pecadores, desculpo-me)

direitinha à mala sob a cama e poupo-vos a descrição da bagagem dos pobres que visitamos numa mistura de repulsa e dó, cartolina em vez de cabedal, fechos a desprenderem-se etc. e à embalagem de plástico onde amontoava os tesouros, postais, uma roca de alfazema que perdeu o perfume, a fotografia pequenina, quase impossível de perceber

(uma risca ao meio, uma saia)

de uma camponesa de botas e lá achei o fio de oiro, a medalhita e um anel de pataco, trouxe o fio de oiro, a medalhita e um anel de pataco, sem me dar ao trabalho de devolver o resto à embalagem, a mala aberta ao lado da cama censurando-me

(garanto que me censurava)

e a fotografia no chão sem me ver e se me visse não censurava é natural, não se atrevem a censurar-nos, aceitam

— Leve o que lhe apetecer menina

ainda pensei em tirar-lhe o bambi também mas o que valia sem orelhas nem cauda, fica com o bambi, pronto, para te animares a mirá-lo

(que raio de ânimo um bambi dá?)

quando as agulhas do reumático te impediam de dormir, em certas noites de inverno escutava-te os gemidos ou talvez fossem os móveis a estalar ou as garrafas do aparador onde o meu pai bebia à socapa, o médico

— Cuidadinho com a vesícula

e ele descendo as escadas sem acender a luz, descalço, a evitar aquele degrau sempre vivo, o terceiro a contar da carpete, pronto a denunciá-lo ao mundo, hei-de ter a tua idade Mercília mas não acredito que envelheça e herdo-te o passo de lagosta e as bengalas, o meu pai de pijama a esmagar a tosse na manga, o médico

— O cigarrinho vai fora

e o gargalo, mal seguro, a tilintar no copo, a senhora que arranjava as unhas não voltou cá a casa e a minha mãe que morre às seis horas ao telefone a torcer o colar de pérolas no indicador comigo pensando

— Quanto me darão por isso?

eu que não pesco de pérolas, por isso e pelo bauzinho das jóias que a partir de certa altura
(a minha irmã Beatriz
— Por tua causa Ana)
escondeu numa das gavetas da roupa suponho, um destes dias investigo, a minha mãe debruçada para o telefone de tal modo que o aparelho desaparecia nela
— Porquê?
o que vende o pó com o fio, a medalha e o anel na palma
— Estás a brincar comigo?
enquanto eu na agonia pronta a apunhalar-te Mercília, a diarreia, os espasmos, gestos que falhavam como os do meu pai com a garrafa, vontade de morder-me, arranhar-me, libertar-me de mim, a prima da minha avó com uma mariposa de coral na gola
(— Quanto valerá a mariposa?)
— Ofereço-te um periquito no Natal Micaela
não Ana, Micaela e o periquito a bicar-me, quando não se equilibram no poleiro um andar de marujo de pescoço à banda, oxalá morras como a minha mãe Mercília, não me levantes do chão, não me abraces, não prometas
— Logo que receba o ordenado dou-lho menina
uma nota dobrada e redobrada que o meu pai te afundava no avental julgando que não reparávamos
— Que a senhora nem sonhe
e se calhar as notas no forro da mala, emprestem-me um canivete e descubro-as, pago-lhe o pó com elas, sou sua, a minha mãe a poisar o telefone
— A Mercília dorme e come não presta para nada
e os cavalos a avançarem a galope e a esmagarem-na, a minha irmã Beatriz dirigindo-se a ninguém
— Fazem sombra no mar
o que vende o pó deixou cair o fio, a medalha e o anel e eu de joelhos remexendo cinzas de crepúsculo sem lograr encontrá-los, que silêncio ao rés da terra, que panorama de ausências, quanto valerá um periquito e a prima da minha avó a furtar-me o bicho na surpresa de quem desperta
— O que é que eu disse há bocado?

vasculhando a memória num frenesim de náufrago, em que sítio moro, terei mobília, vizinhos, pessoas que ao cumprimentarem me devolvem o nome, Alice que alívio, chamo-me Alice, mais uma torradinha para a Alice, mais açúcar no chá, o periquito a regressar-lhe ao miolo

— Não passas o Natal sem a gaiola descansa

a minha irmã Beatriz junto à cama da minha mãe à espera, se o meu pai fosse vivo não com a gente, no sentido do aparador a beber da garrafa, que vazio na cara dele a seguir ao jantar, o meu irmão Francisco exibia-lhe uma letra

— Quer dar cabo de nós?

sem que eu percebesse o motivo de querer dar cabo de nós, saía de tempos a tempos perfumado e de gravata, aparecia na manhã seguinte de gravata na algibeira, um perfume diferente e era tudo, quando muito, como num sonho

— O dezassete

e apontava o dezassete na agenda desenhando-lhe um círculo em torno, pergunto se lhe sinto a falta e não acho resposta, não sinto a falta nenhuma, talvez de estender os braços para um brinquedo que não chegaram a dar-me de forma que ressalvando o laço do cabelo, e o que é feito do laço, que tive eu, contem-me, disseram que a minha mãe estava a morrer e não sei o que é morrer nem o que é a minha mãe morrer

— Vai morrer a sério você?

se calhar por causa desta febre, este frio, esta agitação que não consigo impedir e um homem de gabardine estendido num degrau onde por minha vontade me estendia com ele, se ao menos a Mercília comigo mesmo idosa o que vende o pó respeitava-me, até a minha mãe ao desligar o telefone

— Mercília

e quando as bengalas e os sapatos chegavam nas suas operações complicadas

— Não prestas para nada mas fica aí tem paciência

a Mercília que a criou como nos criou a nós, passeava com ela no pomar, trazia-lhe leite à noite, tratava-a por

— Menina

até que a minha mãe ao casar-se

— Para ti sou senhora

e a Mercília

— Senhora
embora no
— Senhora
um
— Menina
perpétuo, espiava correntes de ar, gripes
— Já não é nova senhora
e a minha mãe com vontade de dizer-lhe
— Trata-me antes por menina afinal
no tom em que ao telefone
— Porquê?
a minha mãe pegando na fotografia pequena
— Quem é?
e a Mercília com um obstáculo na voz
(a minha irmã Beatriz
— Talvez não acredites mas os cavalos fazem sombra no mar)
a fotografia mais nítida nessa altura, não apenas a risca ao meio e a saia
— Coisas antigas menina não se rale com isso
uma camponesa inteira, o fio que lhe tirei da mala e uma galinha nos joelhos, a minha mãe com ciúmes da galinha
— Não há lugar para mim?
talvez que conforme sucedeu no meu caso lhe roubassem os brinquedos depois de os mostrarem, o que vende o pó
— Desaparece-me da vista
e como posso desaparecer da vista se lhe pertenço, sou sua, os cavalos iam e vinham pisando-me, tinhas razão Beatriz, fazem sombra no mar, não me vejo, vejo a Mercília de fotografia na palma
— Às seis horas
e manhã agora, as seis horas não vão chegar, não chegam, param-se os relógios, regressamos a ontem, não acredite mãe, a Mercília não fez queixa de mim, pôs a mala sob a cama e na almofada as notas que o meu pai lhe dava para que eu as levasse, compreendia os gestos que me falhavam e não penses que te agradeço ou fico em dívida contigo a seguires-me como se gostasses de mim eu que não gosto de ti, gosto do que vende o pó a agarrar-me o cotovelo

— Quem é o teu dono?

a abrir-me o corpo aos arrepelos na paisagem de cinza onde os pretos me atiram latas e mal o enxergo derivado ao crepúsculo, enxergo o cigarro, o colarinho, o silêncio das pedras que também são gente, ao contrário do fio e da medalha aceitou o colar da minha mãe, não vales um chavo Mercília e o meu pai a mirar-me zangado, o que descobria ele, que não criaste, em ti, que qualidades, que virtudes, que capacidade de, não importa, adiante, tenho mais que fazer que discutir a Mercília, quem é a Mercília afinal coxeando na ânsia de tomar conta de nós como se fosse capaz de tomar conta de nós, da minha irmã Rita, no máximo, a quem a lua sorria e ela a sorrir para a lua mas a minha irmã Rita o cancro que afirmava não ter

— Não estou doente

que até ao último dia afirmou não ter num terror que dava impressão, numa certeza que dobrava a impressão

— Estou melhor

e foi melhor para a urna, alguém, não eu que me custa recordá-la, falará disso no livro e não me perturba que falem desde que não oiça, o cotovelo na janela, a mão no queixo e a lua entre as azinheiras, o meu pai se calhar nasceu pobre, não sei, não lhe conheci a família, no álbum ninguém que se parecesse com ele, pode ser que um senhor de chapéu na última fila do casamento, meio escondido entre dois convidados e o meu pai a esconder-se por seu turno nos padrinhos com cara de não reparem em mim, mais próximo dos empregados que da gente, almoçava com eles, jogavam às cartas, sentavam-se a falar num barraco e a minha mãe a abanar a cabeça indignada, vai morrer às seis horas diz a Mercília, os joelhos dobrados, o corpo dobrado sobre os joelhos, a cabeça dobrada sobre o corpo e aplausos e música

(a minha irmã Rita música alguma, o apartamento onde morava vazio)

e eu perdendo as mãos no velório, entreguem-mas, quem sabe se o que vende o pó não dá algum dinheiro por elas

— Estás a brincar comigo?

o senhor de chapéu na última fila qualquer coisa minha

— Quem é aquele paizinho?

o meu pai a fingir que não ouvia e a minha mãe a virar a cara agoniada, na semana seguinte regressei ao álbum e o senhor de chapéu com uma mancha de verniz de unhas em cima, sobrava um ângulo de colete, um retalho das calças e nisto a suspeita que ele igual ao meu pai no terraço da quinta eu que não aturo a quinta, demasiadas árvores, demasiados bichos, demasiada sombra quando os cavalos galopam, corre entre as cruzes do cemitério Ana e o suor não na minha cara, na garupa, nos flancos, corre enquanto te jogam latas a troçarem de ti, de onde é que você veio pai, se ao menos a fotografia pequenina de uma camponesa de risca ao meio e botas consigo, a primeira ocasião que estive com um homem tinha treze anos, o meu peito mudara meses antes, a minha, as minhas, o meu peito mudara meses antes e chega, um afilhado do meu avô que trabalhava para nós no escritório, nunca contei isto, não vou contar isto, chorei o tempo inteiro até ele me largar

(não vou contar isto)

os olhos das pessoas acusavam-me, a boca delas não, a minha mãe

— Não comes?

não vire a luz da faca para mim pai, não descubra, não

não vire a luz da faca para mim paizinho, não dizia paizinho para fora e todavia dentro de mim, sei lá porquê, não por amor é óbvio, que amor, não permitia que me tocasse depois do outro me tocar porque se me tocasse adivinhava, a garganta dos pássaros tão frágil como o coração e a minha mais frágil que os pássaros quando me vi no espelho a perguntar

— Sou eu?

a garganta a latir sob a pele, sob as penas, não perco as mãos no velório dado que não tenho mãos, têm-nas os pombos que as usam atrás das costas ao caminharem no passeio utilizando o pescoço como alavanca, o afilhado do meu avô um defeito no lábio até que os rins o atraiçoaram, instalava-se na primeira poltrona a diminuir em silêncio, a esposa dele sinais para a minha mãe, a minha mãe uma expressão de quem aprova açucarando-lhe o chá

— Ismael

quando antes dos rins

— Senhor Fonseca

deixando-o de guardanapo nos joelhos a apanhar migalhas com o indicador e a deitá-las no pires

— Com um jeito desses devia ter ido para cirurgião senhor Fonseca

agora era a esposa que pegava na chávena e lhe entalava o guardanapo ao pescoço enquanto as migalhas tombavam

— Cuidado

a conversa ia e vinha sem se deter nele que outrora a imobilizava de indicador espetado

— Um minuto

e uma atenção em forma de cesto onde as suas opiniões tombavam umas em cima das outras no som das moedas no ofertório da missa, os joelhos magríssimos, o casaco a sobrar, o indicador tentou uma ocasião ou duas

— Um minuto

o cesto da atenção à espera, o senhor Fonseca a buscar raciocínios folheando a cabeça e a recolher o dedo, vencido

— Passou-me

sem autoridade, humilde, encontrou-me na borda da cama a fazer a trança, de costas para a porta sentia-o sem o ver polindo opiniões, apertou-me a nuca

— Caladinha miúda

a da minha irmã Rita ao lado da minha com a mesma cabeceira e os mesmos enfeites, uma girafa na colcha

(no meu caso um gorila)

e uma camisola larga demais para o meu tamanho por arrumar no travesseiro, duas gavetas na cómoda para cada uma, o guarda-fato pintado de cor de rosa para ambas, o despertador com o Rato Mickey, no meio de um círculo de números, com quatro dedos apenas

(perdeu o quinto num velório aposto)

fardado de polícia, o senhor Fonseca pedagógico

— Tira os sapatos para não estragares a colcha

eu a tirar os sapatos para não estragar a colcha e a trança meio feita desenrolou-se devagar, no intervalo das camas uma estampa com o Coração de Jesus, a minha mãe vai morrer às seis horas, enovelado em espinhos, vai morrer às seis horas e a Mercília para ela

— A minha menina

não

— A minha senhora

por pouco não lhe pegava ao colo e a transportava consigo, a mania dos assalariados de gostarem de nós que não gostamos deles, dedicam-se, rebaixam-se, lambem-nos os pés pelo que não lhes fizemos, quando a minha irmã Rita doente e meu pai incapaz de entrar arremelgando-se mais que ela, ao ir-se embora escutei-lhe os passos não a descerem a escada na direcção da garrafa, nos degraus de metal mal aparafusados que conduziam à cave e na cave ele a afastar sacos, a remexer baús, a desencantar a girafa sem serradura, a colocá-la na tábua de engomar empenada e a instalar-se-lhe em frente, à hora do jantar continuava ali sem acender a luz, acordado toda a noite como os cavalos no estábulo, entra-se e um arrepio de caudas, o afilhado do meu avô

— Nem pies

conforme o Rato Mickey não piava, o gorila não piava de braços moles compridíssimos

(os meus braços moles compridíssimos?)

o meu pai saiu da cave às onze, recolheu o uísque do aparador diante de toda a gente e deixou-nos a anunciar não sei quê acerca da lua, não se entendia a frase, entendia-se lua, não compareceu no velório, não compareceu no enterro, seguiu para a quinta a ajudar os empregados com os toiros

— Rápido rápido

e ele mais rápido que os empregados a picar os animais com a vara, a fazer-lhes mal, a insultá-los, na missa do sétimo dia colocou a gravata, perfumou-se para se encontrar com um empresário a repetir

— Dezassete

e o meu irmão Francisco

— Quer dar cabo de nós não é quer arruinar-nos não é?

a sacudir declarações de dívida, promissórias, facturas, o meu irmão Francisco à espera de uma resposta e o meu pai antes de se calar de novo

— A Mercília estava certa Deus fez-te sem alma

depois da sua morte demos com a girafa atrás dos livros de contas e porventura é por isso que ao lembrar o meu pai eu

— Paizinho

não sei de onde veio pai, não lhe conheci a família, se a minha mãe não tivesse posto a nódoa de verniz no retrato pu-

nha-a eu por não suportar a sua cara na cave a olhar a girafa e a procurar no postigo o sorriso da lua, o que tem a minha irmã Rita que eu não tenho confesse, jure que fazia o mesmo por mim, à minha irmã Beatriz passeava-a no cavalo, comigo o Rato Mickey e quero lá saber do Rato Mickey, quero lá saber do gorila, queria uma prenda que me pusesse na mão, fingia não sentir a falta da minha irmã Rita a afiançar
— Estou melhor
e mentira, uma tarde para mim
— Porque é que vou morrer?
uma tarde para mim
— És a Ana
dado que mesmo diante dela não conseguia ver-me
— Há instantes em que te vejo e instantes em que não te vejo
e nos instantes em que não me vias o que vias maninha, como se faz para morrer, o que
(a Beatriz tão contente na garupa do cavalo cuidando fazer sombra no mar e não havia mar, azinheiras e moitas, um gato bravo saltou com um coelho na boca e as patas do coelho a abanarem como as minhas patas derivado às có)
se sente ao
(licas e à tremura da febre, o que vende o pó
— Se não tens dinheiro rebentas)
o que se sente ao morrer, o senhor Fonseca no hospital com um tubo no braço, a esposa pediu uma jarra à enfermeira para as flores que a minha mãe trouxe, a quem vou pedir uma jarra para si, senhora, a enfermeira cortou as pontas dos caules e uma pétala poisou no lençol, depois do senhor Fonseca desamparar o meu quarto dei com uma pétala na colcha que apaguei com sabão ou seja não fui capaz de apagar com sabão, continuava mais pálida, a Mercília olhou-a, olhou-me
(mil anos que viva não te desculpo o olhar)
e no dia seguinte pétala alguma, eu intacta, no olhar da Mercília
— Ninguém repara descanse
o senhor Fonseca não era apenas o indicador espetado
— Um minuto
era uma pausa solene, a voz sábia, cheia

— O problema não é bem esse

avançando no assento a resolver o problema e terminava com uma última migalha depositada no pires, a enfermeira

— Que tal as flores senhor Fonseca?

e a resposta uma borbulhinha no canto da boca, o problema passou a ser esse senhor Fonseca, desista, a esposa limpou--o na fronha

— O Ismael agradece

quando o Ismael não agradecia fosse o que fosse, sem ganas de pegar numa chave de parafusos e consertar os rins, se os apertar livro-me desta, o meu pai a binocular a lua convencido que a minha irmã Rita lhe sorria do astro saudoso e não sorria, a minha irmã Rita ossos a esfarelarem-se e um pedaço de blusa, contente-se comigo e se me der dinheiro para uma colher de pó talvez dure cá em cima uns tempos, o meu irmão Francisco abrindo a carteira

— Foste-me aos trocos tu?

e os meus braços de gorila a baloiçarem compridíssimos, a cabeça torta, a orelha descosida, joguei-o da porta da cave para cima do piano e ele a deslizar em silêncio afirmando não te fui aos trocos, o problema não é bem esse, um minuto, o meu pai entre o meu irmão Francisco e eu e o meu irmão Francisco

— Não se meta nisto

o meu pai calado e ora aí temos o que eu suspeitava, nasceu pobre, obedece, o meu pai quase

— Menino

quase um passo de lagosta e avental e bengalas, a mala debaixo da cama com a sua medalhinha e o seu fio, misérias de pataco que não trocava por um império, pode ser que uma gabardine no género do homem do degrau paizinho, se vasculhar a cave hei-de encontrá-la embrulhada em jornais no meio das cómodas sem tampo e no bolso da gabardine uma colher e um isqueiro a que faltava a pedra, vieram dizer-me que a minha mãe estava a morrer e por respeito à morte tirei o dedo da gengiva embora não saiba o que é morrer

(— Estou melhor)

não sinto febre mana, amanhã saímos as duas a fazermos sombra no mar como a Beatriz dizia dos cavalos, galopamos num sorriso que dá pena e numa certeza que dá mais pena ainda, não gosto de ninguém e contudo pronuncio o teu nome, Rita, Rita, não te transformaste em ossos, sei que diante dos caixões se fala em voz baixa e nos movemos devagar, mais educados, mais compostos, cumprimentando-nos num sorriso triste e depois ficamos de mãos dadas connosco mesmas à frente ou atrás das costas, os dedos do gorila colados salvo o polegar e a propósito de polegar o do meu pai, não me recordo qual, aleijado, em certas alturas, durante a sopa, dava pelo defeito e imobilizava-se com saudades de casa, a minha mãe

— O que foi?

e ele

— Nada

ele que demorava a falar de imediato

— Nada

a corar

— Nada

a insistir

— Nada

e no nada um relógio de cuco a dar horas, abria-se um janelico, de estalo, numa espécie de chalé e surgia um bicho de madeira na ponta de uma mola com o bico aberto em vénias oblíquas que se retraía no mesmo ímpeto e o janelico fechava-se

— entortou-lhe o polegar ao apanhar o bicho, uma criatura de pau com o desenho das plumas talhado a canivete, tinha razão pai não foi nada, quem dá importância a um bicho de madeira que só existe porque se lembra dele de modo que depois do seu falecimento o janelico acabou, se conseguisse ter saudades suas

(a carteira do meu irmão Francisco aberta na mesa

— Foste-me aos trocos tu?

e não te fui aos trocos, curei-me, ganhei cores, não vais acreditar mas anda um dente a nascer-me)

o indicador do senhor Fonseca

— Um minuto

porque o problema não era bem esse e ele explicava qual era, não me mostrem as cadeiras ocupadas por velhas de lenço no punho juntamente com o terço, metade das velhas cochichando para a outra metade e a metade que recebe os cochichos fechando os olhos a acenar que sim para abri-los a seguir ao sim cochichando por seu turno, o cabelinho arranjado com ganchos que esta madeixa solta-se, pernas em que se enrolam varizes, um incisivo pronto a morder o ar se nos aproximávamos

— Esta quem é?

a que recebia o incisivo escancarava o olho de repente agudo e mal o olho desaparecia na cara tornando-se a ruga que era

— A que se droga e só lhe deu desgostos

a minha mãe vai morrer às seis horas disse a Mercília e no postigo junto ao tecto, onde bolor, a chuva, quando chovia na quinta recolhiam os cavalos e o meu pai na sala a fitar o pátio ou seja um janelico que se abria de estalo, pedi à prima da minha avó que não me dê um periquito, me dê um bicho a cumprimentar de quarto em quarto de hora em vénias apressadas para o arrancar da mola

— Tome o seu cuco pai

e com o cuco a minha filha Rita não defunta, a sorrir para a lua, a minha filha Ana

— Paizinho

e eu a fingir que não oiço, a minha filha Ana que se parece com a minha mãe a dar-me banho na selha, a esfregar-me os ouvidos

— Há quanto tempo não lavavas os ouvidos está quieto

a secar-me com a toalha, a colocar-me aquelas meias grossas que apertavam os joanetes, eu a pentear o meu pai e o que vende a droga

— Quem é o teu dono?

sem que faça diferença que pergunte

— Quem é o teu dono?

porque não é dono de mim, é dono de um gorila de braços compridíssimos a amontoar-se no piano distraído da gente.

3

Acabei as orações às nove horas, de joelhos no tapete ao lado da cama, e por causa da chuva mal se percebia a sombra do salgueiro, percebiam-se gotas que acrescentavam vidro ao vidro deformando as roseiras à medida que desciam, os galhos primeiro finos, depois grossos, depois finos de novo e o cheiro da terra nos intervalos dos caixilhos, a Mercília da porta da cozinha
— Saia da chuva menino
e eu encantado com a ideia de viver numa folha de caderno que um lápis de criança vai riscando e ao riscar a página risca-me também, a camisa e os sapatos molhados a minha pele verdadeira, sou um escaravelho, uma cobra, uma lagartixa de muro, não saio da chuva porque não é comigo que falam dado que não sou menino, sou um bicho, no funeral do meu pai, em outubro, este cheiro, lembro-me do cheiro e dos pingos suspensos dos cedros, quase não me lembro do resto, demasiadas figuras de mármore e lápides e nomes, os pingos alongavam-se e encolhiam-se numa respiração misteriosa, ao alongarem-se o cheiro mais forte e eu
— Deve ser o meu pai a falar-me
nós que nunca falámos, para quê se me desprezava, no caso de eu
— Bom dia pai
nenhum
— Bom dia
de volta, escondido no chapéu a evitar-me, a minha mãe calada, os meus irmãos calados
(desprezavam-me igualmente)
e portanto qual o motivo de me falar no cemitério, o que pretende de mim, que gota é você, o seu quarto de banho tresandava a loção e agora, sem aviso, este cheiro, não apenas viver na chuva, deitar-me na terra a fazer corpo com ela até que nenhum dos

meus ossos tenha forma, somente cheiro e raízes, sou um escaravelho, uma cobra, uma lagartixa de muro, não um pecado que vos envergonha porque acabei as orações no tapete ao lado da cama
(o bico dos chinelos a espreitar-me)
e se for necessário Senhor, se assim o exigires abraço a terra de novo até encontrar o meu pai escondido no chapéu a evitar-me, lembro-me de mais coisas afinal, do padre que me recusou a absolvição a benzê-lo após descobrir o lenço sob quilómetros de paramentos nas calças profanas e entre as calças e as botas meias vermelhas que por uma unha negra não me tornaram ateu, da minha mãe amparada a uma das minhas irmãs, de nariz postiço a deslizar para o queixo e ela a repô-lo com o dedo demorando a encaixar
(— Esse nariz não lhe pertence onde foi descobri-lo?)
das árvores reflectidas na vereda onde as solas do padre se derretiam devagar
(se ao menos um melro, um gafanhoto, um sinal divino garantindo
— Estou aqui)
do meu irmão Francisco eriçado de dentes de um só lado da boca e a palma a escondê-los exibindo-os mais
— Afasta-te de nós
de modo que eu não da banda dos jazigos, da banda dos campos em que jarrinhas tombadas, flores de arame no chão e logo a seguir alfaces e uma pilha de lenha, as pessoas foram-se embora entre os junquilhos e o cheiro sumiu-se, eu sozinho tirando a minha irmã Ana com febre
— Tens uma nota que me emprestes?
e a urgência da voz, mais idosa que a gente derivado aos olhos que vão comendo as bochechas, se calhar o meu pai hoje em dia olhos sobre um montinho de ossos e os olhos
— Continuas a pecar que vergonha
(terá sido por minha causa que o coração dele parou?)
e mesmo continuando a pecar Deus há-de perdoar-me, o tapete em que rezo o mesmo de eu pequeno, na trama e os desenhos apagados no ponto em que os joelhos assentam, eu de mãos postas às nove horas mal percebendo a sombra do salgueiro, percebia gotas que acrescentavam vidro ao vidro deformando as roseiras à medida que desciam, a Mercília sem

— Menino

e no entanto tenho a certeza que no corredor a chamar-me, quando morrer o que verão os meus olhos, a única miséria que sobrará de mim, julgo que o parque à noite e os rapazes à espera entre os candeeiros e as moitas onde os vigio com Deus a vigiar-me, escolhendo o mais novo, o mais pequeno, o mais parecido comigo, aquele que o espelho me entrega de manhã com vincos nas bochechas

(começo a ter vincos)

e a surpresa dos dedos

(por que razão mudei?)

— Quem é este?

é o que reza de joelhos no tapete ao lado da cama aguardando o perdão a saber que ele virá este júbilo, esta serenidade, eu pairando e nisto uma pergunta aterradora

— O que fiz na vida?

a professora os nomes dos meus colegas

(o gordo, o de óculos, o ruivo por quem me apaixonei)

não o meu, não era parte da aula tal como não sou parte da minha família, a professora

— Queres ser menina tu?

(no primeiro dia em que punha roupa de inverno até a Gramática tresandava a naftalina, mostre-me o seu armário dona Dulce)

e queria ser menina é verdade, que a lua me sorrisse como à minha irmã Rita apoiando o cotovelo num tronco de azinheira enquanto o cotovelo da minha irmã Rita no peitoril e a cara de ambas na palma, queria um carro que me esperasse ao portão como à minha irmã Beatriz, queria ir com a minha irmã Ana cheia de camisolas no verão

— Tens frio Ana?

— Não tenho frio cala-te

e tens frio apesar da tua testa ferver, muito frio, acompanhei-a num baldio sobre o Tejo em que restos de prédios numa claridade cinzenta e desejei ser ela no momento em que um homem lhe prendeu a manga

— Anda cá

e a minha irmã Ana para o homem

— Tenho frio

sem usar a boca, o homem não a ouvia mas eu ouvia-lhe os gritos sem poder valer-lhe, ouvia

— Tenho tanto frio tanto frio

ecoado pelos restos de prédios e o degrau onde um sujeito de gabardine dormia, três ou quatro pretos e nenhum deles infelizmente me prendeu a manga, hoje domingo de Páscoa e da Ressurreição do Senhor soube que a minha mãe ia morrer e continuei de joelhos a rezar por ela a quem nunca vi rezar, envelhecia na sala fitando as próprias mãos indignada com a injustiça do tempo, demorando a aceitá-las e negando o que aceitava

— Não são minhas

dantes vinham a casa arranjar-lhe as unhas e a minha mãe

— Olá

os rapazes do parque espreitavam em torno antes de eu os beijar decifrando arbustos e palpando murmúrios, acariciava-lhes a bochecha e um pássaro com insónia a intimidar-me, criaturas de Deus ferozes comigo, há alturas em que tudo me culpa

— Afasta-te de nós

a acompanhar o meu irmão Francisco

— Dás-me nojo maricas

e há alturas em que me dou nojo, palavra, mas o Céu compreende, qualquer coisa reles na minha boca, nos gestos e ninguém pode valer-me, estou sozinho cercado pelo desdém e a troça mesmo do rapaz que não me alcança o ombro e acompanha às traseiras de um restaurante fechado com uma lâmpada indicando a entrada, o corpo dele o meu corpo, as mãos que trago as da minha mãe dantes a fecharem-me o botão da gola, não se deixa mimar, não me escuta

— Filhinho

verifica o dinheiro com medo, não é apenas a troça que me cerca, é o medo, o que se dilata em mim tem medo, o que desejo tem medo, a minha irmã Rita no hospital

— Não consintam que eu morra

e como ultrapassar quilómetros e chegarmos a ela suficientemente perto para que se calasse, o pescoço do rapaz o da minha irmã Rita, o mesmo peito, as mesmas costas, as mesmas pernas estreitinhas, sou a minha mãe Senhor, não peço, a lâmpada do restaurante fraqueja, vai apagar-se, acende-se e ao acender-

-se não a minha irmã Rita, o colega por quem me apaixonei a desfiar países junto ao mapa não se enganando nos nomes, a maçã de Adão saltava à corda ao propor Suíça, o cão do restaurante

(pardo acho eu, sem coleira, sem raça)

de focinho no cascalho a desfiar países também de forma que por pouco não larguei o rapaz, segurando o dinheiro no punho estendido

(mais dinheiro do que me pediu)

para abraçar o animal

(como se abraça um cão, a gente ajoelha-se e pega-lhe, encosta a cara ao focinho?)

a lâmpada continuava ora acesa ora a extinguir-se, no momento de extinguir-se percebia-lhe a vozita

— Não consintam que eu morra

com o filamento que até hoje permanece em mim serenando-me

— Deus não te abandonou, estás salvo

nesta manhã em que acabei as orações com a chuva a acrescentar vidro ao vidro, não me habituo à casa nem aos comboios impedindo-me de adormecer embora não haja comboios, há o escuro deslocando-se na direcção do sono e no escuro pessoas a acenarem adeus, o meu pai o ano inteiro na quinta e eu receoso dos toiros, do silêncio cheio de folhas depois do jantar e os mártires do oratório prometendo-me o Inferno como se o Inferno não fosse caminhar no parque à procura na companhia de homens que procuram e cujos passos se confundem com os meus, ao entrar em casa a minha mãe subia do tricot e fitava-me, por que bulas não a abraço como abraçaria o cão, não me dobro aos seus pés pronto a latir de conforto, não lhe poiso o queixo no colo enquanto a palma dela me percorre a espinha, a minha mãe vai morrer não como a minha irmã Rita, em silêncio, a minha irmã Beatriz acompanha o médico à porta enxotando a Mercília no corredor a estorvar-nos

— O que esperas da gente?

na mania de tomar conta de nós ela que não toma conta seja do que for, coxeia, aí está a Mercília com as bengalas a lavrarem o soalho porque a ponteira de borracha perdeu-se e o prego em que terminam se afunda nas tábuas

— Que idade tens Mercília?

a Mercília a juntar anos e a enganar-se na soma

— Não sei

impedia-me de me perfumar com os frascos das minhas irmãs, responder às cartas de namoro que descobria na gaveta com desenhos e versos

— Aceito

a imitar-lhes a letra, perder-me nas molduras com os retratos dos noivos desejando ser elas, se o meu corpo diferente um noivo convidava-me para o cinema e no cinema festas que sentia crescer e não vinham, a desilusão que não existe no parque, existe a escolha, este rapaz, aquele, às nove horas da manhã de vinte e três de março, domingo de Páscoa, sem a sombra do salgueiro na cortina a morte da minha mãe uma irrealidade que a Mercília inventou como inventou o seu amor por nós, se chegávamos tarde escutávamo-la na cozinha a arrumar o que se encontrava arrumado e devido ao som da loiça a certeza de me deslocar numa penumbra sem limites onde de repente o meu quarto e o poço branco dos lençóis a prometer uma queda de abismo se me estendesse neles, muito para além dos caboucos onde a minha irmã Rita à espera e eu sem lograr escapar-lhe nem a ajudar a subir, nós dois frente a frente e o meu pai a cruzar-se connosco a caminho do átrio, não apenas a minha irmã Rita morta, eu morto a vestir o pijama pensando em Deus e no rapaz a verificar o dinheiro

(já aconteceu atirarem-me pedras e não me virei nem ameacei, compreendi-os até)

no alto do parque em lugar de rapazes mulheres a avançarem um passo e eu no terror que no meio delas a minha irmã Ana com a sua magreza e as suas tremuras, quando o meu pai morreu não sofri senão a maçada da chuva

(comoveu-me mais a ideia do cavalo aos encontrões no estábulo)

e o nariz da minha mãe a deslizar para o queixo de modo que pensando melhor acho que não gosto deles nem entendo a Mercília a insistir numa teimosia de mola

— Vai morrer às seis horas

e não gosto dela tão pouco, um homem trazia os rapazes de furgoneta e ficava a pastoreá-los ao longe depois de os distribuir pelas sombras, se descobrisse um na rua topava-o logo, parecidos comigo em criança, e se descobrisse a criança que fui, pasmada nos retratos, passava por ela sem olhar para mim, se por acaso a criança

— Sou tu

a apertar um boneco na mão não ligava, entretém-te com o boneco e desampara-me a loja, uma manhã o meu pai deixou a porta aberta enquanto se vestia, vi-o nu e fugi porque se a cabeça era dele o resto tão esquisito, não tenho espelho para não fugir do meu resto, apercebo-me se lhe mexo e eu parvo

— Não pode ser

o homem dos rapazes faz-me sinal com um caniço

— Tem um loirinho acolá

e nos meus olhos gotas que acrescentam vidro ao vidro deformando os canteiros à medida que descem, em vez do cheiro da terra um cheiro que não supunha ter e aumentava, não de perfume nem de suor ou de pele, outra coisa, em cada batida do coração o cheiro, em cada movimento o cheiro como nas alturas em que os toiros se exaltam com as fêmeas, um trote, uma pausa, novo trote, nova pausa e o focinho estendido, um lodo nas narinas a dançar e a sumir-se, a morte da minha mãe não conta, a minha morte não conta, depois de explicar a Deus Ele compreende e perdoa, oiço-O lastimar-me

— O que podias fazer?

e eu, de joelhos no tapete, desculpado, ao levantar-me limpo as calças do pijama e então sim, o salgueiro, se não fosse o meu irmão Francisco mandava cortá-lo porque desde pequeno me observa e reprova

— O que tem contra mim?

o homem dos rapazes dava conta do cheiro e das gotas nos olhos, o médico que a minha mãe chamou o ano passado por causa de umas manchas na pele a sondar-me crostas com a pinça

— Não me agrada o aspecto

tínhamos um baú no sótão com adereços de Carnaval, bigodes de estopa, caraças, o nariz do enterro do meu pai dois elásticos em argola para prender nas orelhas que a minha mãe colocou, o médico uma máscara de bruxa e eu receoso deles, não me tratem mal

— Não me agrada o aspecto

não és só tu que tens febre Ana, cuidava que o ar se respirava, não se bebia e afinal bebe-se e dói, uma água amarga que range, mais máscaras de bruxa no hospital e agulhas e tubos, demasiada luz na janela, o cão do restaurante do parque a ladrar no corredor e se tivesse força para me levantar abraçava-o, às três da manhã o homem da furgoneta chamava os rapazes, números e sinais num écran cuja campainha convocava as bruxas

— Segura-o

apertavam-me os pulsos, os pés e a minha irmã Beatriz (outra bruxa)

— E agora?

tentei rezar mas Deus participou-me que saiu de viagem

— É escusado não estou

fechando a porta com força, uma mosca poisada no balão de soro esfregava as patas radiante e eu radiante com ela, mal me desapertem os pulsos esfrego as patas também, percebia Deus no compartimento à esquerda dando corda aos planetas

— Isto custa

e obrigando-os a girar com uma pancadita do dedo, lá ia eu devagarinho juntamente com Saturno e a Argentina, uma bengala da Mercília a navegar para mim

— Saia da chuva menino

porque permanecia à chuva, encantado, na impressão de viver numa folha de caderno que um lápis de criança vai riscando, a camisa e os sapatos molhados a minha pele verdadeira, uma das bruxas consultando números

— A febre baixou

e o médico encostado à janela onde o salgueiro me reprovava anunciou a tirar a máscara, embora a minha mãe continuasse com o nariz de cartolina, que eu tinha a doença a doença a doença e recordei-me do meu irmão mais novo pouco depois de nascer, aquele que não mostramos às visitas nem lhe dizemos o nome, mora na quinta com os empregados, uma ocasião descobri-o ao colo do meu pai que não pegava em ninguém

(soube que tinha a doença a doença a doença)

e o meu pai a mostrar-lhe os desenhos de um livro, um gato, um patinho, ainda escutei o médico

— Hoje em dia estes problemas

e embora continuasse a falar os motores dos planetas que falhavam e recomeçavam preocupando Deus e o meu irmão
— Um gato um patinho
impediam-me de ouvir, o baú do sótão fechou-se sobre bigodes de estopa, caraças e chapéus em bico, a minha mãe assoou o nariz autêntico e tudo em ordem, tudo certo, tudo
(obrigado Senhor)
igual outra vez, o que importa a doença a doença a doença se hoje em dia estes problemas, o meu pai não a galope, a passo, o meu irmão ao lado segurando a rédea e nunca dei por tanta ausência numa cara, a calma dos charcos sem vida ou nos quais a vida terminou há séculos, o médico disse-me que tinha a doença a doença a doença e hoje em dia estes problemas mais anos, ele sério, eu sério, o meu irmão nada, o estômago ou o fígado ou uma arteriazinha secreta em que ninguém reparava chorando por mim, não queria que o médico ou a minha mãe dessem conta do choro, lágrimas que se acrescentavam às lágrimas deformando as rosei, deformando-os a eles, é a chuva, não as lágrimas, que deforma as roseiras ao acrescentar vidro ao vidro, os galhos primeiro finos, depois grossos, depois finos de novo e o cheiro da terra nos intervalos dos caixilhos, não vou espreitar a minha mãe, para quê, chega a minha irmã Beatriz, chega a Mercília, chega o meu irmão Francisco
— Afasta-te de nós
e eu a afastar-me submisso, os adereços de Carnaval não são eles quem os usa, sou eu, máscaras que se tornam pele e sob os bigodes e as caraças a arteriazinha a latir, enquanto latir aguento, depois da minha mãe morrer continuo de joelhos ao lado da cama e na noite do velório irei ao parque à procura, os rapazes galgam a ladeira enquanto a lâmpada do restaurante se acende e apaga
(vou buscar o nariz de cartolina ao baú para sepultar a minha mãe com ele mas quem lhe mete os elásticos nas orelhas, a minha irmã Beatriz, a minha irmã Ana, a Mercília a quem o reumático inutilizou os dedos substituindo-os por calhaus incapazes de pegarem no garfo?)
e ao encontrá-los a arteriazinha cessa, uma espécie de alegria ou ternura empurram-me e eis uma garganta, uma clavícula, um consentimento inerte, não lhes pergunto o nome por-

que o seu nome o meu nome de joelhos no tapete do quarto, eu com a trepadeira do restaurante sobre a cabeça e na trepadeira Deus a indignar-se, peço-lhes

— Chama-me mãezinha

eles espantados que um homem

— Chama-me mãezinha

a recuarem confusos, sou a tua mãe, amo-te, tomo conta de ti, querias ser menina como as tuas irmãs, usar um laço, vestidos, há-de haver um banco por aí, mesmo sujo dos pombos, para te sentares ao meu colo, eu não da banda dos jazigos

— Afasta-te de nós

da banda das campas em que jarrinhas tombadas e flores de arame no chão, quem me lembrará um dia, o que será de mim na memória dos outros, o maricas que tinha a doença a doença a doença a doença e envergonhava a gente, não montava os cavalos que faziam sombra no mar, nunca fez sombra o pobre, o quarto dele sem móveis e o meu irmão Francisco a trazer a creolina

— Desinfectem isto tudo

as paredes, o soalho, não queimem o tapete onde eu rezava com os desenhos apagados no ponto em que assentei os joelhos, não tirem Deus daqui, a professora os nomes dos meus colegas, não o meu e a sensação de ocupar uma carteira que não era parte da aula tal como eu não era parte da minha família, no primeiro dia em que a professora punha a roupa de inverno até a Gramática cheirava a naftalina, mostre-me o seu armário dona Dulce, o prato da sopinha da véspera com um caroço de ameixa, a faca onde a mosca do soro esfregava as patas contentes, o médico na última consulta

— Olhe que a doença não se esquece de si

as jarrinhas tombadas esqueceram os defuntos mas a doença não se esquece de mim, uma nova mancha na pele, um fungo a arder na língua, os pulmões não feitos de carne, de macramé dona Dulce como o naperon da sua cómoda, uma sopinha solitária e nas traseiras pássaros em gaiolas, estendais, que pena os medicamentos para a tristeza não animarem os prédios, arrumarem o prato, enxotarem a mosca, obrigarem a que um rapaz

— Mãezinha

e uma senhora a envernizar unhas não me impedindo de cuidar de ti, nenhum toiro te fará mal enquanto dormes sos-

sega, não te importes com a Mercília enervada por romperes os
calções, a minha irmã Beatriz com a minha mãe, a minha irmã
Ana na despensa mais a colher de pó, um dia destes morres como
a mãe vai morrer só que não nesta casa, no baldio com uma seringa espetada ou a embateres contra a muralha Tejo fora juntamente com rebites de barco e gasóleo queimado, hão-de chamar
o meu irmão Francisco

— A sua irmã senhor

não te vistas sozinho, eu ajudo-te, pago-te mais amanhã,
não te apetecem sapatos de ténis em condições, óculos escuros de
marca, em que sítio vos encontra o homem a quem dão o dinheiro, a doença não se esquece de mim, ao acordar a almofada um
sobejo de naufrágio, que interessa, pergunto

— Que interessa?

e tenho medo juro, cadáveres no hospital marchan-
do sem descanso, a lâmpada do restaurante os olhos dos pacien-
tes à espera, enfermeiras a entregarem comprimidos

— Vamos lá vamos lá

não imaginava que as feições se tornassem tão ocas e
Deus a dar corda aos planetas cessando de me ouvir se é que alguma vez me escuta, acho que não me criou, fui eu que O criei a
esse velho egoísta a puxar lustro ao mundo, se Lhe mencionarem
as minhas orações no tapete uma dúvida longa

— Não sei

e eu com vontade de gritar mas o que adianta gritar, se o
médico a bater-me no ombro

— A doença esqueceu-se

talvez não fosse mais ao parque onde regresso não exal-
tado, com vergonha, não vergonha, outra coisa, se a minha mãe
me, se a mão dela no meu cabelo ao menos, a dona Dulce

— Responde tu que sabes

e eu os países, os verbos e as datas das batalhas sem errar
uma sequer, a dona Dulce para a minha mãe tomando-me como
exemplo

— O seu filho

(eu seu filho, eu seu filho)

o meu pai um cavalo

— Ofereço-to

a fazer sombra no mar como garante a minha irmã Beatriz, imensa sombra no mar, reparem como piso a areia e os toiros obedecem, os empregados
— Senhor
visto que sou eu que mando, esperam as minhas ordens, seguem-me com respeito, eu com as filhas deles no parque, no estábulo
— Deita-te aí eguazinha
o cheiro das mulheres que desconheço qual seja, esses mistérios delas, dedos na minha nuca depois arrepiando-me o cabelo
— Obrigada
Polónia, Brasil, pretérito imperfeito, a segunda guerra mundial, rendições, armis
(acabarei este livro?)
rendições, armistícios, impedir a minha mãe de falecer
— Não autorizo
e ela a tricotar na sala queixando-se das costas, queixava-se das costas quando se sentia bem, a pedir à Mercília uma botija e um chazinho, se lhe lembrarem a idade não entristeça, quem se rala com números, sessenta e sete o mesmo que trinta, enterra-nos a todos descanse, vai durar para sempre, este domingo de Páscoa não existe nem a chuva a acrescentar vidro ao vidro deformando as roseiras ora finas ora grossas enquanto as gotas descem, não existe a Mercília a erguer a bengala
— Às seis horas
em nova um carrapito, agora fiapos sem cor, não sei de nenhum parque, que parque, que restaurante, que lâmpada, que rapazes, o meu irmão Francisco ao jantar
— Usas brincos agora?
como se eu uma mulher calcule-se, basta o outro meu irmão para azar da família, não chames as desgraças, cala-te, eu mais novo e ele calado compreendendo quem sou
— Compreendes quem sou?
sem engrossar a voz, não necessito engrossá-la
— Compreendes quem sou?
ameaçar o que vende o pó
— A minha irmã Ana
e a minha irmã Ana
— Obrigada

mas chega de conversa e contem-me o que significam estes pombos à roda da casa apesar da chuva, quando foi do meu pai não me recordo de pombos, recordo-me da angústia dos cavalos contra a manjedoura, se perguntasse a Deus respondia-me a compor um planeta
— Pombos?
admirado pelo excesso de criaturas que espalhou sem dar fé, coisa improvável, pombos, usam-se para quê, agitavam-se no parque num sobressalto tresnoitado e roçavam por mim, haveria pombos no baldio a perseguirem-te Ana
— Usas brincos agora?
e uso brincos agora, não presto, o vendedor enquanto eu a escolhê-los
— São para a sua esposa senhor?
parecidos com as turmalinas da minha mãe que ela aparafusava de óculos no espelho porque sem óculos não enxergo, que tenebrosa a velhice, já viram coisa pior, ainda ontem trinta anos e de repente sessenta e sete e decrépita, estas cordas no pescoço, estas sardas nas mãos, desistir a meio do corredor se vou da sala à cozinha porque o coração, as pernas, o médico gotas que não valem um níquel, aproximo as orelhas e mesmo assim que é delas, uma das minhas filhas morta, outra sempre com febre a trancar-se no quarto
— Não me apetece aturá-los
a chave duas voltas e a seguir silêncio, outro escondido na quinta, outra dois maridos que se foram em
(o vendedor trazia mais estojos, o alfinete de gravata uma pérola cor de rosa
— A sua esposa vai apreciar senhor)
bora e o filho dela com um brinquedo qualquer não respondendo se o chamo, nem a cabeça levanta, peço
— Diz avó
e o vendedor
— Usas brincos agora?
errado, o vendedor
— A sua esposa vai apreciar
eram nove horas quando acabei as orações de joelhos no tapete ao lado da cama, daqui a pouco o sino da igreja, a missa, a Mercília

— Menino

porque sou o teu menino num ângulo do restaurante como se fosse chorar e não choro, sorrio

— Chama-me mãezinha

isto é o que presumo um sorriso, notam-se os dentes, não se nota o sorriso, os mesmos de quando me afiançavam

— Hoje em dia estes problemas

a minha irmã Beatriz

— João

e não me obriguem a assistir, o toiro junto à azinheira a olhar para nós e a gente empoleirados na cerca, o vendedor embrulhou os brincos em papel prateado, enfeitou-o com uma orquídea de tule, colocou-mo na palma

— A sua esposa há-de gostar senhor

e a minha esposa há-de gostar amigo, a prova é que o meu irmão Francisco

— Usas brincos agora?

sou a minha própria esposa e uso brincos agora, turmalinas encastoadas em prata, não sei se mais alguém os usa no parque

— Reparem nos meus brincos

e hoje em dia quais problemas, problema algum, curei-me, tenho apetite, ganho peso, nada de fungos na cara, a minha irmã Ana

— Quanto pagaste por isso?

a procurar tirar-mos para os impingir no baldio e os pombos à roda da casa, não me obriguem a assistir para não acrescentar vidro ao vidro e a minha mãe deformada, na altura do meu pai não me recordo de pombos, recordo-me da angústia dos cavalos contra a manjedoura, sou um cavalo, o meu pavor nos olhos, o seu pavor nos olhos, não morra senhora, espere que eu chegue do parque, chamam

— Mãezinha

e é consigo, não comigo, que falam, mãezinha repare, ouvimos ambos mãezinha, a minha irmã Beatriz

— Não fazes sombra no mar

não faço sombra no mar, não faço sombra no parque, não faço sombra no corredor ultrapassando a Mercília a empurrar-lhe as bengalas

— Sai daí

e ela a encostar-se à mesa, se pudesses pegar-me ao colo e fugirmos mas não podes, a porta aberta dona Dulce
(países, verbos, batalhas)
o guarda-fatos, os remédios, a camisa da minha mãe com as rendas no peito
— Pertenceu à tua avó
orgulhava-se dela, de que se orgulha hoje em dia, o nosso irmão João especado o maricas, pensei ordenar-lhe
— Afasta-te de nós
e para quê se já não faz diferença, a minha mãe não para o reposteiro, para ele
— Tu
ele a avançar um passo eu a avançar um passo, eu não de joelhos no tapete, eu de pé
— Deus deixou de interessar-me
a tirar os brincos das orelhas, a colocá-los nas suas
— São para a sua esposa senhor?
— São para a minha mãe
e você com as turmalinas, agradada
— Meu filho.

4

Por conseguinte se ficar quietinho
    (ficarei quietinho)
    e tomar atenção oiço o vento de novembro, não de março como pretende o que faz o livro, decidido a escrever março e claro que não março, em março os sons mais musicais, mais curtos, quase agradáveis cá em baixo, como posso confundi-los, andámos a discutir uma semana e apesar de eu uma voz prestes a calar-se
    (falarão outros por mim)
    não desisti, o cérebro ainda teima e se esforça, relógio marcando horas de dias passados ou que não virão nunca, os ponteiros daquele que o meu pai usava no colete ângulos impossíveis e o meu pai a observar o mostrador, perplexo
    — Em que tempo estou eu?
    com o carrinho de bebé em que me passearam a atravessar-lhe a memória, perguntou à minha mãe
    — Lembras-te?
    saudoso dessa época cheia de fraldas e toucas que imaginava feliz
    (como se consegue viver privado da recordação de uma época feliz?)
    a minha mãe
    — Nasceu-lhe o primeiro dente aos seis meses
    na esperança que ele nascesse de novo e o meu pai a confirmar
    — Aos seis meses
    seguro que o dente ia nascer enquanto os ponteiros do relógio o espantavam, a minha mãe levantou-se do seu lugar do sofá na almofada da esquerda ao passo que o meu pai na almofada da direita onde uma cova maior e o tecido mais gasto para observar o relógio, o encostar à orelha em que molas desacertadas pulavam, sugerir ao meu pai

— Porque não deitas isso fora?

e o meu pai, com receio que a minha mãe o deitasse fora por ele, escondendo-o na algibeira juntamente com o carrinho de bebé e a sua época feliz hoje que o coração e a bexiga se tornavam demasiado presentes e o meu pai a medir fracções suas com dedos cautelosos

— Irei morrer?

não um grito, baixinho

— Irei morrer?

e logo adiante das biqueiras, junto à franja do tapete, uma ravina destinada a ele só

— Vais morrer

que o apavorava, a minha mãe não deu por nada no momento em que o meu pai começou a descida anunciando-me

— Deixei-te duas dessas maçãs que tu gostas na fruteira

ainda lhe percebi o brilho da calvície que tanto combateu com loções e o derrotou num instante

(continuo a vê-lo despejar os frascos no lava-loiças, furioso

— Enganaram-me)

e perdi-o, o meu pai duas maçãs na fruteira vidrada, a impressão primeiro de comê-lo e a seguir de meter o que sobrava dele ou seja os pedúnculos misturados com o carrinho de bebé no balde, lá se foi a sua época feliz senhor e dentro dela o coração que deixou de aborrecê-lo o que apesar de tudo consola, não afirmo que anime mas

(tem de se ver o lado bom)

consola e portanto conforme declarei ao princípio se ficar quietinho e tomar atenção oiço o vento de novembro lá em cima, folhas longínquas, bagas que caíam sem me tocar

(como podiam tocar-me?)

uma ocasião ou outra conversas de que as palavras me escapam, ia acrescentar que risos mas exagero de certeza, não acredito que risos, vasos a que mudaram a água e flores tilintando na lousa, mal os vasos quietos o silêncio da minha mãe vendo-me comer as maçãs e no fim do silêncio

— Não vais ter fome ao almoço

a suspeita que o relógio do meu pai, tombado com ele, continuava a pulsar tropeçando nos volantes, imobilizando-se e tornando a bater num capricho mecânico, há momentos em que apostava senti-lo ao meu lado a afirmar horas para além das doze, oiço o vento mas não oiço os toiros e se eu a cavalo no pico de um monte distinguia a casa onde a minha mulher e os meus filhos que não me visitam nunca porque não são os seus passos que escuto, quem muda a água e as flores se é que alguém as muda e se preocupa comigo como o meu pai se preocupava, a meio da noite vinha ver se eu dormia e especava-se à janela iluminado por um candeeiro da praceta turvo de mosquitos dado que a luz opalina, os discos do relógio interrompiam-se, eu

— Não se deixe vencer senhor

e não ligou ao que lhe pedi e deixou-se vencer, nos primeiros meses os empregados procuravam-me dado que botas nas áleas e a graxa dos arreios, não me procuram mais, gasto-me mesmo no cemitério visto que tudo se gasta e se esfia, reparem na Mercília ou na minha mãe que cessei de ver ao casar-me, tímida

— Não tenho à vontade com os ricos

quem me garante que não permanece no seu lugar do sofá na almofada da esquerda a ganhar coragem para pegar no ferro

— Estou a ganhar coragem para pegar no ferro

de que experimentava a temperatura molhando o dedo na língua e o cuspo a ferver, o que faz o livro

— É verdade

levando-me a pensar que teve épocas felizes como o meu pai, ganas de perguntar

— Teve épocas felizes você?

e ele a escrever na ilusão de salvar-se por intermédio das palavras que não valem um chavo, nascem do dicionário, elevam-se um bocadinho e afogam-se nele, a mãe do que faz o livro

(ou a tia ou a avó)

se calhar um ferro a carvão igualmente, como as existências se parecem e tanto medo do fim, a minha filha Beatriz

— Sente-se bem pai?

não achando resposta, gritos de gaivota no mais fundo de mim cheios de horror e medo, dantes tentava calcular

— Como será não ser?

e vai na volta uma insignificância, isto, o vento de novembro lá em cima, folhas distantes, bagas que caíam sem me tocarem e mesmo que me tocassem não me fariam dano

— Sente-se bem pai?

e eu sem chapéu a olhá-lo com a gravata que levava ao Casino e me apertaram no pescoço

— Não me fazem dano filha

enquanto pessoas que não vejo jogam no dezassete com a fé que tive e enganam-se, não há dezassete, há passos, conversas que me escapam e tilintar de jarrinhas, quando a minha filha Rita faleceu quatro jarras

(não, cinco)

e eu a contá-las e a contá-las durante a cerimónia, de chapéu no peito a pensar

— É quinta-feira hoje

não a pensar na minha filha, o que é pensar numa filha, como se pensa numa filha, o que pensaria o meu pai ao pensar em mim, no carrinho de bebé, no primeiro dente, na sua época feliz e ao pensar na sua época feliz não era em mim que pensava, era nele conforme eram seus o coração e a bexiga, outras desilusões a que não tinha acesso visto que as disfarçava, aguentamo-las com um

— O que é que eu faço?

mudo

(o vento deixou de mugir porém as folhas prosseguem embora se estendesse a mão não colhesse nenhuma, segredam que o tempo que me faltou me sobeja agora, quem me auxilia a passá-lo?)

acabado o velório fui direito à fruteira onde nem uma maçã amigos, a minha mulher de luto, visitas e antes da minha mulher e das visitas os empregados que me cumprimentaram no alpendre

(— Não temos à vontade com os ricos)

enquanto os cavalos e os toiros à espera, as azinheiras, o campo, o sossego que não existe aqui em baixo substituído por torrões e insectos, uma toalha de água a gorgolejar não sei onde e pedras eu que desconfio das pedras, parecem distraídas e não estão, fingem-se quietas e na realidade agitam-se, um relógio semelhante ao do meu pai a trabalhar nelas e no interior delas o carrinho de bebé passeia num jardim contornando canteiros, quantas épocas felizes teve você pai, no dia do meu casamento escapou-se do fotógrafo, mal se nota no álbum entre dois convi-

dados e agora o vento de novembro com mais força, suponho que nuvens, frio, as nuvens dos outros e o outono dos outros, a minha filha Rita a metros de mim, estendendo a mão encontrava-a e o que diríamos se tão pouco há a dizer, não morava connosco, morava sozinha, uma ocasião bati-lhe à porta, apercebi-me que espreitava pelo óculo e se foi embora, espreitei a janela do passeio e a cortina imóvel, a minha filha Beatriz
— Ela não recebe ninguém
creio que já doente, a vigiar os próprios órgãos alarmada
— Jesus Cristo
um corpo esquisito a que tentava habituar-se e no qual uma dor sem origem a cegava de luz como me aconteceu, tudo branco e a alma a dissolver-se no branco, se o meu pai fosse vivo trazia a fruteira
— As maçãs que tu gostas
e observava-me a comer do seu lado do sofá
— Que tal as maçãzinhas?
preocupado comigo, aos domingos descobria-o no banco do largo a atirar côdeas aos pombos ou a girar os polegares, não jogava dominó no café, não respondia aos colegas, tinha um sinal na bochecha que palpava a interrogar a minha mãe
— Achas que o sinal aumentou?
a minha mãe a fabricar um indicador e o meu pai
— Não lhe mexas
protegendo-se com a manga, o relógio inquietava-se num frenesim de horas, quantas faltarão para me calar de vez, ajeitar-me melhor e deixar o mundo aos vivos que o hão-de deixar por seu turno conforme eu o deixei, indiferente a eles, ainda bem que não me abriste a porta filha, se me recebesses que palavras teríamos nós sem carrinho de bebé nem maçãs, lágrimas não por favor, gestos também não para quê, se me convidasses a entrar o que conseguia dizer-te e por que ordem e como, cada um caindo como o meu pai caiu e a minha mãe
— Estou a ganhar coragem para pegar no ferro
até cair igualmente, se porventura eu
— Gosto de ti filha
mentira, do que terei gostado que não me lembro, o que não havia calculo, o dezassete por exemplo que sabia de antemão

não ganhar nunca, escrevo isto tão ao acaso que as frases se atrapalham, o meu filho João no parque
— Quanto levas menino?
e a fraqueza dele, a doença, o hospital
— Hoje em dia estes problemas
quando nenhum problema, a voz difícil
— Pai
e eu com o vento de novembro lá em cima, folhas distantes, bagas que não me tocam, este fato, estes sapatos, esta camisa engomada, não a cinzenta que eu preferia, a azul com um dos botões de punho quebrado, o que sucedeu ao meu chapéu que não faz sombra na cara e quanto às sombras no mar não acredito nelas, ninguém galopa na areia a espantar as gaivotas, enganaste-te Beatriz, nem uma sombra no mar, talvez a tua um dia, talvez a minha hoje mas não no mar, tão fundo, a minha filha Ana
— Desde que o pai morreu
e é capaz de ter razão, esteve no funeral, assistiu
— Desde que o pai morreu
e no entanto continuo, não é o que faz o livro que me continua, sou eu ou qualquer nervo moribundo a persistir, não dou fé da boca ou da língua e não estou certo que fale, o meu filho Francisco venderá a quinta e nem a égua coxa que não me atrevi a matar cirandando por aí, o veterinário aconselhou-me a entregá-la a um talho onde ficaria aos pedaços mas com o olhinho vivo que me interpela
— És tu?
o meu filho João no parque em que não se distinguem criaturas, distingue-se mais negro sobre o negro e um blusão ou um braço, não era aqui que o meu pai me passeava de carrinho de bebé na sua época feliz a prender-me a chupeta numa fita ao pescoço
— Lembras-te do ruído das minhas solas no saibro?
esperando que me lembrasse de modo que lhe garantia que sim e o meu pai contente, tenho um filho de que não pronunciamos o nome e onde o meterá o meu filho Francisco ao vender a quinta ele que se calhava encontrá-lo
— Esse inútil
talvez não acreditem mas entre o inútil e eu, não sei porquê, mentira, entre o inútil e eu népia, quem afirmou isto, en-

curtaram a mesa de jantar tirando-lhe uma tábua e o meu lugar sumiu-se, o meu filho Francisco à cabeceira agora a varrer-me com o garfo
— Há séculos que o pai
não completando a frase, dúzias de frases incompletas sob o candeeiro aceso, os toiros a estacarem avaliando o ar com o nariz, o veterinário a anunciar no fim dos partos
— É macho
cuidando alegrar-me
— Daqui a quatro anos está na praça senhor
na praça a dobrar os joelhos, o corpo sobre os joelhos e a cabeça sobre o corpo, a camioneta com os animais largava o portão e nos intervalos das ripas um focinho, um chifre, amparavam-se num cacho de terror molhando-se de baba incapazes de consolarem-me
— Deixámos duas maçãs daquelas que tu gostas na fruteira
ou um aceno ou uma esperança
— Encontramo-nos por aí vais ver
e não nos encontramos que as ripas não permitem, cada qual sob a terra a falar eu que tão pouco falei e tantas vezes pedi que me escutassem num cochicho
— Escutem-me
a escapar-se pelas orelhas, o nariz, as pálpebras, não a garganta e ninguém dava por ele, despertava a meio da noite, a minha mulher
— O que foi?
e eu a soprar contra a almofada vendo um miúdo correr de amoreira em amoreira na direcção da farmácia porque o pai de mão no estômago a olhar não sei quê
— O remédio
dado que o coração pingos, não batimentos, gotinhas, as pálpebras gigantescas, o lábio caído, todas as articulações à vista, a mão, não a do estômago, a outra, experimentando um gesto e sumindo-se no gesto, que é da sua mão pai, onde a perdeu, onde está, a cara côncava de pânico, a minha mulher
— O teu pai o quê?
e eu a correr visto que a farmácia se afasta, ela próxima outrora, ao chegar com os comprimidos dei com a mão no joe-

lho, menos articulações, menos pálpebras, a minha mãe a lutar com a embalagem

— Onde é que isto se abre?

derivado a que a cartolina não cede e depois a tampa não se desenrosca, entre a tampa e os comprimidos uma rolha de algodão que em lugar de sair cresce no vidro, puxa-se com a unha, o bico da tesoura, um alfinete e não vem, tenta partir-se o frasco contra o canto da mesa e não parte, rola para baixo do aparador junto à perna de trás que os dedos não alcançam, a minha mãe em busca da vassoura na marquise e a vassoura não na marquise, onde pára a vassoura, encontramo-la no espacinho que separa o frigorífico do armário a troçar-nos, eu deitado no chão, de bochecha no pó onde uma farpa me aleija a empurrar o frasco com o cabo que devia ter uma pinça e não tem de modo que o frasco na outra perna de trás, a minha mãe ajuda com a esfregona e o frasco no sentido do louceiro numa curva torta, levanto fiapos de algodão com um palito e o palito quebra-se, se me emprestassem uma chave inglesa, um martelo, um machado, o segundo palito traz o algodão consigo, leve o carrinho de bebé jardim fora pai, não desista, pense na costureira de alfaiate que em solteiro lhe corrigiu umas bainhas de calças e nunca esqueceu, o movimento dos ombros, um soslaio inesperado, você até ao último dia a procurar entender

— Porque me olhou assim?

e durante quarenta anos não encontrou o motivo, ao aproximar-se da loja com um manequim à porta mudava de passeio e se calhar no escuro

(o sacana do vento ora se cala ora volta e as folhas e as bagas com ele, a minha mulher para a minha filha Beatriz

— Há-de haver um Céu para os mortos)

o soslaio a espreitá-lo, ia jurar que o espreitava e não foi capaz de falar com ela, escrever-lhe, uma tarde o manequim desapareceu e a loja fechada, jornais colados na montra, onde trabalhas agora, empurre o carrinho com força, deteste-me, não

— Deixei-te duas maçãs daquelas que tu gostas na fruteira

maçã alguma, outro carrinho, outro bebé e a costureira consigo, outra maneira de experimentar a temperatura do ferro, outros bonecos na estante, desses de barro com apito, outro corpo no colchão, outros pés nos seus pés, o sofrimento dos jornais colados na montra e no alfaiate vazio ecos silenciosos, um rato a deter-se fixando-o, em que quarteirão moras, tanta gente que és tu ao longe e não és tu de perto, continuas com vinte anos e a minha mulher cinquenta e cinco, o copo de água, o comprimido, o meu pai de regresso

— Estive quase não foi?

com pena de não ter morrido confesse, uma única época feliz que dó, não esteja aqui com a gente, ponha a carta no correio mesmo sem nome nem endereço, há milagres, pessoas que voltam depois de amanhã, para a semana, um dia e resta a esperança que ajuda e uma vozinha no interior de nós a cantar, um pouco trémula é certo e todavia a cantar, se ao menos um retrato, um postal, uma ponta de laço, seja o que for que você guardasse, visitasse em segredo, envelhecesse consigo

— Duas maçãs daquelas que tu gostas filho duas maçãs que tu gostas

e um sorriso a acompanhar as maçãs, o queixo sorri, você não, você oculto no sorriso

— Que miséria

e no entanto se ao menos um retrato, um postal, uma ponta de laço, tudo desbotado num envelope antigo, um barco no lago, um agosto, e um chapéu de palha a menear, não

— Estou a ganhar coragem para pegar no ferro

passos corredor fora a darem nexo aos objectos tornando-os úteis, boni, tornando-os úteis chega, como esta casa é triste às três horas da tarde, a mãe da minha sogra tinha razão senhor, mostrem-me uma única casa que não seja triste às três horas da tarde, no lugar do alfaiate outro prédio, qual a diferença entre a morte das pessoas e a morte das coisas, as coisas cheiram menos talvez, o que me impressionavam os despojos dos sótãos em que panos sobre os móveis embrulham a morte disfarçando os contornos, carrega-se numa tecla do piano e uma aflição de corda a dançar no vazio, um caderno de valsas aberto aumentando a mudez, se me consentissem partir, levantar-me, a minha filha Beatriz

— O pai

e a palavra pai desbotada, ao mencionar o meu pai e a minha mãe não sei o que menciono, quem me garante que existiu o carrinho de bebé e o jardim, a partir do momento em que não sou deixei de ter sido e os cavalos e os toiros comigo, esta quinta uma azinheira apenas num descampado vazio, apetecia-me tanto, não, não me apetecia nada, não me obriguem a continuar próximo da extinção este discurso que se perde sob as folhas e as bagas, nuvens arrisco eu ou nódoas de gordura na tampa forrada não sei de que tecido que nos momentos menos angustiados vou crismando de Céu, alongando a mão no caso de ter braço, no caso de ter mão, verificava o tecido e respondia, em certas alturas uma espécie de claridade parece iluminar-me e ao tentar perceber do que se trata perco-a, se o meu pai aqui estivesse sentava-se a um canto pensando ajudar-me, o encarregado que alugava os barcos desconfiado dele

— E como é que eu tenho a certeza que o amigo não o vira?

a manter a proa com um gancho enquanto o casco baloiçava, cisnes quase de baquelite, ramos secos à tona, não preferia a costureira pai, o movimento dos ombros, o soslaio, você a desentender-se com os remos, a gente às voltas abalroando um tufo e na testa do meu pai o que a minha filha Ana secava na manga desviando-se de mim

— Não estou doente que mania

à medida que o encarregado remoinhava sinais exigindo que voltássemos e impossível voltar dado que o meu pai não comigo, com ela, oxalá estas bainhas não terminem nunca, a costureira a designar-lhe o espelho

— Que tal?

e o meu pai arrependido de não ter os sapatos de domingo em lugar dos sapatos da semana, os dois no espelho e ela menos bonita de alfinetes na boca, os tornozelos um bocadinho, não é minha intenção ofender, um bocadinho espessos, faltava-lhe a saliência do osso em que não sei quê de antílope, rugas na testa que o meu pai não esperava, que ideia a da minha filha Beatriz acerca dos cavalos fazerem sombra no mar

(o vento de novembro lá em cima)

o mar distante, um ribeiro inundado de caniços no inverno e meio seco no verão, lembro-me das rãs e do meu filho Francisco a tentar apanhá-las para as enfiar numa vara, as patas pegajosas, a

(devo confessar que morri?)

pele gelada e o meu filho Francisco pasmando com o pescoço dos bichos que diminuía e se espessava, os dedos terminavam numa espécie de ventosa ou de bolha

(elucidem-me se devo confessar que morri)

rugas que o meu pai não esperava e no entanto hesitando ponho ou não ponho a carta no marco mesmo sem endereço nem destinatário e fico à espera que uma carta também sem endereço nem destinatário me chegue, um dia abro a caixa do correio, descubro o envelope, não o abro logo e durante um mês ou dois imagino a resposta, trata-me por senhor, por você, por tu, marca-me encontro onde, o meu pai de sapatos de domingo todas as semanas agora, uma gravata nova porque as pessoas regressam, depois de amanhã, em julho, em outubro

(que morri?)

e fica a esperança que ajuda, um retrato, um postal, uma ponta de laço, a minha mãe na sua almofada do sofá

— Que tens tu?

com a noção que qualquer coisa no meu pai, não o meu pai, a cantar, um pouco trémula é certo e todavia a cantar, um nervozinho obscuro a cantar, milhares de nervozinhos obscuros e só um deles a cantar, lembro-me da minha mãe e eu

(morri?)

nos suspendermos

— Sentiste?

na certeza de um trinado que não chegava da rua nem dos vizinhos nem do cobrador na escada, quem aliás na escada se nesta casa se foram todos embora não fazendo ruído, levaram as mantas, a tosse, a senhora de idade que na minha opinião era eterna, a certeza de um trinado e nós à escuta, pode ser que na cozinha mas como na cozinha se fechámos a porta

(cavalos que fazem sombra no mar que tolice)

e nem o zumbido da arca congeladora se ouve ou o crescer dos coentros na lata, pode ser que no quarto dos armários onde não arrumávamos fosse o que fosse a não ser frases não ditas, gestos que não fizemos e a lembrança da minha avó a acumular rancores

— Quanto tempo fazes tenções de viver tu?

interrogando o crucifixo despeitada

— Ficam cá eles não é isso?
e a pagela da santa com o seu pavio por baixo que oscilava em vez de iluminar-nos mas quem ouviu uma santa, são as santas que nos ouvem a julgarem-nos, o encarregado filou o barco com o gancho alvoroçando os cisnes, lembro-me dos cedros
(outros cedros)
e a sombra deles a fazer-se e a desfazer-se, não a dos cavalos no mar que insistência, quais cavalos e em que mar, que tristes as casas às três horas da tarde
(ajudem-me)
quem fala por mim desde que a minha voz muda, quem se intitula eu e decide que é eu, quem provavelmente sou eu a apostar no dezassete tirando fichas dos bolsos e o meu filho Francisco
— Continue a dar-nos cabo da vida
exibindo os livros em que assentava as penhoras, as letras, que mulher se aproxima, me dá o braço e me leva, não acreditem no que digo, não façam fé em mim, a minha filha Rita não
— Não consintam que eu morra
a minha filha Rita
— Pai
e eu no corredor sem a ver, não sou capaz, desculpa, não vou dizer que chorei, acho
(não vou dizer que chorei, não chorei)
acho que me desembaracei da Mercília a pedir-me
— Senhor
vacilando nas bengalas conforme o meu pai e eu a vacilarmos no cais e o encarregado
— Idiotas
a minha filha Rita nem
— Pai
sequer aguardando que a lua e nenhuma lua hoje a minha filha Rita não aguardando nada, já não aguardavas nada pois não, não aguardavas nada, a minha filha Rita que não aguardava nada e portanto não compreendo o motivo
(isto custa)
da Mercília

— Senhor

na esperança que eu entrasse no quarto, a consolasse jurando

— És eterna

se o dezassete saísse entregava as notas a Deus e Ele a contar o dinheiro

— Por esse preço seis meses

mesquinho como sempre, o meu filho Francisco

— Vai gastar seis meses com a Rita?

eu na secretária do escritório e o meu filho roo ossos há séculos, quero a carne que sobra, discutia com os empresários, negociava preços, aconselhava-me a pingar zanga

— Cale-se

a mim que não falara, dizem que domingo de Páscoa, a minha filha Beatriz com a minha mulher, o meu filho João a aproximar-se do quarto com um estojozinho de brincos, a Mercília

— Às seis horas

e procuro adivinhar o que se passa por uma inconfidência do vento, de bezerros compreendo, assistia-lhes ao nascimento, guiava-os no campo e quando me habituava a eles vendia-os para as corridas exactamente como na vida, mal decidimos

— Estou pronto a começar

acabou-se, há ocasiões em que nem tempo fica para uma despedida nós que gostamos tanto de emoções a principiar por mim que afianço detestá-las, desde que estou aqui nunca dei pela minha família lá em cima

(mal decidimos

— Estou pronto a começar

acabou-se)

e pergunto-me se terão vendido a quinta e expulso a Mercília na primeira camioneta que não se sabe onde vai nem onde pára e provavelmente não pára, descobre caminhos que não terminam, uma criança a erguer o braço, não sei porquê perturbo-me quando uma criança ergue o braço, se calhar julgo que sou eu desamparado, sozinho, os comboios por exemplo, quantos não vi partir com saudade, uma ocasião um lenço de mulher que ainda me entusiasma, perdi-o numa curva

(devo confessar que morri?)

a última carruagem um vagão de mercadorias muito depois do lenço, pensei chamar
— Mãe
(porquê
— Mãe?)
e permaneci quieto a imaginar que voltava conforme o meu pai com a costureira, poder-se-á escrever uma carta a um comboio, que conversa a minha, adiante, dizem
um momento que demoro um bocadinho a recuperar, um lenço de mulher não branco, roxo
mãe
dizem que domingo de Páscoa, chuva, gotas que acrescentam vidro ao vidro e não me apercebo da chuva, em pequeno apercebia-me porque o telhado começava a existir, não o telhado inteiro, pedacinhos dispersos e uma gota que atravessou o reboco a surgir perto da lâmpada, o meu pai maçado com a gota
— Hei-de dizer ao senhorio
e não dizia visto que no outono seguinte a gota de regresso, começava a chover e eu desejando encontrá-la, a minha gota que alguma coisa havia de ter meu, não diga ao senhorio, deixe a minha gota em paz, que domingo de Páscoa, a minha filha Ana na despensa, o meu filho João à entrada do quarto
— Trouxe estes brincos para si tome lá
dirigindo-se a uma pessoa deitada onde a minha mulher e eu
(dirigindo-se à minha mulher?)
dirigindo-se à minha mulher, quem sabe, ou à mulher do lenço no comboio que por fim regressou, é a vida, resta a esperança que consola ou inventamos uma esperança para nos consolarmos, não acredito que a minha mulher na cama, a minha mulher na sala com o cesto do tricot, domingo de Páscoa portanto, a Mercília
— Às seis horas
e o meu filho de que não se pronuncia o nome na quinta, lá está ele a descer os degraus do alpendre, a atravessar o jardim, a abrir a cancela não a fechando atrás de si, nunca ligou à cancela e os gonzos a girarem, girarão para sempre e não haverá quem os cale, o meu filho azinheiras fora contornando o poço,

passando pela figueira brava que não permiti que matassem, um empregado com a serra e eu
— Não mates
o meu filho a deter-se no limite do pasto em que cavalo nenhum, toiro nenhum, uma extensão de erva, sob a erva os meus ossos e nos ossos um suspiro a repetir estou aqui.

tércio de varas

1

Depois da minha mãe morrer e me livrar dos meus irmãos e da Mercília vou finalmente ter a paz que mereço como paga de os aturar tantos anos, desfaço-me da casa de Lisboa e da quinta, compro um buraco longe onde não saibam quem sou e meto-me lá dentro até ao fim dos meus dias a iluminar o escuro com a raiva dos olhos, talvez um pedaço de mar na janela onde nenhum cavalo galopa, só o brilho da água e o peso das nuvens, não me batam à porta e deixem-me sozinho a gozar o silêncio esquecido da minha irmã Ana no baldio e do meu irmão João no parque a sujarem-me o nome, se me perguntarem

(ninguém pergunta porque não hão-de ver-me, vêem um senhor na mercearia, no talho)

— Como te chamas?

um apelido qualquer que se perde em seguida e eu fechado na sala a escutar vozes antigas e a negar que as escuto, o cancro da idade a alastrar-me nas cartilagens, nos dentes

(não mastigo, chupo, não mordo, lambo e no que se refere aos ossos desisto de caminhar ou descubro uma vassoura que me sirva de apoio, dá-se pela vassoura, não se dá pelos pés)

no horror dos reflexos em que não sou eu porque o meu tempo acabou, julgas chamar-te Francisco e não chamas, ter governado uma família e não existe família, foste, não és e por conseguinte não foste, a quem não possui presente roubaram-lhe o passado, sobra a tua mãe e um domingo de Páscoa mas que domingo, que mãe e o que será a Páscoa, a minha irmã Beatriz

(recordo-me agora)

num automóvel frente às ondas e às lanternas dos barcos e a minha mãe a apontar-lhe uma nódoa na saia que as percebi da porta, gostei de ti Beatriz, não gostei de ti Beatriz, quando a minha mãe

— Que é isto?

embora ignorando o que era isto pela expressão dela deixei de gostar, depois soube o que era isto, detestei-a e hoje ignoro de novo e não sou capaz de dizer que a detesto, os sentimentos vão-se diluindo um a um, fica uma tarde em que às seis horas, a Mercília disse seis horas e as seis horas continuam em mim, setenta anos, que surpresa, tão penoso levantar-me, baixar-me, que me fizeram ao corpo, arranjar um chapéu como o do meu pai e sumir-me até que a indignidade em que me tornei me abandone, se galopar muito depressa torna a haver o passado e em que passado estive, o gado além da cerca, pombos bravos a caírem iguaizinhos a trapos logo a seguir ao disparo e as reviravoltas dos cães que o sangue excitava, como esta casa deve ser triste às três horas da

não, isso não eu, outra pessoa do livro, o meu irmão João, o maioral, qualquer coisa em mim a roer conforme rói os ossos para descobrir que carne alguma com eles, empréstimos por pagar, hipotecas vencidas, olhe no que deu o dezassete senhor, o mar onde a minha irmã Beatriz sombras e falso, com a morte do meu pai os galopes cessaram, ficou o eco mas quem dá por um eco na água se a própria água feita de ecos também, aqueles que dizem sentir a água enganam-se, sentem a memória dela, tornaste a casa Beatriz, não te casaste mais, acabaram-se as manchas na roupa e a minha mãe a aprovar

— Entraste na ordem menina

a cara lamentosa, olhos dispostos às lágrimas

— O vosso pai

um silêncio de arrependimentos, censuras, pena de si mesma e da gente

— O meu pai avisou-me

não

— O vosso avô

uma pessoa só dela

— O meu pai avisou-me coitado

e o coitado na moldura não avisando ninguém, bastava a trabalheira que a própria morte lhe dava a interrogar-se de flanela nova

— Como devo comportar-me?

entre tios conversando uns com os outros num compartimento deserto, tio Aniceto, tio Arsénio, tio Fagundes, major, de medalha que me lembro de ver na sua caixa

— Deram-ma na guerra rapaz
faleceu com uma doença africana a vomitar as tripas
— A medalha por quantos pretos senhor?

e voltando a ti, Beatriz, tornaste a casar, não te casaste mais, onde vives mana, com quem, nenhum automóvel frente às ondas, nenhum homem a abotoar-se arrependido, o teu filho a fitar-nos vazio, a minha mãe
— Porque não pensaste na criança antes de a teres?

como se alguém pudesse pensar numa criança antes de a ter, que ideia a sua, mãezinha
— Antes de a ter?

pensou em mim antes de me ter você, pensou nos meus irmãos e daqui a pouco seis horas, não as três da tarde em que as casas são tristes, por agora um homem com uma vara que lhe aleija o cachaço

(o médico mais a seringa?)

eu no escritório com um credor
— Dê-me um mês

o desodorizante do meu pai, os livros do meu pai, eu sem um palmo de terra que garantisse o dinheiro e portanto não a negociar, a pedir, não tenho tempo de chorar a minha mãe

(se tivesse tempo não chorava)

e incomodar-me com os soluços no quarto, não arrastes as bengalas Mercília acusando-me
— Não se rala com ela

eu que não tenho ocasião de me ralar com ela por sua culpa pai, o perfume, a gravata e a roleta a enganá-lo, uma manhã ao voltar para a quinta nem a aliança trazia, a minha mãe
— O teu casaco?

e o meu pai a fazer-se de lucas
— É capaz de estar no guarda-fato não sei

em que a cruzeta vazia, não tenho vagar para desgostos ocupado a vender o que já vendi e a entregar como garantia o que perdemos há séculos, se lhe chamava a atenção o meu pai
— Não te inquietes

ou seja abocanha os ossos Francisco imaginando haver carne para comer em seguida, enganou-me senhor, desejo que chocalhe as tíbias entre raízes até que um cedro lhe beba o sangue e a alma, a minha irmã Ana

— Há dinheiro não há?

e claro que há dinheiro se deres o corpo na rua, planta-te numa esquina longe das lâmpadas para que não te vejam bem e não se afastem de ti, olhos que aumentam a arder

— Não podes ajudar-me?

e ajudar-te como, aquecer a colher com um isqueiro, arranjar-te agulhas, devia ter pensado antes de a ter mãe, que asneira preferir o meu pai ou consentir que ele a preferisse, reparou nos talheres de prata que faltam e nos anéis que levaram sumiço, a certeza que as palavras impressas no papel e só escrevo por cima, quem me deu esta prosa, sem mencionar os crucifixos do oratório entregues no baldio e o que vendia a droga a riscá-los com um prego

— Oiro?

antes de os jogar nos arbustos, os santos de pernas para cima e um homem de gabardine a dormir num degrau, se dependesse de mim em vez dos santos o meu pai de pernas para cima ou a dormir num degrau, o tio Fagundes, major

— Faleceste de quê?

e é melhor não contar que envergonha a família, a minha irmã Ana ou a Mercília ou uma criatura que escreve mais adiante no livro explicarão por si, mude de assunto e cumprimente as primas que lhe censuram o atraso

— Demoraste a chegar

porque o tempo dos mortos compridíssimo sabia

— Há quantos anos cá estamos?

e nem um mês para alguns, daqui até às seis horas um sem fim para eles, se ao menos um baralho de cartas, um jornalzinho, uma varanda para a serra onde à noite lâmpadas que se movem sem razão, domingo de Páscoa

(se ao menos entendesse porque se movem, as lâmpadas)

e chuva, ao despachar o credor dei conta da casa mais solene com o vento alterando os salgueiros, os empregados não no campo, sob o alpendre à espera com a roupa de luto, sem boné insignificantes, de feições talhadas ao acaso na madeira da carne e um ou dois cães com eles que os ajudavam com o gado, depois de me livrar dos meus irmãos e da Mercília livro-me de vocês também, hão-de acabar barqueiros durante as cheias do Tejo ou a fumarem no portal da igreja olhando as próprias mãos em que nenhuma rédea

(o que pretendem as lâmpadas quase chegando-se a mim?)

e aí estás tu Mercília sem precisarmos do teu colo, se perguntassem o que sinto por ti respondia que nada, não, se perguntassem o que sinto por ti levantava as sobrancelhas e todavia em criança ao não te achar na cozinha um desassossego, uma falta, pronunciava o teu nome para continuar vivo e tu

— Menino

quase a afagar-me o cabelo sem me afagar o cabelo, porque não me ergueste do chão tornando-me mais alto que todas as pessoas do mundo

— Sou gigante vejam

mesmo hoje, de bengalas, se te apetecesse erguer-me eu enorme, estou no escritório do meu pai e tenho de ajoelhar na cadeira para chegar à mesa, em vez de números desenho o sol nas facturas e ponho-lhe olhos e boca, faço-nos à gente os dois de mão dada no pomar e um galo e uma vaca, tu de lenço na cabeça e eu com uma orelha apenas

(faltam-me dedos também e se os tivesse eu, riscar o eu, riscar o antes do eu, faltam-me dedos também)

e por gostar de ti não gosto e não me venhas com o

— Menino

que o

— Menino

hipocrisia tua, erguias a minha irmã Beatriz, erguias o meu irmão João, davas de comer ao outro com um

— Pobrezinho

na cara amarrando-lhe um pedaço de toalha ao pescoço, quadrados verdes e brancos e o meu pedaço quadrados nenhuns, um buraco de queimadura enquanto a colher ia e vinha e os bonecos no fundo do prato a aparecerem, nunca me convidaste para dormir contigo na cama com a mala por baixo

— Vais-te embora Mercília?

e o pavio da Virgem num círculo de rolha a navegar no azeite em que um mosquito morto

— Deite-se aí menino

a certeza que nenhum mal me acontecia porque tu na enxerga, uma espessura de carne em que oscilavam pinheiros e me obrigava a espirrar, cheiro a terra, a lagoa e a lama de fazer bolos em que os insectos pulavam

(lembras-te do sapo que te ofereci, metia-se um tubo no bucho e crescia?)

e ao entrar na sala com uma tampa de panela a pingar recusavam-me as prendas

— Tira isso daqui e vai lavar-te depressa

enquanto a Mercília esfregava gotas escuras no tapete, o meu pai o início de uma frase e a calar a frase

(ia defender-me senhor?)

a minha mãe

— Hoje jantas no quarto

o meu pai outro início de frase que calava igualmente, se o olhasse os polegares uns nos outros no peito, tentava imitá-lo e não se ajustavam, sobravam-me, para quê tanto polegar se um ou dois bastam, como esta casa é triste todas as horas do dia, nunca vi fosse o que fosse tão feio, a ordem dentro de mim, a que não me atrevia a obedecer, pega numa faca e rasga a camilha, as cortinas, escutava no andar de baixo um barulho de loiças, a minha irmã Beatriz a rir

(pego na faca e mato-te)

e depois passos na escada não de botas, chinelos, a maçaneta a rodar e eu a secar-me na manga não vou dizer de quê, digo que a secar-me na manga, não se convençam que lágrimas, logo que a minha mãe morrer

(às seis horas os joelhos a dobrarem-se, o corpo a dobrar-se sobre os joelhos, a cabeça a dobrar-se sobre o corpo)

vou ter a paz que mereço num buraco longíssimo onde desconhecem quem sou

(não me inquinam os dias, não fazem sombra no mar)

nenhuma água em mim e se a houvesse negaria que água, qual água, passos na escada não de botas, chinelos, ainda não bengalas

(não suporto que cheires a remédio em que nenhum pinheiro oscila, não a terra e a lagoa)

e a Mercília trazendo às escondidas mais pastéis que para eles e o boião de compota que não lhes deu a provar, o

cheiro da lagoa de regresso, no outono os pombos bravos num ruído de biblioteca a caminho do Egipto, ao poisares a bandeja quase a mão no meu cabelo apesar de parada espiando as loiças e as vozes
— Coma depressa menino para a mãezinha não ver
e eu a recusar a bandeja
— Não quero
(a cabeça a dobrar-se sobre o corpo)
e embora recusando pronto a dividir a compota contigo na esperança que não te fosses embora, porque será que as outras mulheres não cheiram como tu, porque é que os sapos não crescem
(— Às seis horas)
porquê este domingo de Páscoa, esta chuva, gotas que se acrescentam a gotas engrossando o vidro e os ramos do quintal ora finos ora grossos ora finos de novo consoante as gotas desciam, no escritório que me pertence por direito uma ferradura que não deu sorte ao dezassete, meia dúzia de fichas do Casino, facturas por pagar
(é evidente)
e um gancho de cabelo com rosinhas de latão, vi o meu irmão João no corredor com um estojo e aposto que a minha irmã Beatriz, depois de acompanhar o médico a quem não faço tenções de pagar, ao lado da minha mãe à espera que os joelhos se dobrassem e vão dobrar-se descansa, a minha mãe sem energia para ordenar a Deus designando a dobra de reposteiro onde a morte escondida
— Tire-ma daqui
conservei o gancho de cabelo sei lá por que razão, falso, sei, oito rosinhas que me fazem sonhar, quantas vezes dei por mim a pensar nelas mesmo durante um negócio ou à noite na cama que não cheirava a lagoa nem a terra, cheirava aos sonhos da véspera e aos olhos da manhã cambados no espelho, se mostrasse o gancho à minha mãe negava-se a pegar-lhe
— Onde descobriste essa bodega?
como se continuasse a entrar na sala de camisa suja a oferecer à volta os meus bolos de lama, há alturas em que me pareço consigo pai a contemplarmos oito rosinhas compradas por um tostão furado nas tendas dos ciganos e acharmo-las lindas,

hei-de levá-las comigo para o lugar onde não sabem quem sou e enfiar a mão no casaco a sentir-lhes o relevo admitindo a custo

(não me sinto da família, sinto-me uma excrescência, um intruso)

que seu filho senhor, desejei tanto ser filho não da minha mãe e do meu pai mas da Mercília somente, a minha irmã Beatriz

— Odeias a Mercília

e tem razão, odeio-a por não pegar em mim, larga a compota, abraça-me, vou destruir esta página onde escrevi o que não confesso a ninguém, tens razão Beatriz odeio-a, de que serve uma criatura que não engoma nem cozinha, ciranda pelos quartos a espiar-nos julgando tomar conta da gente sem perceber que crescemos, devia seguir o meu irmão João no parque à noite

— Quanto levas menino?

ou a minha irmã Ana no baldio para compreender a inutilidade dela se é que chegou a ser útil, por mim enrolava-a num pedaço de toalha aos quadrados verdes e brancos, cavava junto à nespereira, depositava-a lá dentro e calcava com os pés, uma ocasião entregou-me

(tão ridícula)

uma nota dobrada em quatro e um saquito de moedas

— Dá-lhe jeito o meu dinheiro menino?

e logo a seguir

— Não foi por mal

logo a seguir

— Desculpe

as bengalas a partirem uma após outra com as patas de elefante órfão a rebentarem o chão, fiquei a olhar o saquito que deixou na secretária a pensar que se o meu pai fosse vivo o jogava na roleta e perdia-o, farejei o saquito sem encontrar a terra ou a lagoa

(se pagasse as dívidas com bolos ainda com a marca dos dedos e raízes e ervinhas

— Já não é preciso dinheiro

aceitá-los-iam, haveria quem quisesse prová-los em vez de

— Tira-me isso daqui e vai lavar-te depressa?)

encontrei o bafio da idade sem vestígios de carne, já que roo os ossos da minha família posso roer os teus igualmente, roer o gancho de cabelo, roer-me a mim e ao domingo de Páscoa e ao roer o domingo de Páscoa roo a chuva, as seis horas e a minha mãe viva, aí está ela na sala sem pegar no tricot
 (nunca pega no tricot)
 queixando-se da espinha e portanto saudável, não vai dobrar os joelhos, o corpo sobre os joelhos e a cabeça sobre o corpo, não é um toiro afinal, a minha irmã Beatriz contou-me da tristeza das casas como se eu não soubesse e em que parte da casa nascerão as gotas dos vidros que não pertencem à chuva nem deslizam para os caixilhos, permanecem ali sem uma acusação, um protesto, a diferença entre nós mana é que não me deixo vencer, continuo, se me sinto quebrar apanho da gaveta o gancho das rosinhas e aguento, não é uma mulher que ajuda, nunca me ajudaram, as mulheres assustam-me, feitas de segredos, pedidos, lamentos que me fazem ter dó da sua condição e da minha, se possuísse janelas chovia horas a fio desalinhando as roseiras, não estou a ser sincero, não liguem e no que se refere à tristeza das casas nunca dei por ela, a única coisa que me apetece é um sítio longe onde não saibam quem sou, assisto aos meus irmãos no corredor aproximando-se um após outro
 (falta a minha irmã Rita é evidente embora me pareça que, fantasias, não me parece seja o que for, tão complicados os mortos)
 da minha mãe como depois das seis horas se aproximarão do baldio e do parque que era a sua forma de comerem o meu bocado de carne deixando-me a quebrar os incisivos no osso, para além dos meus irmãos a Mercília com o vestido a sobrar do corpo ela a que a minha mãe não pagava
 (— Não lhe chega comer?)
 era o meu pai a roubar ao dezassete para lhe deixar cair na algibeira uma esmola à socapa
 — Não digas a ninguém
 enquanto um dos empregados não me tratando por menino e a fingir não me ver segurava o cavalo que não fazia sombra no mar, o nariz da minha irmã Ana aumentou no escritório
 — Não vens?

eu que me aflijo com o silêncio do final das corridas mal a música se interrompe, não é tanto a morte, é o silêncio antes dela, lembro-me da minha irmã Rita a afastar-se de nós com um último

— Não consintam que eu

inacabado, pálido, se avançássemos os dedos quem conseguia agarrá-la, a minha irmã Beatriz

— Não a apanho

quer dizer apanhou uma manga, não lhe apanhou o braço e a manga vazia, pedi

— Não te vás embora sem roupa

e a impressão que me olhava espantada, depois o espanto sumiu-se e as feições arrumadas, não dirigidas para nós, de perfil, não acredito que os cavalos façam sombra no mar mas faziam sombra nela ocultando-a da gente comigo a pensar

— Não és a Rita tu

a decidir

— Não és a Rita tu

e por conseguinte mais tranquilo, sem pena, não era a minha irmã Rita aquela, faltava um cotovelo no peitoril na certeza que a lua, como esta casa foi triste às três horas da tarde, a minha irmã Beatriz a olhar a manga vazia e a olhar para a gente numa surpresa que se assemelhava à da minha irmã Rita, a mesma incompreensão e o mesmo pavor, quem não se rala com isso estique o dedo, amarramo-nos às maçanetas, aos armários

— Eu não

o meu pai tentou tirar o chapéu sem tirar o chapéu, as falanges abriam-se e fechavam-se não acertando com a aba, a Mercília equilibrou-se, desequilibrou-se, equilibrou-se outra vez, lembro-me da época em que corria ao subir as escadas, o que te aconteceu com os anos Mercília, a minha mãe tinha razão, já te chega comer, para quê dar-te mais, puxou o lençol da minha irmã em que ampolas, comida e uma madeixa à vista, pintada de loiro com a raiz castanha e a raiz castanha, sei lá porquê, a dificultar-me a garganta, eu incapaz de explicar

— O ar não entra

saía e não entrava cheio de lâminas, bicos, o

— Não consintam que eu

desaparecendo também, o que permanecerá de ti é a manga a que a minha irmã Beatriz chama
— Rita
o meu pai sem chapéu, tão grisalho, jogue a Rita no dezassete senhor
— A minha filha no dezassete
e pode ser que ela regresse, a bolinha a saltar números, o vinte e três, o onze, deu-me ideia que o nove e acertei, o nove, a bolinha no nove, o croupier recolheu a minha irmã Rita juntamente com as fichas e o perfume que o meu pai levava para o Casino ocupando o quarto inteiro, a minha mãe a censurá-lo
— Isso empesta
graças a Deus que chove e os ecos do algeroz me impedem de acompanhar a mudança das coisas, daqui a semanas eu longe a iluminar o escuro com a raiva dos olhos na esperança que não batam à porta e me deixem, julgo que feliz espero eu ou pelo menos sereno, se me perguntarem
— Como te chamas?
um apelido inventado que se perde em seguida, a chuva não unicamente nos caixilhos, no escritório, quase me impedindo de notar o meu irmão João com o estojo na palma e ganas de exigir a sua parte da herança para a derreter no parque, já a derreteste mano nos hospitais, nas análises, comeste a tua carne, rói os ossos comigo que os roo sozinho e em vez de exigir o meu irmão João
— A mãe
no tom que eu julgava esquecido de quando era pequeno, subia à macieira e se abraçava a um tronco incapaz de descer até que a Mercília
(que omnipresente esse espantalho)
surgia com o escadote, galgava os degraus e o trazia como um coelho antes de matá-lo numa pancada rápida, as galinhas sem pescoço cambaleios desviados ao passo que os coelhos nem um estremeço, inertes, o meu irmão João
— A mãe
(duvido que tenha oportunidade de falar melhor das galinhas)
e portanto vivo, de focinho franzido a mastigar não um talo de couve, o seu medo, o meu medo

(admito o meu medo e que a minha irmã Rita a afastar-se de nós, nunca mexi em ninguém doente porque não suporto mangas vazias)

se ao menos os joelhos da minha mãe não se dobrassem, e o corpo, e a cabeça, dantes uma senhora vinha arranjar-lhe as unhas, não vem há que tempos, será que o gancho das rosinhas e não pode ser, não acredito, uma senhora, não uma camponesa, anéis de oiro, pulseiras, a minha mãe ao telefone

— Porquê?

a enrolar o fio nos dedos, as pálpebras apesar de secas uma coroa de lágrimas, quando foi da minha irmã Rita o meu pai assim e eu hoje assim sem acreditar que assim, se me dissessem negava

— Onde estão as tais lágrimas?

e no entanto inchadas pela minha irmã Rita, pela minha mãe, ia escrever que por mim e que sorte não ter escrito por mim, espero que vendida a casa e a quinta me deixem sozinho a medir o silêncio lembrando-me quem fui e pode ser que então os cavalos no mar, estavas certa Beatriz, os cavalos no mar mesmo junto de nós e neste domingo de Páscoa vinte e três de março as azinheiras de repente em Lisboa e os toiros de queixo erguido farejando sussurros, dão pela morte da minha mãe e pela minha morte no interior das veias eu que não quero morrer, amontoo os livros das contas na estante, demoro um minuto a contemplar as rosinhas e com as rosinhas a senhora das unhas que não me cumprimentava, não via conforme não via os meus irmãos, a minha mãe fabricava um sinal na bochecha verificando-o no espelhinho da carteira e lembro-me do som do fecho ao cerrar-se, só Deus sabe o prazer que certos barulhos me deram e a recordação deles vai continuando a dar-me, o galope dos toiros contra o oco do chão, os sapos numa linguagem cifrada, o assobio da Terra feito de murmúrios, vagidos e eixos tortos que rangem

(levá-lo-ei comigo para o tal sítio longe?)

e aí está ele a enervar-me desde que guardei o gancho na gaveta e caminho corredor fora juntamente com os outros, o meu pai e a minha irmã Rita incluídos, na direcção da minha mãe diante da qual a senhora alisava a toalha e na toalha limas pinças tesouras, a minha mãe já não

— Porquê?

ao telefone e então compreendi o Casino e o dezassete pai depois de ouvir a senhora e a minha mãe a rirem-se, compreendi os cavalos que fazem sombra no mar e escondê-lo de si mesmo e de nós escondendo ao mesmo tempo a senhora que graças aos cavalos não existe, a sombra deles apagou-a, existe a minha mãe tardes a fio sem reparar no tricot, a reparar em mim de volta da lagoa

— Vai lavar-te depressa

e não era comigo que ralhava, era com você através de mim, se sonhasses, se compreendesses, se conseguisse mostrar-te como esta casa é triste às três horas da tarde e o meu pai sem sonhar nem compreender, não és capaz de compreender, nunca foste capaz, de perfume e gravata

— Uma reunião com um empresário em Lisboa

se dissesse ao meu marido uma surpresa distraída

— Perdão?

certificando-se que as chaves nas calças já esquecido de mim, ainda que lhe gritasse ele a verificar vincos, a alinhar as têmporas, a orgulhar-se do polimento nos sapatos

— Perdão?

de maneira que estendo o braço para o tricot, desisto do tricot, fico a observar o salgueiro até que a porta se fecha, passos no alpendre, nos degraus, no saibro e depois passos nenhuns, o terror da ausência como quando a Mercília me deixava logo que o candeeiro apagado e a minha respiração tão grande que as mãos não a abarcavam, as pernas distantíssimas, os braços perdidos, que é do meu corpo meu Deus que não é este de agora

(se acendesse o candeeiro tornaria a ser eu?)

dêem-me um dedo a fim de o apanhar de repente manhã e eu comigo de novo, os móveis, o copo de água e o reposteiro julgando-se os mesmos de ontem e no entanto são outros, se chamarem por mim é a de dantes que chamavam, a de hoje os joelhos dobrados, o corpo que se dobra sobre os joelhos, a cabeça a dobrar-se com o salgueiro lá dentro que esse sim, não mudou e a respiração não minha, dele, não pares de respirar

(como esta casa é triste às três horas da tarde)

até que os meus filhos cheguem um a um e o Francisco, o que fazia bolos de lama, aquele de quem não gosto e de quem a Mercília gostava

— Menino

e o mal agradecido

— Deixa-me

detestando-vos a todos e detestando-me a mim, porque não o levaram em lugar da minha filha Rita, porque continua no escritório a tornar-se dono do que me pertence, a minha quinta, os meus toiros, não do meu marido que nunca teve nada, meus, a Mercília

— Às seis horas

lembro-me de uma boneca chamada Susana e de um vestido com pintinhas que não tornei a ver, o que sucedeu ao vestido, disseram

— Não te serve

(era mentira)

e levaram-no, não é a que arranja as unhas que eu quero, é o vestido, a minha mãe na cama sorrindo à memória da boneca e a usar o vestido, quando eu entrar no quarto a minha mãe em lugar de morrer

— Gostam?

a Susana desterrada na cave contra uma enciclopédia, com um olho fechado e o outro aberto a maldizer o mundo, que livro este senhores, a caneta desistiu de andar, informou

— Não ando

e por conseguinte como se acaba o capítulo, estou no corredor a caminho do quarto e a chuva mais forte, amanhã um tijolo a faltar na chaminé e os toiros sob as azinheiras num cacho infeliz, podia terminar neste parágrafo e não termino, prossigo, mesmo que tentem impedir-me prossigo, não morro, quanto mais me desejarem a morte eu mais vivo onde não sabem quem sou nem se importam comigo, um senhor na mercearia em que mal se repara e se perde em seguida sem fazer sombra em parte alguma

— Que senhor é aquele que não faz sombra em parte alguma?

onde é que eu ia, ia que eu no corredor a fechar a porta do escritório porque o bocado de carne que me pertence no meio dos papéis, roí-lhe os ossos, é meu, sentia as nuvens deslocando-se para leste dado que lhes escutava o ruído das velas e das cordas sem mencionar os marinheiros, a casa deslocava-se também no sentido das árvores onde os toiros a fitarem-nos não desconfiados, tranquilos, no tempo do meu pai apressavam-nos com uma vara e é altura de dizer que em relação ao meu pai apesar do dezassete e do perfume eu, não digo, se dissesse mentia e que diabo me faz preocupar agora em não mentir se menti sempre, enfim quase sempre, qual quase sempre, menti sempre, tenho pena de você pai e não é pena que tenho, acabemos com as pieguices, ponha-se o meu pai de lado e siga a banda, lá vou eu corredor fora na direcção do quarto juntamente com a minha irmã Ana, o meu irmão João, a Mercília, que cortejo de palermas neste domingo de Páscoa vinte e três de março ou antes um só palerma, eu, com os seus bolos de lama num tampo de panela, se os joelhos da minha mãe ainda não se dobrassem a voz dela no sofá

— Tira isso daqui

enquanto a Mercília esfregava o tapete, tinhas cabelo ruivo preso com ganchos sem rosinhas de que se escapavam madeixas e quase nenhum cabelo já, menos fiapos que a boneca da minha mãe na cave, se lha trouxesse talvez não a espada, as seis horas, a nuca baixa aceitando, a minha irmã Beatriz

— O Francisco mãe

e os olhos parados, se lhe perguntasse

— Apetece-lhe um bolinho senhora?

não respondia sem imaginar a trabalheira que me deu fazê-los para si, apanhar a lama, arredondá-los, colocá-los na tampa, desenhar enfeites com um bico de cana, transportá-los para casa impedindo-os de cair à medida que os cavalos estremeciam o chão, chegar ao quarto no fim do corredor, não à sala, e no quarto a minha irmã Beatriz

— Reparou no que o Francisco lhe trouxe mãe?

mais importante que os brincos do meu irmão João, o desespero da Mercília, a febre da minha irmã Ana, uma dúzia de bolos senhora, a gente finge que escolhe, depois finge que pega, depois finge que leva à boca, depois finge que mastiga, depois finge que engole, depois finge que quer mais com os mindinhos em pinça

(o que lhe custa pôr mindinhos em pinça?)

dizendo

— Vou experimentar aquele

e eu orgulhoso

— Prove antes o maior

a rodar a tampa da panela de forma a que o maior voltado para si, a minha mãe a retirá-lo sem lhe mexer

— Tens mais?

e eu sujo, feliz, com os ouvidos cheios de abelhas e do gorgolejo das rãs ocultando os pingos no tapete debaixo das solas na esperança que os não visse, a minha mãe a indicar a mesa dos remédios

— Poisa aí a bandeja

a enxugar os lábios com o guardanapo do lenço, a pegar-me no queixo, a

não a pegar-me no queixo, a dobrar os joelhos mas como a dobrar os joelhos se ainda não a espada, a minha mãe a pegar-me no queixo

(é assim que vai passar-se)

não a fingir que escolhe, fingir que segura, fingir que leva à boca, fingir que mastiga, fingir que engole, a minha mãe a escolher, a segurar, a levar à boca, a mastigar, a engolir, a enxugar-se com o guardanapo do lenço e a pegar-me no queixo antes de pedir, não antes de pedir, antes de exigir outro bolo.

2

Haverá noite para este dia digam-me, uma altura em que deixo de distinguir o salgueiro e depois do salgueiro a janela, os móveis desaparecem porque não acendemos a luz, ficam as pegas de metal a brilhar um momento, um frémito nas portas que ninguém gira, os meus irmãos procurando-se e eu em busca da saída dado que principiaram as dores e não acho o caminho da rua, apercebo-me do alpendre onde a lanterna baloiça na corrente, ao regressar do baldio via-a na esquina e acalmava, estou a chegar, estou em casa, não me fazem mal já, o quintal fechava-se-me sobre o corpo e escondia-me, nenhuma cólica, nenhum suor, a paz e com a paz a indecisão da madrugada no peitoril
— Nasço não nasço?
a desistir, a pensar melhor e a mostrar um esboço de trepadeiras, que parentes no velório amontoando guarda-chuvas no pote enquanto o meu irmão Francisco modifica os livros das contas, não apenas guarda-chuvas, sobretudos que escorrem turvas lágrimas lentas, se calhar com dinheiro nos bolsos
(oxalá que dinheiro nos bolsos)
e a Mercília a ver-me procurá-lo indignada, explicar-lhe
— Não quiseram o que estava na tua mala sabias?
e as bengalas mais duras no tapete
— Nunca tiveste nada que prestasse és pobre
a minha irmã Beatriz indignada igualmente
(um automóvel frente às ondas e o marido a compor-se, a certeza de não haver dia para essa noite e lágrimas substituídas por um
— E agora?
sem fim)
uma ocasião roubei os botões de punho ao meu pai e em vez de ralhar-me a expressão dele
— Filha

compreensivo o cretino eu que não preciso de compreensão, quero lá saber que compreenda, preciso de, não preciso seja do que for e não me venham com tratamentos, tratamentos a quê, ando óptima, mesmo que não tivesse família e morasse sozinha, sem a lanterna do alpendre a anunciar de longe

— Estás quase salva Ana

(a propósito de lanterna quanto valerá aquilo, poeirento de besoiros queimados?)

era feliz garanto, emagreci, é normal, aumentaram-me os ossos, se não me apetecer ir ao baldio não vou e acabou-se, a minha mãe para o meu pai que hesitava entre eu e o Casino isto é o que julgava ser droga e o dezassete que a bolinha recusa

— Os botões de punho que te dei?

os olhos do meu pai noutro lado sem deixar de fitá-la para que não pensassem em mim

(não me rala que pensem em mim)

vasculhando mentiras, se tivesse o cavalo a jeito fazia sombra no mar e não se lhe notava a cara, o barulho dos cascos quatro corações desengonçados e cada um

— Filha

não senti um pito quando faleceu, o que devia sentir, almoçava com os empregados feito da massa deles que mal sabiam falar e obedeciam sem revolta, acompanhava-os no baralho de que não se distinguiam os naipes atirando do alto uma manilha, um valete, um camponês chapado, uma espécie de bicho, que esquisito nascer de você, a minha mãe com a senhora das unhas toda gorjeios, risinhos, o meu pai sofria por eu não cumprimentar os colegas, ao mencioná-los não

— Os meus empregados

uma camaradagem que me punha os nervos em tiras

— Os meus colegas filha

não conversava e nas poucas alturas em que lhe escutei uma palavra

— Filha

o meu pai para a minha mãe a fingir admirar-se com a ausência dos botões

— Hei-de ver se os encontro

ou seja comprar uns iguais na vila ou que pelo menos dessem ar dos antigos, desenhou-os nas costas de um envelope

— Losangos de oiro com uma pedra no meio
quando era mais simples ir ao baldio por eles a magoar-se nos arbustos, repare nos meus braços onde não são só as picadas, são os espinhos, os galhos, pode ser que descubra o que vende o pó, negoceie, rebata e Deus queira que os pretos lhe joguem latas em cima, não senti um pito quando faleceu e não sinto um pito agora, talvez o medo de não haver noite para este dia e a minha mãe morta na cama sem gorjeios nem risinhos, torcida e de queixo aberto que eu vi

(nunca me ocorreu que lhe faltassem dentes calcule e sem a pintura tantas rugas, que idade tem você mãe, não disfarce a idade)

a camisa de rendas, dantes justa, a sobrar-lhe no peito, os meus irmãos procurando-se e os colegas do meu pai a trotarem para mim com os corações dos cascos desengonçados, dúzias de corações que me agitam o sangue, o do baldio

— Quanto?

desdenhando a oferta e o homem da gabardine a acordar no degrau puxando-lhe o casaco

— Trabalhei nos guindastes sabia?

a encher o ar de roldanas, a adormecer de novo e as roldanas mudas, apesar do Tejo nenhuma gaivota aqui, escapam-se de nós, evitam-nos, lagartixas, pardais, um cachorro ou dois claro, isto é um país de cachorros, tudo ladra senhores, até eu se a febre sobe, a gemer

(os animais não se suicidam porquê?)

não sinto um pito para além das dores, das cólicas e da alegria depois da seringa, não bem alegria aliás, uma espécie de sossego, o que vende o pó

— Anda cá

e não me importa ir, não o ajudo nem o empurro

(ajudaste o teu marido Beatriz?)

espreito-lhe sobre o ombro as nuvens que se fazem e desfazem exactamente como a vida e a sombra delas, não dos cavalos, em mim, a minha pele escurece ao passarem e aclara-se intacta

(não vou morrer pois não?)

ao contrário da minha mãe nenhuma ruga por enquanto, a cicatriz na sobrancelha da queda em criança e a Mercília a segurar-me os cotovelos num gabinete com ferramentas num armário, o médico que tresandava a zaragatoa de anginas

(todos os médicos tresandam a zaragatoa de anginas e a borato de sódio)

munido de uma agulha curva no vértice de uma pinça

— Quieta

a consertar-me a ferida, a minha irmã Rita levantava uma ponta do adesivo

— Deixa ver o golpe

num horror fascinado, o meu pai quase

— Filha

a segurar as mãos uma na outra numa angústia que se palpava sem se atrever a espreitar

(livre-se de espreitar)

as mãos cheias de gordura e sangue com que ajudava os toiros pequenos a saírem das vacas, entendia-se que os animais sofriam porque uma das patas não cessava de tremer e as narinas pingavam, o meu irmão João admirado de canguru de borracha suspenso nos dedos, qual o motivo de o céu não azul em lugar desta chuva, gotas que se acrescentam às gotas a espessarem o vidro impedindo-me de perceber o meu pai

— Macho ou fêmea?

limpando a cara na manga, interrogo-me se foi assim comigo

— Macho ou fêmea?

limpando a cara na manga, o maioral enquanto tento levantar-me nas perninhas que vergam, não conseguem, conseguem

— Fêmea

e a minha mãe que vai morrer a lamber-me cansada, choverá até quando neste domingo de Páscoa, no baldio, mesmo com chuva

— Anda cá

e eu a espreitar-lhe sobre o ombro os pingos na lona agarrando ervas húmidas, o que pensará a minha mãe nesta altura, aposto que não há espaço nela para pensar e no entanto suponho que gorjeios, risinhos, uma palavra feita pedido de esmola ao telefone

— Porquê?

porque o mundo não se incomoda com a gente senhora nem com a gota que tomba de cada vez que um

— Porquê?

numa parte da minha mãe que nem estou certa que exista, o que sobeja quando não existimos, em que pensarei eu, este livro é o teu testamento António Lobo Antunes, não embelezes, não inventes, o teu último livro, o que amarelece por aí quando não existires, como esta casa é triste às três horas da tarde, toque na fêmea pai em lugar de tocar-me que ela sim, sua filha, não tenho pai, tenho uma colher na despensa com um isqueiro por baixo, um êmbolo, um elástico, um limão espremido e você tinha os cavalos e o dezassete fora da roleta, escolheu um número que não há, uma mulher que não há, filhos que não há, há os toiros mas os toiros são pedras moendo os campos com a boca, não há toiros também, o meu irmão Francisco a rasurar os livros, a soprar o pó da rasura e a escrever por cima, ao passar diante dele não levantou a cabeça, uma sobrancelha apenas, a cabeça no papel e a sobrancelha a mirar-me, o meu pai lavava-se na torneira do estábulo molhando as polainas, as botas, o toiro pequeno e a vaca farejavam-se numa delicadeza que me enternecia se conseguisse enternecer-me, ao correr o dedo na sobrancelha o relevo da cicatriz previne-me que eu sou eu e a zaragatoa regressa, que pretendem de mim as lembranças antigas, vejo um tanque com peixes, uma criança a brincar, a minha irmã Rita saltava à corda e eu enganava-me sempre e invejava-a, não podes mais saltar à corda Rita enquanto eu posso se me apetecer, logo que a febre desça continuo a enganar-me, o que vende o pó

— Não és capaz de andar direita ao menos?

e não sou capaz de andar direita, entorto, o ajudante do que vende o pó

— É quase cega esta

e realmente vejo pouco, quer dizer vejo as seis horas que não chegam e a Mercília a espreitar o relógio na esperança de o acicatar com os olhos, se observamos muito tempo um objecto ele principia a deslocar-se e derivado à Mercília o ponteiro dos minutos engoliu um tracinho, ao regressar do baldio apercebia-me da lanterna

— Estás quase a salvo Ana

e eu salva de facto, os lençóis protegiam-me, nenhum preto que me jogue latas, nenhum homem de gabardine

— Trabalhei nos guindastes sabia?

enchendo o ar de roldanas, a vaca pequena a firmar-se nos joelhos e o meu pai aborrecido

— Fêmea

desgostoso de mim, desculpe ter nascido fêmea e não prestar, emagreço, olhe as covas nas bochechas e quadris como os dos burros velhos incapazes de andar que você usava experimentando os garraios

— Será que os atacam?

até a qualidade das mulheres fui perdendo, sequei, abata-me com o machado como mandou fazer à figueira

(o tronco dela oco, insectos dentro, ovos)

a despedir-se à medida que caía e tantos lenços a acenarem, tantas pálpebras, depois de caída os lenços guardados e as pálpebras quietas, só lhe faltava dobrar os joelhos, o corpo sobre os joelhos e a cabeça sobre o corpo, como esta casa é triste etc., um figo num dos galhos defuntos e o que terá custado aquele figo não verde, pálido, toda a vida que lhe restava a tentar segregá-lo e no entanto se o provasse sem sabor ou amargo, retalharam o tronco e a carroça levou-o com uma das rodas maior a manquejar no atalho, os botões de punho novos do meu pai não oiro, metal amarelo e a pedra falsa ou antes oiro até a minha mãe os ver e mal a minha mãe os viu metal amarelo, como você altera o mundo senhora, mirando através de si nascem dobras na roupa e descosem-se costuras, mesmo na casa

(como esta casa etc.)

o rodapé lascado, a minha mãe

— No tempo do meu pai

e com tanta paixão porque não casou com ele ou ficou para tia, a poltrona continua no alpendre à espera do meu avô, junte-lhe um banquinho e conversem desde que nos desampare a loja, não exiba tudo feio, de cangalhas, consinta-nos viver com um carreiro de formigas nos azulejos da cozinha, não um, dois, o que sobe e o que desce cumprimentando-se em sinalefas de antenas, torneiras que não vedam a ensurdecerem-nos de chumbos espaçados

(agora este, daqui a séculos o próximo)

em dezembro cogumelos no tecto que se você não disser não estão lá mas diz e enormes, entretenha-se a estudar as sardas e a deprimir-se com os dentes, não obrigue o que nos rodeia a

apodrecer, se ressuscitasse pai acho que lhe permitia tocar-me depois de se limpar da vaca, perdoe o baldio e as latas dos pretos, não me apetecia roubar, o que se passa é que um nervosismo, é complicado ser clara, por dentro, e visto que por dentro você supõe que eu a mesma e não a mesma garanto, arrancam-me pedaços, torcem-me, tento pedir ajuda e não consigo, não chame
— Filha
aceite, odeio a colher da despensa, não era isto que eu queria, se saltássemos os dois à corda não me enganava garanto, não esteja morto pai, lembra-se das férias na praia em que procurámos caranguejos num charco entre penedos e você com um bonezito ridículo, tive vergonha por imaginarem que o meu pai um palhaço e apesar disso gostei, no caso de lhe dar na gana seja palhaço outra vez, pode ser que eu perdoe, a minha mãe a descrevê-lo à senhora das unhas
— Que palerma
mais gorjeios, mais risos, a senhora das unhas
— Não estás a exagerar?
(e eu escandalizada
— Por tu?)
a minha mãe um cicio em que se adivinhavam dedos tímidos ganhando coragem para treparem um braço
— Nunca exagero contigo
(por tu igualmente, olha olha)
os dedos já desenvoltos ao comprido da pele, se encontrasse o bonezito afundava-o na cabeça para que mangassem comigo, não consigo, irrita-me que manguem consigo, faça sombra no mar e anule a minha mãe e a senhora com a sombra, adeus mãe, adeus senhora, alguns caranguejos transparentes, outros rosados, escarlates, metíamo-los numa forma, tapávamos com a palma e a comichãozinha engraçada das patas, o meu pai não um palhaço e não de bonezito ridículo, com o chapéu de trabalhar na quinta que o ocultava de nós ou de gravata e perfume a caminho do Casino
— Até amanhã
e como sempre que ele
— Até amanhã
uma tenaz a apertar-me, via-o descer as escadas entre os vasos de dálias e

— Amanhã é tão longe

como se tivesse saudades e não tinha, vá para o raio que o parta pai, não torne a enganar-me com caranguejos e formas, não me dê um charco entre penedos para mo tirar a seguir, aposto que uma mulher com você porque ao chegar a casa o perfume violeta, a minha mãe a pegar no tricot e a destruir a camisola quase acabada aos puxões

— Era para ti aldrabão

metros e metros de fio encaracolado e a amolecerem no chão, o meu pai sem gravata, de casaco no ombro, indiferente à camisola ou não a vendo sequer, não metros e metros, quilómetros de fio, o meu irmão Francisco

— Lindo serviço continue

e as pestanas da minha mãe esquisitas, eu sem voz dado que o meu pai e eu não necessitávamos de voz

— Diga que me prefere senhor

e mesmo de costas dizia que eu adivinhava os sons, ainda hoje adivinho, sei que o frigorífico muda de vibração na cozinha a subir uma ladeira continuando imóvel, escuto o crescer da salsa e as gardénias na jarra

— Ai de nós Ana

as corolas a curvarem-se, picos que não existiam a ameaçarem furar-me

— Vamos vingar-nos de ti

caranguejos transparentes, rosados, escarlates, haverá noite para este dia contem-me, uma altura em que deixo de distinguir o salgueiro e depois do salgueiro a janela, móveis que desaparecem porque não acendemos a luz, ficam as pegas de metal a brilhar um momento

— Ai de nós Ana

um frémito nas portas que ninguém gira, tudo morre até as camas, a minha por exemplo desconfio que finada, a inércia dos lençóis, a resignação do travesseiro, quantas vezes caminhei no baldio à procura de amparo, o homem da gabardine, convencido que pombo, tapava a cabeça com a asa e nem um eco de guindaste ao rés da erva com ele, apenas o silêncio de que o universo é feito quando o vento desiste, pensando melhor dou-lhe razão mãe, o bonezito ridículo, tanto se me dava que o meu pai saísse ou entrasse, sinceramente nunca o vi descer as escadas entre os vasos de dálias e nenhum alarme em mim

— Amanhã é tão longe

quero lá saber, não me ralo, concordo com os gorjeios e os risos da senhora das unhas e a mofa da minha mãe

— Que palerma

contente-se em puxar os toiros pequenos das vacas com as mãos repugnantes, proíbo-o de abraçar-me, abraça o que vende o pó

— Anda cá

e eu a espreitar-lhe as nuvens sobre o ombro e a chamar--lhe meu dono, há bocadinho menti, não sequei, sou mulher, hei-de ter figos eu, vertical nas raízes

(não menti mas faz de conta)

atentem nos meus galhos, nas folhas, tudo limpo, saudável, nem de sulfato preciso para continuar a crescer, por mais sombra que os cavalos façam no mar faço sombra na terra, podem sepultar os cães nela e encostarem-se a mim, no que se refere a si pai volte para casa o mais tarde possível empestando a gente do seu cheiro de curro, instale-se à cabeceira de chapéu no nariz com os seus modos de campónio a quem o garfo atrapalha, um palhaço ou pior que um palhaço, um saloio, o que vende o pó

— Some-te

e sumo-me, se você se atrevesse a ordenar

— Some-te

ria-me na sua cara e ficava, compre a gabardine ao homem do degrau, vista-a e vasculhe os charcos a catar caranguejos, leve o meu irmão João que tem medo dos bichos, não a mim que não estou para isso, o que se diz a um saloio, compreendo a minha mãe

— Que palerma

sobretudo não

— Filha

esqueça-me, não sinto um pito e detestaria sentir, quer dizer sinto a agulha no braço e o calor do pó, a febre que vai descendo, as angústias que acabam, posso apagar o candeeiro, adormecer, deixar-vos, ir morar no baldio, não me preocupa se haverá noite para este dia, preocupam-me as manhãs, esta fraqueza nos joelhos e o sobrado oblíquo, se a Mercília me emprestar as bengalas talvez seja capaz, fica contra a mesa pedindo

— Menina

e não te oiço, cala-te, oiço a chuva nos caixilhos, como esta casa é triste às três horas da tarde, o algeroz a inundar os canteiros e a aumentar para a gente, um belo dia para morrer sem saudade da vida mãe, escolheu o melhor, parabéns, se a senhora das unhas

— Não estás a exagerar?

afiançava-lhe que não, nenhuma saudade da vida, que domingo de Páscoa este e que miséria o meu corpo, caroços nos rins, pés atormentados de apóstolo, a minha irmã Beatriz a chamar-me do quarto e o filho no chão sem olhar para nós

(não olha para nós nem nos pronuncia o nome, hei-de encontrá-lo no baldio um dia)

unindo dois pedaços de brinquedo sem lograr encaixá-los, o que significa a minha mãe para ele, o que pensa da chuva, os empregados do meu pai no telheiro a avaliarem as nuvens e os cavalos à espera numa paciência sem fim, mesmo defuntos permanecem vi

(como esta casa etc.)

vos só que com mais moscas no lombo, tive um diário com um fecho de metal e na capa uma menina de caneta em punho a procurar ideias, impresso na primeira página Este diário pertence a e um espaço para o nome, na linha a seguir Morada e um espaço para a morada, na linha a seguir Telefone e um espaço para o número, na linha a seguir Agradece-se a sua devolução a quem o encontrar, na linha a seguir Obrigado, a tia Isméria que não era tia, era prima da minha mãe, deu-mo no Natal

(houve Natais antigamente)

— Para os teus pensamentos

eu que não pensava fosse o que fosse, durava e já está, vestia-me, ia à escola, esfregava as gengivas antes de deitar-me e continuo a recordar a pasta que me tornava a boca a de outra pessoa substituindo a minha que demorava a voltar, a minha mãe exigia que apertássemos a bisnaga pela extremidade oposta à tampa e a fôssemos enrolando à medida que se gastava, de que material são feitas as bisnagas dado que para o fim uma suspeita de alumínio que agradava à língua, cuspia no lavatório, abria a torneira e ficava a ver a espuma às voltinhas na direcção do ralo ou então nem esfregava as gengivas, abria a torneira na esperança de enganar a minha mãe e ela furiosa

— Julgas que sou estúpida tu?

não haverá noite para este dia e tenho medo, a lanterna do alpendre apagada como se todos nós mortos e é provável que todos nós mortos, a tia Isméria

— Acabando o diário deixas-me ler rapariga?

este é um romance de espectros, quem o escreve por mim, os rapazes no parque junto ao restaurante fechado sem o meu irmão João

— Quanto levas menino?

e o sujeito da furgoneta a governar o negócio, se o meu pai aqui estivesse, mesmo palhaço, fazia sombra no mar, há alturas em que te compreendo Beatriz, falta-te um marido de gravata e perfume a acreditar no dezassete, em que pensarei quando não formos mais, no charco dos caranguejos, na vaca, na minha mãe

— Porquê?

não para a senhora das unhas, para mim, falando do que não queria escutar, não

— Julgas que sou estúpida tu?

a minha mãe

— Porquê?

num pasmo sem fim, não desespere senhora, se calhar a morte não passa de uma forma de bolos com a palma a servir de tampa, daqui a minutos a palma retira-se

(— Deixamo-la ir pai?)

e você livre de regressar ao sofá, ao tricot, à taça dos colares sem se decidir por nenhum

(— Emboneco-me para quem?)

de achar a casa triste às três horas da tarde e que casa não é triste às três horas da tarde com esse escuro interior que sucede ao meio-dia e nós no seu bojo como os mochos nos troncos, a figueira faleceu, você não, continua, não se preocupe com os meus dentes porque lavo os que restam, não abro só a torneira, lavo os dentes a sério e já agora quem usava o piano, a sua mãe, o seu pai, a tia Isméria, nunca vi lábios tão esticados para alcançar a comida de guardanapo sob o queixo a proteger o colo e a minha irmã Rita

— Meu Deus

distraída da lua, a tia Isméria morava com um gato (Baltazar)

barricado na cozinha ciumento da gente, percebia-se uma vida algures na marquise ou no cesto da roupa inchando de despeito, depois da cozinha uma mangueira a verter um bolçar manso e cinzento, uma ocasião vi uma cobra na quinta engolir um pardal com a mesma indiferença, o pai da tia Isméria irmão do meu bisavô e o seu nariz a prolongar-se em mim, a tia Isméria orgulhosa

— Herdaste o nariz dos Marques

eu que nunca me dei bem com o nariz, a minha mãe designava o retrato de um cavalheiro de sobrolho infeliz comido pelos anos que nos comerão com fastio

— O teu bisavô Marques

e embora desmaiado encalhei no nariz, a tia Isméria definitiva

— É toda Marques essa

e a sensação de não me pertencer a mim, pertencer aos retratos onde os Marques me observavam com desconfiança e o nariz multiplicado por cinco, por doze, por vinte e sete, por trinta na época dos suspensórios e dos reis, o bisavô Marques de bata numa soleira à esquerda de um cartaz em letras trabalhadas que custavam a ler, Pharmacia Marques & Filho e a tia Isméria orgulhosa

— Ainda o conheci coitadinho

o bisavô Marques no baldio ao meu lado ou no corredor da casa a caminho do quarto a acrescentar-se aos meus irmãos e à Mercília, não fazendo sombra no soalho quanto mais no mar

(os caranguejos do charco regressaram-me à lembrança e foram-se)

com um bigode a esconder uma fenda no lábio, se lhe entregasse o bonezito aceitava-o grato, o meu irmão Francisco

— Quem é esse?

e espiolhando à minha volta ninguém, deve ter desapare (sou toda Marques)

cido no reboco ou atrás das camilhas para ocupar a soleira da pharmacia, o que vende o pó

— Trazes um catita hoje?

à medida que a chuva acrescentava vidro ao vidro e os ramos dos salgueiros se tornavam pesados, haverá noite para este dia quando as seis horas chegarem dado que principiaram as dores e eu sem achar o caminho para a rua tentando orientar-me pelo oscilar das roseiras, valeu-me o meu pai

— Filha

sem me mexer

(não se atreva a mexer-me)

as mãos sujas de sangue e gordura com que ajudava os toiros pequenos a saírem das vacas perguntando ao maioral

— Macho ou fêmea?

o maioral enquanto tento levantar-me nas perninhas que vergam, não conseguem, conseguem, a percorrer-me a barriga

— Fêmea

e a minha mãe que vai morrer a lamber-me cansada, eu com uma mancha no focinho

(o nariz dos Marques)

e vai chover até quando neste domingo de Páscoa, às vezes no baldio mesmo com chuva

— Anda cá

não o meu pai, o que vende o pó

— Anda cá

e eu a espreitar-lhe sobre o ombro os pingos numa lona agarrando ervas húmidas, o que pensará a minha mãe nesta altura, aposto que não há espaço nela para pensar e no entanto, que surpresa, gorjeios, risinhos, uma palavra feita pedido de esmola ao telefone

— Porquê?

e a resposta é que o mundo não se importa connosco senhora nem com a sua gota que tomba logo que um

— Porquê?

se calhar é nisso que pensa hoje

— Porquê

sem telefone nem lágrimas nem voz, numa parte sua que não estou certa que exista, o que sobra de nós quando não existirmos, o que sobrará de si quando não existir e você, como o bisavô Marques, a desaparecer no reboco ou atrás das camilhas, silenciosa, apagada, colando-se no álbum.

3

Nunca fui ao parque durante o dia no receio de dar comigo entre as árvores e a minha cara de censura
— João
o meu braço que me agarra e aperta e sacode
— João
(ou é a cara que agarra e aperta e sacode
— João?)
e o João, quer dizer eu entre as árvores de que não lembro o nome, lembro as azinheiras da quinta e o salgueiro daqui, ora na sombra das copas ora na luz dos espaços sem troncos descobrindo cisnes num lago e a compreender que os sussurros que me alarmavam no escuro nasciam da inquietação dos nenúfares roçando a sarja das folhas mal o vento os tangia ou do inchar das penas dos cisnes mudando de posição no seu sono, nunca fui ao parque durante o dia por vergonha de mim, vejo o meu corpo e estranho-me
— És tu?
pés que parecem ter nascido muito depois do resto
(como andava eu ao princípio?)
a embaterem nas coisas, a sensação que mos emprestaram enquanto consertavam os autênticos, compri, ia escrever compridos, não é palavra que me agrade mas fica compridos, os autênticos compridos,
(dúzias de cartilagens desnecessárias, quem complicou a gente?)
e com um problema no dedo maior, da minha idade enfim, não como os pés dos rapazes que me apetece beijar e quando peço para os beijar recusam, se referisse isto à minha irmã Beatriz, à minha irmã Ana
— Sentem-se aí
se lhes contasse, nunca estive com um homem garanto e quanto aos rapazes chamo-lhes

— Menino
pensando em
— João
a impedi-los de morrerem gritando pelas Mercílias deles mal a lâmpada do restaurante se apaga e abraço-vos, não deixo, às vezes os meus pais morriam no quarto que bem lhes escutava a aflição, claridade alguma por baixo da porta, a lua da minha irmã Rita ausente e portanto era a noite a comê-los, rodava a maçaneta mas a fechadura trancada à medida que a cama morria com eles a gemerem, a seguir a cama nem pio e os meus pais na conversa
(morreram e ressuscitaram?)
comigo perguntando-me
— Afinal não se morre?
ou então apenas eu que morro, ajuda-me a entender Beatriz, eu nas veredas do parque a aproximar-me do restaurante com vergonha de mim pensando não tens de te culpar por te preocupares com o João, se dissesse à minha irmã Ana ela sem entender
— Repete lá que não percebo
ou a pensar noutra coisa, a Mercília
— Menino
e o que lhe importa quem sou
— Sabes quem sou Mercília?
(na altura em que o livro for lido estarei onde ninguém me encontra)
os toiros à chuva neste domingo de Páscoa onde a noite da minha mãe a vai matar às seis horas, em que altura a minha noite me matará no hospital e uma enfermeira
— Continua vivo?
supunha que o escuro vazio e afinal pessoas, o meu pai a apertar a gravata e a perfumar-se
(— Experimente o seis para variar ou o treze ou o cinco
um número a sério dado que o dezassete não há, era você quem devia escrever isto, faça sombra no mar e se for preciso pise-me conforme pisa a espuma e os caniços espalhando os meus bocados nas ondas)
a senhora das unhas a distribuir vernizes, primeiro os frascos pequenos, depois os maiores

— Não estás a exagerar?
a minha mãe não doente, ao telefone
— Porquê?
parentes a interessarem-se interrompendo a conversa e a desinteressarem-se recomeçando a falar, uma menina que se debruça
— Onde vais?
e o
— Onde vais?
a acompanhar-me um momento antes de o perder lá em cima, parece-me que os cavalos no campo, notam-se estribos, guizos, o sopro das narinas, porque não me esmagam meu Deus e interrogo-me se terei o direito de mencionar Deus que mais tarde ou mais cedo, é uma questão de tempo, há-de reparar em mim, o professor de Geografia a escolher-me com o giz
— A capital do Sudão?
a resposta no meu lugar
— Para que prestas tu?
e sei lá para que presto, como abomino o que escrevo, olha as vacas alinhadas no estábulo mastigando silêncio, engolem o silêncio, fazem-no voltar à boca e mastigam de novo, contraria-me que as seis horas cheguem, preferia que ficássemos todos e o que faz este livro a almoçar connosco
— Apetece-lhe almoçar com a gentinha que inventou?
repare nas porcelanas francesas e no quadro das raparigas de túnica a dançarem descalças, dei-lhes nomes secretos que jurei não revelar e ao dizer-lhes os nomes paravam a sorrir-me, provavelmente cada um dos meus irmãos lhes deu nomes que não revelam também, se não nos sentíssemos sozinhos não dávamos nome às coisas, qual o motivo de um tamborete se chamar tamborete e uma faca faca, porque me puseram João e eis o nosso irmão João
(não tamborete, não faca, João)
que não passeia no parque de dia, foge dele por vergonha de se encontrar a si mesmo, ora na sombra dos cavalos, correcção, ora na sombra das árvores ora na luz dos espaços sem troncos, diante dos cisnes, a interrogar-se sobre a cor das suas sombras ou se têm sombra sequer mas a água demasiado lamacenta, demasiado opaca

(exagerei ao mencionar os nenúfares, não exagero ao mencionar o repuxo, demasiado lamacento e demasiado opaco igualmente)

a destingir para o rebordo, mais de uma ocasião assisti à chegada da furgoneta que transportava os rapazes e se ocultava numa zona de cedros

(cedros?)

e se ocultava numa zona mais densa

(a Botânica não é o meu forte, não possuo forte nenhum)

o condutor desaferrolhava as portas e mandava-os sair, nucas deliciosas à espera da minha mão, cabelos a exigirem que os despenteasse e os meus dedos a crescerem, a senhora das unhas para mim passando do indicador ao médio

— Não estás a exagerar?

e gorjeios, risinhos, a partir de certa altura deixou de visitar a minha mãe que vai morrer sem verniz, tiraram-lhe as pulseiras, os anéis, a aliança e demorei a reconhecer-lhe as mãos com sinais de agulha nas veias e as manchas da idade

(a pequena recompensa de compará-las com as minhas)

dois embrulhos de tendões e falanges em que daqui a pouco moscas e formigas como o bezerro que encontrei num valado e em torno dele raposas, parte da mandíbula nua e eu a espreitar a minha mãe sem coragem de animá-la, não moscas vulgares, grandes, azuis, uma primeira lagarta, pedaços de pêlos e urina e sangue seco na terra, a minha irmã Beatriz

— Cala-te

e como posso calar-me se é da minha mãe que se trata, o maioral cavou ao lado do bicho ajudando a pá com a sola mas depois do buraco fechado os pêlos, a urina e o sangue seco permaneciam à vista, as moscas

(a lagarta acompanhou o corpo e a minha irmã Beatriz

— Cala-te)

à nossa roda agora, eu para o maioral

— Devias tê-las sepultado também

e ela a mirar-me sem sacudir as que lhe picavam a cara, o cavalo do maioral não fazia sombra tal como os cisnes do lago, se esta noite encontrasse um menino no parque capaz de me ajudar a, encontrasse um menino que me fizesse esquecer, o ruivo talvez, o de óculos com uma lente tapada, na idade dele o médico obrigou-me a usar óculos com uma lente tapada e a metade esquerda do mundo sumiu-se, inclinando a cara lá estava ela com o meu pai no interior do chapéu diante da sopa intacta e a Mercília a servir-nos, a minha mãe para a minha irmã Ana

— Não comes?

e as costas da minha irmã Ana arrepiadas de frio, como esta casa é triste às três horas da tarde, dizem que os cisnes cantam e nunca os ouvi cantar, grasnam conforme eu grasno desejando que me expulsem daqui enquanto a minha mãe agoniza sem se ralar com o seu filho João numa vereda do parque, não este menino, não esse, o dos óculos com uma lente tapada e eu sumido na metade esquerda do mundo, se os tivesse não via a minha mãe nem as lagartas nem o sangue, a chuva apenas acrescentando vidro ao vidro e as roseiras que engordam e emagrecem com o deslizar das gotas, que primavera esta, a capital do Sudão Kartum e o professor com respeito por mim

— Afinal estudas rapaz

pergunte mais senhor Lopes, a tabuada, a História e a minha mãe a descobrir-me na porta

— Ajuda-me a levantar filho

fazendo-me sentir que lhe pertencia, que me, que me abraçou e tal e coisa, gostava de mim, se inquietou comigo, ainda se inquieta, ainda gosta

(gosto de si eu?)

prende-me a roupa da cama, acompanha-me nas gripes eu que não tenho gripes, tenho

eu que não tenho gripes, tenho a enfermeira no hospital

— Continua vivo que teima

e a minha mãe a impedir que eu morra, a senhora das unhas

— Não estás a exagerar?

e não estou a exagerar, o que custa

— Filho

o António Lobo Antunes

— Escrevo assim?

e eu

— Escreva

porque se escrever assim não preciso do parque, dou com os cavalos que fazem sombra no mar e o meu pai com eles, ninguém morre pois não, estamos vivos, estou vivo

— Continua vivo que teima

a Mercília não no quarto nem de bengalas, a trazer-nos o almoço da Páscoa e esta casa não é triste às três horas da tarde, não chove, não há gotas a acrescentarem-se às gotas engrossando o vidro, os empregados no quintal depois da missa a cumprimentarem-nos

— Senhores

e eu não

— Menino

eu

— Senhor

nenhum bezerro no valado, que é das moscas azuis, tornou a engordar mãe, aí está você com o tricot a somar as malhas porque os lábios rezam, se a minha irmã Beatriz não me empurrasse ajudava-a a levantar e procurávamos ambos o menino dos óculos

— Encontrou-me mãe?

tiro a lente tapada e veja-me, sou eu, que bom o cheiro do seu pescoço a entrar no meu cheiro, cheiro a si reparou, ao verniz, à acetona, a injustiça de morrer e os joelhos a dobrarem-se, o corpo a dobrar-se sobre os joelhos, a cabeça a dobrar-se sobre o corpo, o médico a apontar o estoque para mim, porque insiste no dezassete sabendo que não há, há dezasseis, há dezoito, o dezassete a sua maneira de falecer não é, o modo que descobriu para que a gente o despreze com a sua barba mal feita e um golpe no lábio com a crosta em cima, se levantasse o chapéu a auréola de um risco e o cabelo pouco limpo, mora numa casa pequena junto à parte do milho com alguidares no pátio e cordas da roupa ente paus oblíquos, ao descer do cavalo demora a reaprender a andar e as esporas dos sapatos fazendo sulcos no chão, o homem da furgoneta nunca vinha ao parque, sentava-se num lancil a espreitar a polícia e os faróis dos clientes para baixo e para cima na avenida, percebia-lhes a cara ao saírem dos carros, cessava de distingui-los nas primeiras árvores, puxava o lenço e mesmo antes de assoar-se o nariz engrossava, não me assoo no pânico que dêem por mim

(quem pode dar por mim?)

e eu um bezerro num valado com raposas em torno, a primeira lagarta e a enfermeira do hospital

— Uma lagarta aquele

ou então a minha irmã Ana no baldio não estendida num degrau, nos arbustos molhados porque não vai parar de chover, as gotas acrescentar-se-ão às gotas apagando a roseira, a minha família e eu não pessoas, retratos para os quais ninguém olha, quando muito voltam-nos ao contrário em busca de uma data ou um nome e nem data nem nome, até o nome perdemos, mesmo que a gente

— Chamo-me João chamo-me Ana

não conseguem escutar-nos, pode ser que uma dúvida

— Pareceu-me ouvir qualquer coisa

um silêncio de espera, gestos enxotando espectros

— Não foi nada

e não foi nada de facto, é um livro e eu uma criatura do livro, não uma pessoa a sério, tranquiliza-te que apenas vives se o compram, a minha irmã Beatriz

— Cala-te

e como posso calar-me se é de nós que se trata, da minha mãe, de mim, do meu nome

— João

que um murmúrio repete e enquanto repetir prossigo, como esta casa é triste às três horas da tarde, as bengalas da Mercília no corredor

— Menino

os óculos com uma das lentes tapada na mesinha de cabeceira a eliminarem a metade esquerda do mundo em que uma orelha a estranhar

— Pareceu-me ouvir qualquer coisa

e não foi a gente, é o soalho ou os canos da parede no verão quando a casa se expande, o meu pai comprou uma dentadura à Mercília aos feirantes de agosto que as traziam num arame umas por cima das outras, dúzias de caninos ferozes e palatos cor de rosa, apertaram-na com um alicate e servia, um bocado desajustada das gengivas, a sobrar-lhe da boca mas empurrando com o dedo ficava, cuspia-se um bocadinho mais ao falar, mastigava-se a custo e contudo se não mastigares nem falares tens quarenta anos Mercília, deixa as bengalas, tens vinte, quinze, tens dez, corre como as meninas correm e os meninos do parque não correm, aguardam, a minha mãe para o meu pai

— O que fizeste à infeliz com aquela geringonça a impedir-lhe a língua?

a Mercília de palato cor de rosa e dúzias de caninos seguros com os lábios, o indicador, a mão inteira

— Eras assim em nova?

eu que sempre a conheci de garganta deserta, um incisivo ao fundo, uma bengala apenas, não as duas de agora, criada pelo bisavô Marques e sem parentes, sozinha

— Conheceste o bisavô Marques Mercília aquele senhor do álbum?

e a Mercília muda, quem me garante que não existe um laço a unir-nos, o nariz dos Marques na cara dela parecia-me

— Conheceste o bisavô Marques Mercília?

e uma vacilação, um espasmozito do corpo

(isto é um livro ou não é um livro, se não é um livro falo)

uma prega no nariz dos Marques

(não é um livro, falo)

a franzir-se um instante, a tia Isméria a sacudir o guardanapo dos bocadinhos de pão que não tinha em busca de uma ideia sem achar nenhuma, palavras mal alinhadas num vagar difícil, aliás não as dizendo, escrevendo-as torcidas no caderno do ar

(por pouco não a interroguei sobre a capital do Sudão)

— Há assuntos que se deixam em paz

e a colher dançaricando no pires sem encontrar repouso, se nesse instante um cisne cantasse ajudava mas os cisnes a flutuarem no parque, inclina-te da janela e sorri à lua Rita que te sorri por seu turno e o meu pai comovido

— A lua

que não comove ninguém, uma esponja navegando sem peso ignoro para onde a afastar-se de nós, ainda bem que a minha irmã Rita não precisa de luas, as nuvens passavam-lhe em frente e o jardim uma mancha, como esta casa é triste às três horas da tarde e depois da passagem das nuvens a chaminé, o telhado e a poltrona em que uma silhueta, exagero, em que ninguém sentado, não me lembro do meu avô nela, lembro-me da tia Isméria

— Há assuntos que se deixam em paz

a sacudir do guardanapo bocadinhos de pão que não tinha, procurei a Mercília no álbum e não dei com a Mercília, o meu irmão Francisco mete-a na camioneta da carreira

— Vai-te embora

na próxima semana, daqui a um mês, sei lá e o nariz dos Marques contra a janela não se despedindo da gente

— Meninos

sem rancor, sem despeito, a mala, o chapelinho e as bengalas, a Mercília com a dentadura postiça apertada na mão, o chofer

— Um passeio até onde dona Mercília?

e a Mercília sem o olhar ou olhando através dele

— Longe

os vestígios de cola de uma fotografia arrancada do álbum que desencantei na escrivaninha sob envelopes, postais, chaves que nem o passado abriam se as rodássemos no ar e no passado cavalheiros de sobrecasaca a interessarem-se por mim

— És o Joãozinho não és?

o Joãozinho não no parque de dia por vergonha de se encontrar a si mesmo entre árvores de que não conhece o nome e o seu espanto

— João

a censura

— João

o braço que o agarra e aperta e sacode

— João

ou é a cara que agarra e aperta e sacode

— João

ora na sombra das copas ora na luz dos espaços sem troncos

(como esta casa é triste às três horas da tarde)

a dar com um lago, cisnes e compreendendo que os sussurros que o alarmavam no escuro nasciam da inquietação dos nenúfares roçando a sarja das folhas ou do inchar de penas dos cisnes mudando de posição no seu sono, o nosso sobrinho João no hospital coberto de lagartas e moscas azuis, a enfermeira

— Continua vivo que teima

e as mãos dois embrulhos de tendões e falanges iguais aos pássaros defuntos nas veredas, só garras, é o Joãozinho tios, acertaram, o que resta do Joãozinho a lembrar-se do galope no mar que não se lembra dele

— Que Joãozinho?

à medida que as ondas continuam sem fim, os cavalheiros não cheiravam à gente, cheiravam ao papel da parede enodoado de dezenas de invernos

(medalhões, cornucópias, cerejas)

que substituímos em outubro, as cornucópias foram no lixo que a Câmara levou tão longe quanto a Mercília acho eu, se calhar Kartum no Sudão que não me recordo onde fica, no caso do senhor Lopes seguir vivo

(como me aborrece o que escrevo)

respondia por mim

— És um verbo de encher

e aceito, domingo de Páscoa vinte e três de março, gotas acrescentando-se a gotas abolindo as vidraças

(sente o algeroz mãe, sente o barulho no tecto, patinhas e patinhas de água que se deslocam, trotam?)

eu de pingos nas pestanas a cirandar no parque apesar da certeza que a furgoneta não veio, a lâmpada do restaurante apagada e um cachorro a escapar-se de um salto

(tanto medo em nós dois)

sou um bezerro Beatriz mergulhando na terra com os seus pêlos, a sua urina e o seu sangue, descobri a fotografia arrancada sob cartas, postais, chaves que nem o passado abriam

— És o Joãozinho não és?

se as rodávamos no ar ou então eram as fechaduras que mudavam de sítio porque há assuntos que se deixam em paz, não se canse a escrever com a voz tia Isméria palavras tortas que custa e eis o retrato de uma criança de laçarote, ainda não de bengalas e dentadura postiça, mandada pelo meu irmão Francisco para a camioneta da carreira

— Onde é o passeio dona Mercília?

a Mercília sem o olhar ou olhando através dele

— Longe

e longe significa uma pharmacia com um homem de bata na soleira, o mesmo que no dorso do retrato, meio apagado pelos vestígios de cola, a minha filha Mercília com vinte e dois meses, a minha filha Mercília que foi ficando com ele e o filho dele e a neta dele e nós não como pessoa da família, como criada de todos mais a mala sob a cama e os seus pobres tesouros, quem foi a tua mãe Mercília, para que telefone se debruçava

— Porquê?

a que horas morreu, herdaste o nariz dos Marques e contenta-te com o nariz que não herdaste mais nada, quem tirou o retrato do álbum e o escondeu na escrivaninha, era preciso

(como me perturba o que escrevo)

carregar num enfeite de madrepérola para que a gaveta abrisse, se calhar mais gavetas, mais mistérios, histórias que ignoro e de súbito a certeza que o meu pai sabia, comprou-te as bengalas, dava-te dinheiro, impedia que a minha mãe te mandasse embora, o que sentiste quando ele morreu diz-me, ias visitá-lo ao cemitério, rezavas para que a bolinha no dezassete sabendo que riscaram o dezassete há séculos, estendias-lhe a melhor carne da travessa, o lado com mais molho, os legumes maiores, responde-me antes que as seis horas, a camioneta da carreira, a mala na rede junto ao tejadilho, atada com cordéis porque um dos fechos pifou, tu para o condutor

— Longe

de dentadura na mão e tão baixinho que o homem teve de se inclinar para ouvir-te

— O que disse dona Mercília?

e ao responderes

— Longe

mencionavas a pharmacia substituída por uma sucursal de banco, sabia que o meu pai sabia tia Isméria e nunca falou connosco, havia alturas em que julgava perceber-lhe um soslaio na direcção da minha mãe que se retraía logo, como era o bisavô Marques Mercília, como era a minha mãe em miúda, existia algum parentesco entre tu e o meu pai, se as unhas fossem minhas a senhora

— Não estás a exagerar?

e por uma vez na vida não estou a exagerar, quanto falta para as seis diz-me, não me abandones agora, o meu irmão Francisco no corredor connosco quase a chegarmos ao quarto, duas portas somente, a da arrecadação e a do compartimento dos armários cheios de roupa velha, tudo sombrio porque as persianas descidas excepto um filamento de luz em que se agitam poeiras, queridas paredes, querido tecto, queridas tábuas que protestam se as calco, a minha irmã Beatriz pegava-me ao colo e corria comigo lá fora onde um melro em duas notas toda a santa tarde enquanto o meu irmão Francisco desinquietava os peixes no tanque com um pedaço de galho, como posso explicar o meu medo que se pudesse explicar não explicava dado que há assuntos que se deixam em paz, nunca me lamentei no hospital, nunca me ouviram queixar, a infecção nas amígdalas e eu calado, a da pele e eu calado, estou bem, a conseguir um sorriso que me erguia até eles porque a minha irmã Beatriz comigo ao colo ou a ralhar com o meu irmão Francisco que jogava pedras ao melro, a Mercília dava-nos banho antes do jantar

— Tão sujos

e o meu irmão Francisco não tirava os calções para que não o víssemos nu, se a Mercília os puxava cobria-se com as mãos a anunciar entre soluços

— Quando for grande mato-te

o único de nós sem o nariz dos Marques e aposto que os cisnes a abandonarem o lago na direcção da cubata onde dormem, mais um minuto e a furgoneta, os meninos, se me permitissem trazê-los para aqui, dar-lhes banho

— Tão sujos

secar-lhes a maravilha das nádegas e as partezinhas incompletas de arcanjo, pensei entrar no compartimento dos armários, não no quarto da minha mãe onde a minha irmã Beatriz a chorar enquanto a chuva acrescenta vidro ao vidro aumentando-lhe as lágrimas, não é a doença que acaba consigo mãe, é a espada dos toiros, alinhe as patas tenha paciência, baixe a cabeça, resigne-se e que miséria isto tudo, olha um cisne na cómoda sem tocar nas escovas, junto à cozinha do restaurante o rapaz que me aguarda, desta feita um maior, treze ou catorze anos, quase com barba, quase com voz de homem que me intimida e tolhe

(o que haverá nos homens que me intimida e tolhe?)

rondo-o a pensar

— Não me apetece

volto a casa a pensar

— Não me apetece

na repulsa de uma voz de adulto e um cheiro de adulto, não posso beijar-lhe os pés, embalá-lo, demorar-me com ele, segredar

— João

segredar

— Joãozinho

e sentir-me feliz sem necessitar do meu pai que me não ligava ou da Mercília que me dava banho no despacho de quem esfrega roupa na selha sem carinho algum, o chofer

— Onde é o passeio dona Mercília?

e ela direita no assento

(o orgulho dos Marques)

com a postura do bisavô no degrau da pharmacia vaidoso dos seus supositórios, dos seus xaropes, dos seus pós curativos

— Longe

como se Longe um país, a capital do Sudão Kartum, qual a capital de Longe, quem te dará de comer Mercília, quem cuida de ti, se calhar

Longe é entrares no álbum e o bisavô Marques contente sem mostrar que contente, não, o bisavô Marques a mostrar que contente, de avental, a pesar grãos na balança

— Demoraste tanto tempo filha

a vertê-los para um cartucho, a selar o cartucho, a examinar as bengalas e a dentadura postiça, a intrigar-se

— És mais idosa que eu

quem era a tua mãe Mercília, a viúva do presidente da Junta, uma empregada, uma cliente, acabe com o

— Há assuntos que se deixam em paz

tia Isméria, diz-me quem era a tua mãe nem que fales com a linguagem dos pés, apa mipinhapa mãepãe muito depressa para que os outros não entendam, a viúva do presidente da Junta não acredito, a adivinhar pela tralha na mala uma empregada ou uma cliente pobre e o bisavô Marques a designar o esconso dos tubos graduados onde avaliava mistelas calculando contra os caixilhos

(gotas que se acrescentavam a gotas engrossando os vidros, que porcaria de domingo de Páscoa senhores)

a densidade e a cor, com o sofá das sestas a um canto

— Entra ali

no meio dos brilhos de mercúrio, do hálito dos rebuçados da tosse que faz crescer eucaliptos no soalho e dos reflexos do sulfato de prata, a empregada ou a cliente pobre tolhidas, o sofá das sestas de manta para os novembros em cima e primeiro os brilhos de mercúrio, a seguir os reflexos do sulfato de prata e a seguir os eucaliptos dos rebuçados para a tosse que não paravam de crescer no soalho até que o bisavô Marques ajeitando o sofá

— Descansa um segundo rapariga enquanto preparo o tratamento

isto é enquanto subo os taipais e fecho a porta da calçada, eu no parque à procura e o bisavô a encontrar, na capoeira as galinhas defendendo-se dos ratos, uma macieira com maçãs diminutas que principiaram de imediato a inchar, o hálito dos rebuçados para a tosse vindo de toda a parte ao mesmo tempo, do mercúrio, da balança, dos tubos graduados

— Aguenta quieta que te despacho num instante

a arregaçar a bata e ao escrever arregaçar a bata veio-me o bezerro morto à ideia, pedaços de pêlos e urina e sangue seco na terra, o maioral a abrir uma cova ao lado do bezerro ajudando a pá com a sola e a lagarta a acompanhar o corpo conforme acompanhará o da minha mãe e o meu, a minha irmã Beatriz

— Cala-te

segurando as mãos da minha mãe amontoadas no lençol que eu seria incapaz de segurar, seguro os meninos no parque, seguro o João de casa a fechar-se sobre ele, queridas paredes, querido tecto, queridas tábuas que gemem se as pisa, o nosso irmão João na camioneta da carreira sem nenhuma mala na rede junto ao tejadilho, se o chofer lhe perguntasse

— Onde é o passeio menino Joãozinho

o nosso irmão João olhando através dele

— Longe

não, o nosso irmão João olhando através dele

— Kartum

grato ao professor que lhe ensinou Geografia enquanto a mãe em Lisboa largava o braço da Beatriz e a sombra dos cavalos

(felizmente não a sombra dos cisnes, quase transparente, branca)

a cobri-la de vez, a minha irmã Ana no sentido do baldio, o meu irmão Francisco no escritório a emendar as contas, a Mercília a vacilar nas bengalas quase a dizer
— Menina
e sem dizer
— Menina
a Mercília no umbral
— Demoraste tanto tempo filha
oculta por dúzias de eucaliptos que cresciam no soalho.

4

A minha mãe visitava-me de tempos a tempos vestida de domingo no canto da cozinha
    (não a admitiam noutro sítio, uma tarde no esconso da farmácia
    — Deita-te aí
e acabou-se)
à espera de não sei quê, um gesto meu se calhar e eu a fingir que não via
    (em miúda houve alturas em que pensei que era rica)
fitava-nos a medo sem coragem de sentar-se
    (ninguém lhe dizia
    — Senta-te
não se diz
    — Senta-te
aos pobres, eles que se aguentem de pé conforme aprendi a aguentar-me, os patrões podem cansar-se, nós não)
    compondo o cabelo ou endireitando a gola a pedir desculpa num risinho de tonta, trazia um cartucho que deixava na mesa e ao qual nunca liguei
    — Que me interessam os cartuchos não gosto de si não a conheço
ligava a mulher do meu pai para lho devolver pegando com dois dedos na cauda de rato morto da ponta afastando-o do corpo
    — Não precisamos disso
e o rato morto na mão da minha mãe só que não afastado do corpo, apertando-se contra a barriga, a seguir à porta da cozinha folhas de limoeiro que a paciência do sol sublinhava uma a uma, se não houvesse sol nem rastro de folhas, galhos apenas, percebia-se que a minha mãe à beira das palavras porque a boca aumentava e diminuía no interior da cara isto é a boca

que temos dentro da boca, não a boca em que dentes e isso, outra mais funda que se exprime numa linguagem diferente, tentamos traduzir e espantamo-nos

— Que significam estas frases senhores?

dado que não nos pertencem, quem se exprime em mim, quem me habita, de que gente sou feita, a mulher do meu pai para a minha mãe

— Estás à espera de quê?

e ela a fitar-me como os bichos, indecifráveis, dóceis, por pouco não me engole e me leva consigo de mistura com o rato, se os texugos comem os filhos não há razão de não me comer senhora, dobre-se para mim, devore-me, o que trazia no cartucho, que surpresas, que prendas, não a tratava por

— Mãe

não a tratava por nada, não se incomode com os outros, engula-me e eu a viver no seu sangue, escutava o meu pai na pharmacia a aviar um freguês, percebia os chinelos no soalho e a tampa do relógio do colete a fechar-se, ora aí está um som que conservo, a tampa do relógio do colete a fechar-se

(pelo modo como a tampa se fechava compreendia-lhe o humor)

não a tratava por

— Mãe

não a tratava por nada nem o meu pai por

— Pai

tratava-o por

— Senhor Marques

ajudava no fogão, trazia a lenha, servia, deitava-me na despensa com as tranças das cebolas

(não usava tranças, atavam-me um pedaço de toalha à volta do pescoço e cortavam-me o cabelo)

feitas de redomas sobrepostas, penduradas de ganchos

(se as tranças das cebolas fossem minhas?)

tantas cascas de cristal a amarelecerem com o tempo, antes de amarelecerem deitam luz se as limpamos derivado a um paviozito no centro, no caso de as abrirmos o paviozito perde-se, que é dele que o não acho e as cebolas escuras, a minha mãe de lenço que me impedia de verificar se tranças

(você tranças ou cortaram-lhe o cabelo igualmente e no caso de lhe cortarem o cabelo igualmente quem lhe atava a toalha ao pescoço?)

ia-se embora abóboras adiante mas as palavras demoravam-se connosco, a partir de certa altura a minha mãe não voltou, que é do vestido de domingo, que é dos ratos, a mulher do meu pai

— Foi para o estrangeiro aquela

e acreditei no estrangeiro até a empregada me explicar que morreu, como as galinhas mortas não me davam pena não senti pena alguma, despiram a minha mãe para um tacho tornando-a numa coisa magra de pés grandes, abriram-lhe a barriga e pronto, as restantes galinhas a ciscarem no chão, o galo de nuca em desordem, pedalando no ar, assaltava-as com fúria para as abandonar ressentido, compondo-se ombro a ombro nos enchumaços das asas, a zanga que existe nas capoeiras, o ódio, deviam ter-me engolido há séculos, perguntei à mulher do meu pai

— A minha mãe morreu?

enquanto no quintal borboletas, lagartos, tudo a agitar-se de vida, a mulher do meu pai deitou a cabeça da minha mãe no balde onde os olhos continuavam as suas conversas mudas, o resto do corpo no estrangeiro mas os olhos presentes

— Já não se incomodam comigo?

o meu pai não era um relógio de colete, era um galo a abandonar-nos ressentido dilatando-se na bata, por favor engula-me mãe antes que ele me assalte pedalando no ar a prender-me com as unhas, a noção de pai intrigava-me conforme me intrigava a noção de mãe desde que ultrapassei o estado de ovo porque nasci numa capoeira de certeza, sou sozinha, mesmo aqui hoje sozinha vendo os meninos passarem a caminho do quarto sem os poder acompanhar porque as pernas se tolhem e as bengalas me escapam, pensei que criá-los me apegasse a eles e à medida que cresciam deixei de apegar-me, tenha paciência engula-me, junte-me com pedrinhas e caliça e não necessita de mastigar, engula-me para que eu não veja as seis horas nem a espada no caso dos cavalos, apesar das promessas da menina Beatriz, não fazerem sombra no mar e não acredito que façam, nem no campo os distingo quanto mais, distingo as azinheiras sem que o sol sublinhe as folhas, não distingo o galope e escuto a linguagem diferente da minha mãe na cozinha, depois da sua morte visitei-lhe a casa, trastes e poeira, ninguém, um último cartucho em que a guita se desfazia, ao abri-lo vazio e então compreendi que todos os cartuchos que me trouxe vazios, porque perseguiu a minha mãe senhor, uma galinha mais pequena, mais fraca, não devia ter-lhe ordenado

— Deita-te aí um bocadinho

e ela

— Deito-me aqui um bocadinho?

intimidada pelos odores curativos, os boiões, as retortas, vai tirar-me o fígado, vai amolgar-me as costelas e em lugar disso as asas da bata a vibrarem, um pulo raivoso que a falhou, um segundo pulo mais raivoso

— Espera

uma espécie de incómodo instantâneo e o meu pai a levantar a tampa do relógio

— Vai-te embora

à cata de um dos chinelos com a biqueira do outro, os boiões e as retortas menos perigosos agora, um dos pratos da balança a oscilar

— Dá-me licença que pare senhor Marques?

e o meu pai, de relógio na palma, a considerar o pedido, havia um segundo relógio na parede com uma hora trocada e ele a compará-los duvidando em qual dos dois confiar, ambos convictos de orientarem o tempo em lugar de o seguir, se não fossem os relógios não envelhecíamos nunca, pelo menos os calendários, ao não tirarmos a folhinha, um outubro constante, no relógio do colete o ponteiro dos segundos nervoso, no relógio hexagonal minutos pensados e a minha mãe no sofá a assistir-lhe à hesitação, a tosse da mulher do meu pai no compartimento ao lado decidiu-o

— Depressa

(com tranças de cebola rir-se-iam de mim?)

guardar o relógio da tampa no colete e consentir que o hexagonal prosseguisse, majestoso, a aproximá-lo da morte

— Não falta muito sabias?

e ele nu sobre um tacho a perder a moela, não era a morte que o assustava, era a casa sem o reconhecer porque os espelhos tapados, o meu pai aperfeiçoando o colarinho

— Sou eu

embora estranhasse os dedos que lhe pareciam alheios, o mindinho por exemplo tinha mais pêlos dantes, um alto no polegar que não existia, quero os meus dedos, não estes, a minha mãe apiedada

— Ficou branco senhor

e se eu branco devo ter falecido, o bisavô Marques no interior do álbum sem o passeio em frente nem mudar de expressão, em lugar de gente viva uma senhora de bandós à esquerda e por baixo uma criança nua numa almofada de borlas que o fotógrafo pincelou de encarnado

(quem seriam aqueles?)

tentou livrar-se do degrau e o corpo quieto, parecia-lhe que o coração a trambolhar mas eram peças soltas de que os parafusos tombaram amontoando-se na barriga para se oxidarem tranquilos, o meu pai com vontade de pedir à minha mãe que se erguia do sofá

— Tira-me do álbum tu

a minha mãe sem compreender

— Do álbum?

e ninguém o tira do álbum condenado à senhora de bandós e à criança nua, nas páginas seguintes mais senhoras, cavalheiros, uma perspectiva de quinta ou seja toiros num prado, se essa parva lutasse com a cola talvez fosse capaz no caso de me sobrar algum músculo, sugeriu

— Puxa

e no entanto o sorriso da imagem que não lograva alterar impedia-lhe a voz, que maçada falecer, não me apetece esta gaveta em que bisnagas vazias e um frasquinho com não sei quê endurecido pelos anos, que horas são neste momento, volta não volta um indicador esborracha-se-me na cara

— Olha o nariz dos Marques

e um espanto atrás do indicador a percorrer feições

— Como estas coisas se herdam

o meu pai, sem apreço pelo nariz, ansioso de voltar à pharmacia de crista ao alto, dilatando-se na bata, não o tratava por

— Pai

(há instantes em que me pergunto se meu pai, topo o nariz e resigno-me)

tratava-o por
— Senhor Marques
nem o visitei na gaveta medrosa que me assaltasse prendendo-me com as unhas e se afastasse depois ressentido, deviam ter-me engolido na cozinha há séculos a fim de não caminhar no corredor da casa com a chuva nas roseiras, nos vidros
(se tivesse liberdade para escrever sobre a chuva entendiam tudo)
quem me jura que não é um sonho o que digo, frases desligadas, emoções a que não me habituo, ninguém no quarto do fundo a não ser os colares que a menina Ana roubou, lágrimas que não houve ocasião de chorar e flutuam à espera e atendendo à cama deserta
(quem ocupará a que me pertence ao ir-me embora?)
posso voltar para a cozinha e dobrar-me não importa onde à espera, não colarão a minha fotografia no álbum, não tenho importância, não existo como a minha mãe não existiu vestida de domingo esperando não sabia quê, um gesto se calhar e eu a fingir que não via
(em miúda houve momentos em que pensei que era rica)
o meu pai fechou a tampa do relógio do colete para que as seis horas não viessem e espero que não venham de facto, se quem escreve parasse o livro nós no corredor para sempre, as gotas de chuva sem alcançarem o vidro, a menina Beatriz no túnel do seu pânico
— Mercília
aflita com a maldade da noite e no estacionamento sobre as ondas um automóvel às escuras, ela a desejar que os cavalos fizessem sombra no mar rasurando o passado e a senhora não
— Que é isto?
a exibir-lhe as nódoas da roupa, não consigo contar as coisas por ordem dado que as misturo em mim, ao atravessarem certas zonas da minha cabeça perco-as e ao recuperá-las alteraram-se, devo ter envelhecido e partes minhas defuntas que a vida gastou, ao escutar
— Mercília
demoro a compreender que sou eu, a ilusão que um domingo

(não estou segura)
a minha mãe não na cozinha, julgo que na casa dela
(dou fé de caixotes e pássaros numa gaiola baralhando poleiros)
a entregar-me uma medalha, um anel e provavelmente engano-me, não acredito que a minha mãe no estrangeiro, acredito que a mulher do meu pai a expulsou, rondava a pharmacia na esperança de me descobrir nas cortinas, a senhora para a que lhe arranjava as unhas, enquanto me ia embora com o bule do chá, a retirar o mindinho que o pincel do verniz trabalhava
— Parece-se comigo a Mercília?
e o senhor quieto a seguir-me embora o chapéu o escondesse de nós, visito-o no cemitério e oiço a terra cantar no seu murmúrio antigo, o mesmo desde o início do mundo, se interromper a sesta de Deus para que me fale do canto não responde, cala-se, já não regula o Universo, uma gargalhadinha e adormece de novo como o filho do meu pai
(não meu irmão que não tenho irmãos, mesmo que os tivesse não tinha)
na poltrona do alpendre, eu a sacudir-lhe o braço
— Senhor
para o ajudar a comer, abria a boca não me reconhecendo, não mastigava, sorria
— Amélia
nunca
— Mercília
uma reflexão complicada e
— Amélia
não afirmativo, com esperança
— Amélia
(depois do jantar o menino Joãozinho não sei onde, tão magro, se por acaso nos cruzamos no vestíbulo
— Faz queixa de mim e vais ver
de espinhos de arbusto no casaco a ameaçar-me
— Vais ver)
e eu dentro de mim a repetir aquele nome, a dona Isméria
— Amélia?
a vasculhar a memória, deve ter encontrado porque as bochechas desceram, lembro-me de uma rapariga de boina e lu-

vas e perco-a, o filho do meu pai à espera na cerca a dar lustro aos sapatos esfregando-os nas calças, a menina Beatriz sem acender o candeeiro na mira que ao telefone uma voz
— Beatriz
e não vai tocar, desista, ninguém nos chama já, na última página do livro o que fomos acabou, o tempo dos relógios para os outros somente, o filho do meu pai
— Amélia
enquanto a boina o recebe, a luva na nuca dele, conversas que me escapam e derivado à boina observa a colher, observa-me, que é da luva na sua nuca, dos entusiasmos, das conversas, do quarto de pensão em que um desabafo estrangulado na palma
— Virgem Maria
e o
— Virgem Maria
a acompanhar-me até hoje, na parede uma única silhueta cheia de pés a dilatar-se e a encolher-se multiplicando corcundas
(num momento de pausa contei cinco)
cabelos que sem a protecção da boina se pegavam à testa, mãos a trazerem o cobertor que escorregava de um lado
— Está frio
um cotovelo, uma coxa, a menina Beatriz arrancando o fio do telefone
— Não te suporto mais
a arrepender-se
— Que tolice
e continuando à espera porque há-de tocar mesmo assim, não necessito de fio, basta a força de esperar, a dona Isméria
— Amélia
numa indignação demorada e o telefone tocando de súbito a ensurdecer a gente, afinal funciona menina, levante o auscultador, atenda e a menina Beatriz escondida nas palmas, se tivesse dó de uma pessoa não era do menino Joãozinho nem da menina Ana, era dela enquanto o filho tentava ajustar duas peças de brinquedo sem conseguir uni-las, o telefone acabou por calar-se e uma cara vazia erguendo-se das mãos, devia detestar cada centímetro de alcatifa, cada objecto, o senhor com dó também

porque no pescoço um tendão a retesar-se, encaixava-a na garupa do cavalo e levava-a consigo atrás dos toiros, se a minha opinião lhes interessasse aconselhava-os a não voltarem e na hipótese de Deus comandar o mundo, em vez de sestas e gargalhadinhas, concordava comigo, tenho uma santa com uma lamparina que não me vale nem isto, a menina Beatriz ergueu o telefone mudo e tornou a poisá-lo, depois das seis horas o menino Francisco a inventariar a mobília e o murmúrio dos defuntos no álbum que a chuva acentua, a mim expulsa-me para a camioneta da carreira

— Adeus Mercília

tal como o filho do meu pai

(não meu irmão que não tenho irmãos, mesmo que os tivesse não os tinha)

— Amélia

no tom dos aparelhos das bonecas, em forma de caixa, com uma frase dentro

(estou para saber como se arruma a frase naquilo)

que ao incliná-las se entorna num esganiço monótono, o que sobrará no filho do meu pai da boina, do sorriso, da quantidade de pés, ao perdermos o passado o presente tão magro, dias estreitos sem prazer algum, fica o domingo de Páscoa e o almoço que não houve e arrefeceu no fogão, a menina Ana vertendo pó numa colher, o menino Joãozinho a arrumar brincos num estojo, dantes pegava-lhes ao colo, consolava-os, não me agradeceram nunca

(— Já não prestas Mercília)

e no entanto ainda hoje, de repente, junto a mim

(— Pode ser que prestes Mercília)

uma palma que se estende e afasta logo, arrependida

— Sou tão palerma eu

de modo que o chofer me ajudará a subir para a camioneta da carreira

(— Onde é o passeio dona Mercília?)

com a mala a oscilar-me por cima e os postes da electricidade às arrecuas metidos uns nos outros, um empregado acenando-me ou seja o maioral quase da minha idade que me oferecia figos num lenço, ia-se embora à pressa, não dizia nada, uma única ocasião o meu pai

— Toma lá

e um embrulho com um xaile dos ciganos, cinzento, que a mulher do meu pai cortou à tesourada

— Só cá faltavam luxos

deu alguma prenda à minha mãe senhor ou apenas zangas de galo no sofá e os eucaliptos dos rebuçados crescendo no soalho, ao fim da tarde jogava às damas com o comandante dos bombeiros a quem tratava os rins, podia ter casado com o dos figos, parir uma menina mais bonita que estes e no entanto de que serve um marido, de que servem os filhos, a dona Isméria a acompanhar a camioneta da varanda

— Foi-se embora que alívio

procurando no álbum a alegria do meu pai e o meu pai impassível, condenado ao degrau da pharmacia, não conheço nem um morto que mude de lugar nos retratos, a senhora dos bandós, a criança na almofada, compreende-se que lhes apeteça reunirem-se na sala, falar da gente, estar vivos, escuta-se-lhes a pergunta baixinho

— Fico aqui a eternidade inteira?

e ficam aí a eternidade inteira, não há remédio, conformem-se, até que ninguém se lembre de vocês

— Este quem era?

e ao não se lembrarem de vocês o álbum atirado para a cave, há momentos em que estou certa de ouvir uma indignação, um pedido mas quem não se indigna e pede, a senhora por exemplo

— Porquê?

fora do álbum, viva, quando alguém

— Porquê?

na cave parávamos à espera, a menina Beatriz apertava-me a manga

— São eles?

e claro que são eles menina, não desça as escadas, não lhes abra a porta, às vezes não por vingança, para sabermos que existem, escancaram um armário ou tombam-nos um copo, não prometa o que não podemos dar-lhes nem se aproxime, deixe-os, eles que se habituem à morte, têm colunas com vasos, plantas de cenário, telões, o nome numa caligrafia antiga inclinada para oeste que o vento dos ontens empurra, a mão que os escreveu no álbum faleceu igualmente e outra mão a escrever na fotografia dela, nascemos para isto menina, mãos que se sucedem em datas cada vez mais recentes até que a nossa própria mão numa tinta menos roxa que o vento não inclinou por enquanto e nós a imaginarmos que não inclinará depois, nós sem escancararmos um armário ou tombarmos um copo para que a morte nos julgue defuntos e se esqueça de nós

— Já faleci não insista

sem necessitarmos de cavalos a anularem-nos fazendo sombra no mar, anulam as ondas e as luzes de barcos, se a menina no automóvel diante da água em cada luz um cochicho desgostoso

— Beatriz

o menino Joãozinho tão magro que podia colar-lhe o retrato e assinar

Joãozinho

do outro lado cirandando no parque, assine a menina que colou o seu pai e a sua irmã Rita e ainda há espaço para si, para os seus irmãos, para o seu filho, até eu com você ao colo mas sem nome, mentira, a letra da sua mãe

A Beatrizinha e a criada

não Mercília que não mereço, a criada, a minha mãe uma pobre que entrou na pharmacia por uma loção ou assim, de moedas na palma que se pegavam à pele, o meu pai a designar o esconso do sofá

— Entra para ali um instante

e a minha mãe a obedecer em silêncio porque nos habituaram a obedecer em silêncio, contornando os eucaliptos que cresciam no soalho sem largar as moedas, não largou as moedas, entregou-as ao meu pai quando ele

— É tanto

de vestido abotoado nas casas erradas e o bico do galo a moer-lhe o pescoço, a minha mãe sem pensar nem sentir

(não sentimos nem pensamos)

ao comprido da rua num caminhar esquisito, o que aconteceu às minhas pernas, o que me aconteceu a mim, quem sou eu agora que não descubro quem sou, um arrepelo nas tripas, uma coisa que palpita

(acho que uma coisa que palpita)

não a falar, não a mover-se, a separar-me os ossos, a impressão de um peixe a escorregar entre o umbigo e as ancas porque dava pelo estremecer das barbatanas, o cão ao afagar-lhe a cabeça um dente repentino, os meus avós calados, o peixe principiava a sacudir-se para se libertar de si mas que si era ela, o meu avô emboscou o meu pai com a caçadeira no regresso da horta, o meu pai

— Que queres tu?

e o meu avô a largar a caçadeira em silêncio porque nos obrigavam a viver em silêncio, a obedecer em silêncio, a morrer em silêncio, não escancaramos armários nem tombamos copos, não perguntamos

— Fico aqui a eternidade inteira?

não nos vêem no álbum, não pretendemos voltar, o meu pai para o meu avô, rodeado das abelhas de maio

— Apanha a caçadeira

não apenas as abelhas de maio, uma lebre só orelhas e ovos de perdizes nos buxos, o menino Joãozinho a agarrar uma lapela no parque

— Menino

não se apercebendo que um cisne cantava, o meu avô estendeu a caçadeira ao meu pai

— Senhor

de modo que se não se importa ordene aos cavalos que façam sombra nele para eu esquecer o resto que é difícil contar, o chofer da camioneta para mim

— Onde é o passeio dona Mercília?

e eu sem atentar no chofer, a atentar no meu avô ao subirem-no do poço pela corda do balde, de safões rasgados e uma bota apenas

(quantas vezes me debrucei na esperança que a outra bota cintilasse nos limos)

a fitar-me não com os olhos, com a boca, um molar escurecido e nenhuma censura, os empregados do meu pai a assistirem, os toiros imóveis

(haverá toiros no mar ou apenas cavalos dando sombra na espuma?)

e a minha avó a ajudar a minha mãe secando-me no lençol diante das velhas de luto que habitam as igrejas abanando na cadência dos círios, durante o verão sentam-se à porta escondidas em mantas ou trotam no pinhal com uns pauzitos de lenha, Adelaide, Zulmira, Custódia, Fernandinha com uma perna mirrada, nunca vi línguas tão compridas durante a comunhão, levantavam-se do altar pegando em si mesmas tijolo a tijolo e arrumando-os sob o vestido mal alinhados, ao calhas, coxeavam para a saída tangidas pelo sacristão

— Vamos lá belezas

sob santas de gesso terríveis de sofrimento, urinavam de pé gotinhas avarentas, aqueciam canjitas em panelas, em latas, encostavam-se aos muros a reunir os pulmões, a menina Ana com a minha medalha e o meu anel enfurecendo-se comigo

— Não valem um centavo

e eu longe, não é preciso que o menino Francisco me mande embora

— Não te queremos aqui

eu vou a seguir às seis horas depois dos joelhos se dobrarem, do corpo se dobrar sobre os joelhos e da cabeça se dobrar sobre o corpo quando nenhum

— Porquê?

e a caneta a escrever o nome no álbum, há-de haver poços em toda a parte e uma corda de balde que me traga de volta, reboliços de galo, patas que pedalam, um ódio instantâneo e um ressentimento altivo onde a tampa do relógio do colete não cessa de estalar

— É tarde

muito tarde senhor, é tão tarde, o meu pai a quebrar a caçadeira num tronco e a jogar a coronha e os canos em arbustos onde se pressentiam perdizes

— Estúpido

à medida que o galope dos cavalos estremecia o chão, estava a brincar na terra com tigelas e pregos e a minha avó a limpar os tomateiros quando o meu pai saído do álbum

(de onde podia sair se não fosse do álbum?)

chegou com a bata da pharmacia, inchado de penas, vi-o contornar um quintal, outro quintal, o murito que nos separava das cerejeiras do padre, o menino Francisco no limiar do quarto onde a chuva acrescentava vidro ao vidro neste domingo de Páscoa, os olhos sem rumo quase

— Mercília

danado consigo e comigo porque quase

— Mercília
lutando com o
— Mercília
a ocultá-lo nos lábios, pronto a escapar-se de mim nem que fosse encostando-me a cara ao avental
— Não vou dizer Mercília não vou dizer o teu nome
e como a chuva mais forte e o vento e as roseiras, não mencionando o tinir dos pesos na balança e o almofariz a esmagar sementes foi-me difícil entender o meu pai a pegar-me no cotovelo
(ia dizer colo mas qual colo, a pegar-me no cotovelo)
enquanto a minha mãe no sofá da pharmacia não acertando com a blusa, lembro-me do seu silêncio vestida de domingo à espera de não sei quê da minha parte e eu a fingir que não via, espiava-nos a medo sem se atrever a sentar-se
(ninguém disse
— Senta-te
é óbvio, não se diz
— Senta-te
aos pobres, eles que se aguentem como aprendi a aguentar-me, não me revolto, não protesto, os ricos podem cansar-se, nós não)
compondo o cabelo e corrigindo a gola em ademanes de tonta
(encoste-me a cara ao avental menino Francisco, não o sacudo, deixo)
e se o António Lobo Antunes batesse isto no computador carregava em teclas ao acaso, não importa quais, até ao fim da página, letras, números, vírgulas, traços, cruzes, com vontade de encostar por seu turno a cara a mim, tapar os ouvidos, não continuar o livro e permanecer de ouvidos tapados não dando pela chuva nem pelo meu pai de regresso à vila comigo
(como esta casa é triste às três horas da tarde)
com cinco ou seis anos
(cinco anos e oito meses)
a trotar ao seu lado, o fontanário, o largo, o palacete do comendador Cardoso sem janelas
(a sobrinha do comendador Cardoso num asilo a morder-se e a gritar)

o António Lobo Antunes esperando que as cheias do Tejo nos cobrissem a todos, sem ânimo de ler estas frases, o menino Francisco ultrapassou-me no corredor

— Seu estorvo

a desviar-me as bengalas, o meu pai a deixar-me na cozinha

— Já tens idade para aprender a servir

e eu a desejar que a minha mãe me tivesse engolido ao nascer de mistura com caliça e pedrinhas, suponho que há alturas em que a menina Ana e o menino Joãozinho preferiam que a senhora os tivesse engolido também sem mencionar o menino Francisco com tanto medo de entrar no quarto que me deu vontade de explicar-lhe

— Não está ninguém lá dentro

e ninguém lá dentro de facto salvo os caixilhos vazios.

tércio de bandarilhas

1

Oxalá isto das seis horas acabe depressa para deixar os assuntos em ordem e ir-me embora, talvez arranje uma mulher que trate da comida, passe uma vassoura no chão e eu o dia inteiro à janela a contar andorinhas e nuvens, a mulher lá de dentro
— Menino
não
— Menino
no que se refere a
— Menino
bastou-me a Mercília, a mulher lá de dentro
— Senhor Francisco
e o almoço na mesa com um único prato, um único guardanapo e um único garfo, não preciso de aturar ninguém, conversar, ser simpático, posso assentar os cotovelos na toalha e sujar-me que não suspiram de desgosto nem se zangam comigo, se me cansar de nuvens e andorinhas levanto-me nádega a nádega apercebendo-me que não duas, seis ou sete no mínimo e tanta nádega consola
(se calhar engordei)
chamo-a ao quarto com um aceno, não a voz, que desperdício falar, descalço o primeiro sapato com a biqueira do outro e o segundo com os dedos do pé livre que se pensa não terem utilidade e afinal têm, deito-me fixando uma fractura no tecto que faço tenções de consertar amanhã, não conserto e aumentará até que o estuque e as telhas me caiam em cima e enquanto a mulher se estende ao meu lado vejo a minha família tal como era dantes, a agitação que à época me aborrecia e hoje por assim dizer me, não digo, penso
— Estarei a envelhecer por acaso?
e é provável que esteja a envelhecer sei lá, dado ao remorso e à saudade e esquecido das traições que me fizeram na ideia

de me conduzir à miséria, o dezassete, o pó, os meninos, as jóias da minha mãe no baldio ou embrulhadas em papel de seda
— Para te lembrares de mim
na carteira da senhora das unhas, ela a fingir que as devolvia
— Não me obrigues a aceitar
à medida que o meu pai mais dívidas, mais empréstimos, mais letras e apesar disso eu lamechas a contemplar a fractura desejando que as andorinhas e as nuvens substituídas pela lua da minha irmã Rita à deriva sem peso, que interesse achavas tu num calhau morto que se embacia e esfarela, a minha mãe para o meu irmão João que tentava ir-se embora
(uma só nádega esse)
— João
comigo a perguntar-me se lhe contaram do parque e se contaram do parque o que contaram ao certo, ao meu pai ia apostar que contaram dado que na aba do chapéu a mudez ensurdecia, pegue no cavalo e sangre-o com as esporas para não se sangrar a si mesmo, não se indignava connosco, encolhia num nozinho que respirava a custo e no indicador que ia cavando o pão sem notar que cavava, existiram alturas em que quase gostei do meu pai mas libertei-me a tempo, quem começa a importar-se com as pessoas já não se salva delas e a seguir o sofrimento da ausência, o ciúme, trapalhadas que impedem o raciocínio e envenenam os dias, se me perguntam de que faleceu não sei, de vergonha talvez, escorregou da cadeira num vagarzito de pingo amontoando braços no chão
(eu nádegas e ele mangas sobre mangas com a diferença que as nádegas cheias e as mangas vazias, a minha mãe procurava o pulso entre tanta fazenda
— O que sucedeu à carne?)
e não me atrevi a libertá-lo do chapéu no receio que as feições longíssimo, que é do nariz, das orelhas, onde pôs o queixo paizinho, uma ficha na algibeira que o dezassete não evaporou e a minha irmã Ana a mostrá-la
— Tem uma ficha é ele
a minha irmã Beatriz para o meu pai
— Não tenta o dezassete senhor?
e com que autoridade

— Não tenta o dezassete senhor?

se nos trocou por um automóvel diante das luzes dos barcos, em miúda numerava as ondas à espera da sétima, a maior, a que afoga as pessoas, no estacionamento apenas sétimas ondas e o coração custa a bater, faleci, se escrever o meu nome no bafo do vidro recordarei quem fui, morava sozinha, tive maridos que não telefonam e uma amiga do colégio que me escreve da Áustria, de início cartas e hoje em dia um postal nos meus anos comprado nos mostradores que as tabacarias têm sempre cá fora, parabéns pelo vinte e seis de março e não vinte e seis de março Susana, dezanove de abril

(onde desencantaste o vinte e seis de março?)

a amiga cheia, míope, a embrulhar-se nos ésses, se estivesses aqui envergonhava-me, tudo o que me rodeia perde brilho e esfia-se, não troces do meu urso zarolho nem das conchinhas em que a sétima onda se prolonga, basta tomar atenção e lá vem ela e cobre-nos, o teu padrasto

— Esta é que é a tua amiga Susana?

a ficar sério de repente com os dentes todos à mostra

(um deles em oiro, de lado, mais saliente que os outros)

prendendo-me nos joelhos e um dedinho que magoava a lutar com agrafes e elásticos, de bigode expirando horizontal e aspirando direito

— Tão bonita tão bonita

a largar-me num safanão mal a tua mãe entrava

(os postais lagos, palácios)

e a impressão do dedinho

(carruagens também)

toda a tarde a estorvar-me, queria brincar à apanhada e sentia-o, caminhava e sentia-o, mesmo a dormir sentia-o, ao buscá-lo para o tirar dedinho algum e no entanto escondido em mim a mexer-se, durante o lanche verificava os dedos ao homem e encontrava dez que mistério, o bigode a mastigar ora estreito ora largo

(a quantidade de movimentos de que o bigode era capaz extasia-me)

os olhos noutro sítio, o dente de oiro invisível, uma tarde à saída da aula de Catequese os óculos da Susana

— A minha mãe prefere que não voltes lá a casa

sem que nenhuma de nós entendesse a razão, nunca quebrei fosse o que fosse, nunca entortei uma jarra, meses depois o padrasto um ataque, transferiram-no de uma cadeira de rodas para um táxi pegando-lhe ao colo

(— À gente quem nos pega ao colo mana?)

e não sapatos, chinelos, o dente de oiro mole, o dedinho que continuava a estorvar-me a tremer, a Susana

(dezanove de abril, não tornes a enganar-te)

— Já não fala coitado atira cuspo à gente

e na janela do táxi ele a seguir-me sem seguir ou seja eu uma coisa imprecisa ou um acidente da rua

(mesmo com os meus maridos, se os cruzasse por acaso, eu um acidente da rua)

a tua mãe sim, a dar fé e depois a Áustria, uma filha com uma doença dos ossos

(operações, desgraças)

o padrasto falecido num ponto qualquer do trajecto afastamento — Áustria — postais, oxalá isto das seis horas acabe depressa para deixar os assuntos em ordem e não tornar a ver-te Beatriz, atenta ao telefone a aguardar quem não vem, como a tua casa é triste às três horas da tarde, recortavas actores de cinema das revistas e colavas num caderno desenhando corações com o teu nome e o deles que uma seta juntava e pinguinhos de sangue até à base da página, o guache ultrapassava o contorno dos pingos da mesma maneira que o baton te ultrapassava a boca, para que actor de cinema te arranjas, esse decote, essa saia, tens esperança de quê dado que a esperança murchou e o decote inútil, regressas ao estacionamento deserto a contar as luzes dos barcos conforme eu conto andorinhas e nuvens, não te queixas, não pedes, galopas com o pai embora não haja pai fazendo sombra no mar, se quiseres o chapéu fica com o chapéu

(o que vale um chapéu?)

e entendem-se os dois, talvez só um sorriso como o da lua que não tem sorriso, quando a minha irmã Rita no hospital perguntei-lhe ao ouvido

— Tem-te sorrido a lua?

e ela dos tubos, mais adivinhada que ouvida

— Nunca gostei de ti

a agonizar detestando-me, que unanimidade de falta de amor à minha volta Santo Cristo, o meu pai nunca
— Filho
(aliás alguma vez
— Filho
para qualquer de nós a não ser o outro que prendemos na quinta?)
a minha mãe nunca
— Filho
a designar-me com o beicinho à senhora das unhas que me espiava inquieta
(não me desagrada que tenham medo do Francisco)
a minha irmã Rita a esforçar a garganta e portanto aproximei-me por piedade evitando o frasco de soro enquanto lá fora uma camioneta a descarregar não sei quê e doentes de pijama num banco, que tal falecer desta maneira Rita, o que se sente, o que se pensa, como é não esperar, o que sonhas quando dormes
(tanta pergunta)
em que país se vive e em lugar de responder um cicio entre as folhitas dos lábios
— Vai-te embora
e por segundos os olhos que teve dantes e se perderam logo, sem pupila, sem cor, aguados nas pálpebras
— Vai-te embora
eis a paga que me deu por me ralar com ela, se esperam ver-me num hospital e terem pena desiludam-se, hei-de partir com as nuvens a contar andorinhas, ainda bem que daqui a pouco um único prato, um único guardanapo e um único talher, uma criatura que me trata da comida, passa uma vassoura no chão, não tem amigas na Áustria nem recebe postais, não me atira a infância para cima mais os senhores de bigode, um dia destes sou eu que paro o carro no estacionamento a assistir às luzes dos barcos, não me mandes embora Rita, não tornes o teu perfil tão de barro, não finjas que deixaste de estar aí por favor, a Mercília dava-nos banho antes de jantar, punha-nos um bocadinho do perfume dela nessa altura óptimo e ao crescermos horrível, trazido da drogaria em garrafas de vinho que o lojista enchia com um funil e aposto que era o meu pai quem pagava às

ocultas da gente, gostava dos pobres nos quais não há ponta para gostar, dão-se-lhes ordens e basta, deita um pingo do perfume da Mercília na cabeça Rita e vais ver que não tarda um minuto tu nos caixilhos esquecida do cancro
(qual esquecida, curada)
a sorrir para a lua, depois do banho jantávamos de roupão e cabelo molhado no qual a protegida do meu pai fabricava uma risca e nós orgulhosos, adultos, no babete do meu irmão João um ganso de lacinho, a minha mãe do alto
(como você foi grande, senhora)
— Quem não tem fome de sopa não tem fome de doce
e tudo enorme em si, as mãos, os ombros, o peito, que vastidão o seu corpo, anéis que nem no polegar me cabiam, o ganso de lacinho não necessitava da lua para sorrir ao mundo e o meu irmão João com inveja dos guardanapos da gente
— Já sou crescido também
tentando pegar na faca sem auxílio e entornando brócolos, a minha irmã Ana sem entornar fosse o que fosse caprichando nos gestos
— Não és crescido és bebé
o meu irmão João furioso
— A Ana estava a fumar ontem na capoeira mãe
e a minha mãe a recuar no assento num silêncio feroz, não me mandes embora Ritinha, o que nos sucedeu, porquê um frasco de soro, este azar, esta sina, o meu babete não um ganso, um mocho de óculos, doutor, não chores Francisco, ficaste com o dinheiro, foste-te embora, és feliz, chamas a mulher ao quarto com um gesto, não a voz, que maçada falar, descalças o primeiro sapato com a biqueira do outro e o segundo com os dedos do pé livre que se pensa não terem utilidade e afinal têm, não menosprezes os pés apesar da dificuldade em cortar-lhes as unhas inclinado para diante de calcanhar no bidé e os dedos desfocados porque os olhos endurecem, tu deitado sob a fractura do tecto, dado ao remorso e à saudade, o babete da tua irmã Beatriz um elefante de calções às bolinhas, o teu primeiro babete uma avestruz loira a dançar, tu indignado recordas-te
— Não sou menina sou rapaz
(a tua mãe para a tua irmã Ana, a convalescer da surpresa

— Fumaste na capoeira Ana?)

de modo que a avestruz sumiu-se e tu o mocho doutor embora quisesses um crocodilo de galochas e guarda-chuva aberto não jogando com o sol atrás dele, no quadro da parede uma jarra de cobre, um faisão morto

(Rita)

pêssegos, a assinatura a um canto que a moldura tapava, percebia-se Júlio, não se percebia o apelido, a Mercília a chegar da cozinha, de carrapito preto, com a travessa do frango e a molheira de prata com uma colher não de prata, de cristal, não de cristal, de vidro derivado ao dezassete, ao pegar na colher a minha mãe fungava e o chapéu do meu pai a cobrir não só a cara, o colarinho cujas pontas desmaiavam culpadas, a minha mãe a estender-se para a colher e a desistir da colher

— Não me apetece molho

a criatura na cama não dá pelas lágrimas sossega, não dá por ti sequer, espera, é o forte deles esperar, esperam a tarde inteira as análises no posto com o papelinho do número

— Você é o trinta e cinco

a dobrar-se na mão, um berro de uma cortina

— Onze

um velhote a levantar-se do fundo tirando o boné, debaixo do boné farripas

(ele mais pobre com elas)

a perna direita a custar-lhe, o berro da cortina

— Doze

um braço com uma luva arredando o velhote

— Fica para o fim demorou a chegar

o velhote rumo ao banco com a perna faltando-lhe a coçar-se em silêncio e portanto a mulher ao teu lado nem imagina que lágrimas, a gente coça-se, humilha-se, a empregada substitui o papel do velhote a rabiscar outro número

— Tome lá o quarenta

e eu contente porque não preciso de aturar ninguém, conversar, ser simpático, devia dar-lhe um papel

— Toma lá o noventa

e ela de papel em riste a certificar-se que noventa até que eu, por cansaço

— Noventa

a mulher, obediente, a deslaçar o avental, a pele enrugada e ela a notar que enrugada

(— Fumaste na capoeira Ana?)

— Desculpe

foste tu que nos envelheceste Mercília, não o tempo, o que fizeste aos babetes, devolve-me o mocho, a garrafa de perfume, a molheira de colher de prata antes de o meu pai a apostar, na ponta do cabo um cesto esculpido, fumaste na capoeira não um cigarro Ana, a ponta que o maioral deitou fora e a tua tosse acompanhando a tosse das galinhas, tu cega pelo fumo sem encontrares o gancho da portinha de rede e agora o baldio, o preto das latas, o sujeito no degrau, quem não tem fome de sopa não tem fome de doce, tal e qual como as criadas, tão inteligentes para umas coisas e tão estúpidas para outras

(— És estúpida Mercília?)

que não informam

— Parti

informam

— Partiu-se

as vivaças, se uma lasca numa jarra voltam-na contra a parede na esperança que eu não perceba, em que prega do passado continua o crocodilo

(os crocodilos não morrem como tu morreste Rita)

de guarda-chuva aberto e o sol atrás dele, quem diz o crocodilo diz a avestruz ou o ganso

(o lacinho do ganso amarelo)

o mocho doutor, o elefante, essas coisas não se perdem, hão-de estar nalgum sítio, uma gaveta, uma arca, não o cofre do meu pai, que o vasculhei mil vezes e só letras, dêem-me banho, penteiem-me, recomendem

— Cuidado

e eu limpo senhores tresandando no roupão ao perfume da Mercília, a minha mãe a farejar

— Bebeste vinho tu?

e o chapéu do meu pai a erguer-se uns centímetros

(o colarinho não desmaiado, direito)

como se um riso dentro, enquanto não me virem num caixão não descansam vocês, é só estragar, só estragar, só estragar, a minha irmã Ana saindo da capoeira como uma galinha

degolada a enganar-se nas patas, não tombam, continuam, correm três passos, hesitam, correm mais três passos e embatem no tanque, cuidado com o tanque, não te aleijes, desvia-te
(a minha m
sempre que contava uma história e adorava contar esta história, haja alguém que adora contar histórias no livro, a minha mãe mudava de posição no sofá e a voz ao mesmo tempo confidencial e solene, a vossa avó, em pequena, costumava acompanhar a minha avó nas visitas que as senhoras faziam umas às outras nessa época em Lisboa, combinadas com antecedência para que tudo perfeito, os castiçais do piano areados com uma pauta na estante, as criadas de luvas e jornal do Patriarcado na arca da entrada, no caso de não haver chofer não se ia de eléctrico, ia-se de táxi, levava-se um mimo de pastéis de nata ou bombons, a minha avó de chapelinho de véu para a vossa avó sem um cabelo fora das tranças

— Não te amarrotes tem maneiras

retirando um grão que não existia na blusa a esfregar um no outro o indicador e o polegar, ao saírem do táxi corrigia-lhe a franja, puxava-lhe as meias, tocava a campainha uma só vez, de leve, verificando no espelhinho o pó de arroz e as pestanas até que o fecho se abria de estalo e eis as caixas da correspondência com o número do andar nalgumas partes sem tinta, a secretária com um quadrado de mata-borrão na qual o porteiro de uniforme

— Madame

e a minha avó uma inclinação de cabeça de não mais que um milímetro, o elevador oblíquo, lentíssimo, aos solavancos nos cabos, a minha avó persignava-se, quer dizer não a cruz completa, um esboçozito de cruz

— Esperemos que não caia

e graças ao esboçozito de cruz não caía apesar dos bamboleios e dos guinchos, a vossa avó a procurar a mão da minha avó e a minha avó num tom pálido em que borbulhavam dúvidas

— Deus não consente que caia

insegura das intenções de quem está em toda a parte mas não tem tempo para tudo, milhares de elevadores na cidade à beira do desastre, como é que Ele dava com o nosso, reconhecerá o prédio por súplicas anteriores, saberá o nome da rua e ainda que saiba pensa que valerá a pena, o elevador parava num sobressalto de mau agoiro, continuando a agitar-se quantos parafusos lhe faltavam?

no patamar do quinto após uma ascensão dolorosa, duas portas frente a frente com capachos idênticos, a mesma neutralidade digna e a mesma maçaneta, um cão a ladrar e a calar-se porque uma vassoura no lombo ou um pontapé com alma, a minha avó experimentava o botão da direita dado que o capacho um pouco menos na trama e a casa inteira a ruir num ímpeto estrondoso, sob os escombros a vossa avó

— Tenho medo

e a minha avó receando que a clarabóia no alto, leitosa de pombos, se desfizesse em estilhas, ela de carteira sobre o chapelito de véu a proteger-se dos vidros

— E se estivesses calada?

no silêncio de jazigo que sucede às desgraças, o cão inlocalizável rebentou num latido a atormentar o soalho com as unhas, lembrou-se da vassoura ou do pontapé com alma e emudeceu arrependido, escutou-se uma tosse musgosa, o trinco a girar em quedas sucessivas de penedos oxidados, patas que escorregavam em sentidos diferentes, o aviso autoritário

— Quieto Adamastor

um nariz de homem acompanhado de meia orelha entre a porta e o batente, um pincel de barba que mediu a minha avó no capacho, mediu a vossa avó oculta numa dobra do casaco da mãe, apontou a maçaneta restante soltando um tijolo de espuma que ao contrário do que ambas imaginavam não explodiu nas tábuas, alargou-se pastoso

— A cabra mora ali

mais quedas de penedos oxidados enquanto o trinco girava em sentido contrário, pantufas que diminuíam, o lamento do cão, até ao fim da vida a vossa avó garantiu ter percebido a navalha da barba contra a bochecha do homem e um lavatório pingando mágoas anónimas, não se imagina a quantidade de desgostos ao nosso lado no mundo e a amiga da minha avó morava ali realmente avançando para elas, opaca no seu luto, com as agulhas das tíbias a tricotarem passinhos e em torno dos passinhos marquises e marquises, persianas descidas, tabuleiros de dragões que padrinhos marujos enviavam da China, a minha avó e a amiga a trocarem infortúnios e quadrados de açúcar por cima dos dragões, lá estava o retrato do marujo de calva melancólica, um segundo náufrago com um alfinete de gravata do tamanho de uma nêspera, a vossa avó de pé contra a poltrona da minha avó que um rectângulo de crochet protegia mas de quê, sem coragem para se assoar, pedir chichi, ir-se embora, experimentou o mindinho na boca e desistiu do mindinho, descobriu uma crosta no joelho e arrancou-a com a unha, quem nunca sentiu prazer de arrancar uma crosta acuse-se, tinha sono, tinha fome, saudades de uma boneca chamada Eugénia que conheci muito idosa, de cabelos brancos, no sótão, a vossa avó a sentir que as persianas descidas lhe apertavam as têmporas, a Eugénia quase sem feições coitada, artrose, diabetes, uma coisa no pescoço que as formigas comiam, olhou o padrinho da China e o que lhe aparecia na ideia enquanto o elevador ia e vinha, à beira de um aneurisma final, era como esta casa deve ser triste às três horas da tarde, como esta casa deve ser triste às três horas da tarde, ou seja o que eu sinto debruçada para o telefone a perguntar

— Porquê?

há alturas em que nem marco o número, apenas interrogo

— Porquê?

na certeza que enquanto não me virem num caixão não descansam e que se o vosso pai aqui estivesse não descansava igualmente, fez o que se chama tudo para acabar comigo, o Casino, o dezassete, as mulheres, a gravata ao partir no colarinho e ao regressar na algibeira com os vincos do nó no tecido, daqui a pouco os joelhos que se dobram, o corpo que se dobra sobre os joelhos, a cabeça que se dobra sobre o corpo e nessa altura, mesmo que os ponteiros nas seis e os ponteiros nas seis, vem no livro que daqui a umas páginas termina e cujo fim não lerei, como esta casa é triste às seis horas da tarde, boa noite a todos, adeus, quero ficar sozinha a sentir-me, a não me sentir, a sentir-me, a pensar na Eugénia de cabelos brancos e na porcelana da cara, apenas a Eugénia e eu, não vocês, a Eugénia e eu chegamos e no cão a ladrar não sei onde que uma vassoura cala de modo que por favor ou por pena ou pela razão que lhes der na gana desamparem-me a loja)

depois da ponta de cigarro a minha irmã Ana saía da capoeira como uma galinha degolada a enganar-se nas patas que não tombam, continuam, correm uns passos, hesitam, correm mais passos e embatem no tanque, cuidado com o tanque, não te aleijes, desvia-te, antes da injecção tu no baldio assim, indiferente a que te atirem latas ou façam troça de ti visto que não te dás conta, quem não tem fome de sopa não tem fome de doce, de que tens fome Ana, que pretendes da vida, se me obrigassem a escolher um dos meus irmãos embora nenhum me agrade escolhia-te, sei lá por que motivo mas escolhia-te, não aceitavas que te ordenassem traz isto, traz aquilo, desde miúda que eras dona de ti, no meio de contar andorinhas e nuvens dou comigo a recordar-te e uma espécie de formigueiro, exprimi-me mal, desculpa, de saudade, que me importa a minha irmã Beatriz, que me importa o meu irmão João porém tu onde paras, quem te acompanha apesar de quase não falares e no entanto frases e frases no interior do silêncio, chamo-me Ana, sou feia, reparem em mim que os meus pais não escutavam, escutava eu sem responder e a apetecer-me responder, tinha razão mãe, tal e qual como as criadas, tão inteligente para umas coisas e tão estúpido para outras, aí está, acertou, fechava-me no escritório a tirar-te dinheiro, consolo-me pensando que vacilava antes de apagar o teu nome enquanto com os outros não vacilava nem isto, moras no baldio não é, naqueles restos de casas

(porções de paredes, uma chaminé sustentada por um único ferro e que não caiu embora vá cair, vá cair)

pode ser que qualquer dia as bengalas da Mercília

— Menina

e o banho e o roupão e o perfume barato, uma risca não muito certa no cabelo molhado, a minha mãe a apontar-te

— Essa comprámo-la por meia dúzia de feijões aos ciganos

e se calhar compraram-te por meia dúzia de feijões aos ciganos em carroças que se despedaçavam a cada desnível e se reconstruíam depois seguidas pelo voo das gralhas, crianças a brincarem com púcaros de folha, pedaços de cartão, ninharias, os meus pais para os ciganos

— Quanto custa essa aí?

o chefe dos ciganos amolando um canivete, difícil de compreender devido aos berros das gralhas

— Meia dúzia de feijões é feia

de maneira que te trouxeram numa ponta de manta, não sabias lavar os dentes nem caminhar com sapatos, a minha mãe indignada comigo

— Acaba com as parvoíces Francisco não a faças chorar

e como acabar com as parvoíces se aquilo de que sou capaz é magoar as pessoas, nasci para ser cruel, prejudicar-vos e contar andorinhas e nuvens, a mulher que me trata do almoço estende-se na cama aguardando que eu

— Vamos lá

para libertar do avental o corpo que uma infância de couves e batatas minou, cada prega um episódio amargo, cada calo um sofrimento submisso e ela ignorando o que sofrimento e amargura significam por não haver conhecido outra coisa, está aqui e chega-lhe, partirá quando eu morrer com uma trouxa ou um fardo e no momento em que atravessar a porta esquece, se alguém se interessar

(ninguém se interessa, por que carga de água se interessariam por mim?)

— O senhor Francisco quem era?

espanta uma mosca da bochecha para ganhar tempo, não que a mosca a incomode, sempre viveu com elas e as alimentou da sua pele, a mulher

— Perdão?

admirada que um senhor Francisco à sua beira outrora, um sujeito que também não exigia, não pedia, não conversava sequer, entrava no quarto, saía do quarto, sentava-se no quintal a pensar num crocodilo de galochas e guarda-chuva aberto embora o sol atrás dele, na irmã

— Vai-te embora

pelas folhitas dos lábios enquanto galopavam cavalos que uma outra irmã garantia, a pateta, fazerem sombra no mar quando nem a noite faz, aí está o mar intacto e quanto aos cavalos mesmo na terra quem os sente, o que se sente são calhaus e raízes, não me falem dos defuntos a tornarem-se giz, o meu pai giz, a minha irmã Rita giz, o bisavô Marques giz, a minha mãe não tarda muito

(uma volta do ponteiro dos minutos)

giz, tão inteligente para umas coisas e tão estúpido para outras e eu já estúpido palavra, só estúpido, tornado sentimental

e fraco pelo correr do tempo, um velho aos quarenta anos com vísceras que se arrastam numa ilusão de vida, não trabalham, duram, não segregam, aguentam-se, o fígado a lamentar-se coxeando, unhas ainda claro, demasiadas bexigas
(cinco?)
a dificultarem-me o sono, o nosso irmão Francisco pior que nós num lugar que se não descobre nos mapas com a serra de uma banda e a represa do outro e a serra e a represa insignificantes, sem nome, uma mercearia, três ruas, escondeu o dinheiro num buraco da parede que tapou com uma tábua e se quiser descobri-lo não acerta, a mulher na horta a catar grelos enquanto ele vai espiolhando a memória onde azinheiras, toiros, um grito de uma cortina
— Onze
e um sujeito a levantar-se tirando o boné como se onze o seu nome e talvez onze o seu nome, o nome do meu pai dezassete, este domingo de Páscoa que daqui a dez anos continuará a ser hoje e a roseira e a chuva, lá vou eu corredor fora para um encontro que não quero, quero o perfume da Mercília numa garrafa de vinho e um babete que me alegre, quero os rebanhos de outono nos badalos mesmo em fevereiro ou julho, um cão a ladrar num compartimento fechado e um tabuleiro de dragões, tudo se mistura na cabeça de modo que peço à mulher com um gesto, não a voz, que maçada falar, que se me evapore da cama, olho a fractura do tecto e à medida que o cansaço aumenta libertando-me de mim reparo numa pessoa a subir uma vereda de parque, uma segunda pessoa num baldio de destroços, não os reconheço
(quem são?)
e perco-os, reconheço a minha irmã Beatriz
— Francisco
e perco-a igualmente, a senhora das unhas duvidando de mim
— Não estás a exagerar?
e eu
— Não estou dona Arlete
(olha, veio-me o nome dela ora toma)
— Não estou dona Arlete
e a sério que não estou, os movimentos da dona Arlete encantavam-me, tão precisos, tão lânguidos, para o fim punha

óculos de bibliotecária porque o tempo não é só para os vizinhos e trinta e seis já cá cantam, levanta-te Rita, não acredites nos médicos, tira o oxigênio e o soro com que pretendem matar-te, aí está o nosso pai, de chapéu, quase a pronunciar-te o nome paralisado na língua, incapaz de sair, neste momento nem o dezassete lhe saía senhor

— A minha quinta no dezassete

e os toiros perdidos, a Mercília então só com uma bengala

(sou um sujeito realizado)

e quando nos pegava ao colo o pescoço cheirava a sabão, não o sabão da gente, o das criadas que não largava espuma, tinha de esfregar-se eternidades até o sujo sair e o sabão não diminuía de tamanho, a tia Isméria a incitar a minha mãe

— Porque não a despedes?

ofendida que um pecado dos Marques permanecesse connosco e por segundos o bisavô da pharmacia fora do álbum, na sala, com a bata que vestia para temperar os chás e uma expressão culpada, se a minha mãe lhe desse pela presença caretas desgostosas

— Tão inteligente para umas coisas e tão estúpido para outras

e o bisavô Marques a concordar que remédio, o que acharia o meu pai deste livro no caso de o ler, deixava-lho na gaveta do gancho de cabelo com as rosinhas de esmalte e mais tarde ou mais cedo encalhava nele, primeiro a mão

— O que é isto?

depois os olhos, depois tirava o livro e abria-o, não mudaram nada da gente, somos nós, lembra-se de quando a Ana fumou na capoeira, da senhora das unhas a retrair-se à sua entrada, de mim em criança a proibir que sepultassem o cachorro, pendurado do sacho do maioral

— Não quero

subindo e descendo à medida que o sacho cavava e você a entender-me

— Francisco

sem me ralhar, desculpe a opinião mas devia ter-se ocupado da gente senhor

(não estou zangado garanto, cessei de me zangar sabia?)

mandar à fava o dezassete, não nos jogar na roleta e talvez continuássemos neste sítio onde a minha mãe a morrer e é impossível que não oiça as pessoas na praça, os aplausos, a música, o toureiro a desembainhar o estoque junto à barreira caminhando na direcção do quarto e a minha mãe desejosa de recuar e sem espaço para recuar

(afianço que não estou zangado, de que servia zangar-me?)

o sangue da vara do picador a escurecer o pescoço, as farpas tombadas dos dois lados da nuca, talvez continuássemos neste sítio mesmo sem elas, sem si, a Mercília a servir-nos

(descanse que a Mercília a servir-nos)

e não março, não chuva, não domingo de Páscoa, outro dia, nenhum babete, nenhum molho entornado e eu, concluída esta escrita, a levantar-me nádega a nádega apercebendo-me que não duas, seis ou sete no mínimo e tanta nádega consola

(se calhar engordei)

eu a descalçar o primeiro sapato com a biqueira do outro e o segundo com os dedos do pé livre, a deitar-me fixando uma fractura do tecto que conserto amanhã e não conserto, aumentará sem dúvida até que o estuque e os barrotes me caiam em cima e eu debaixo deles com saudades de si.

2

Quase não me apercebo do silêncio por existir tanto ruído em mim, passos mas para onde e de quem, vozes chamando que pessoa e sobretudo o mecanismo da minha vida que não pára de andar e eu tão fraca, não entendo o que me acontece, o que sou, dizem
— Ana
e o que pretendem com
— Ana
a Ana tentando distinguir o silêncio sem lograr encontrá-lo, se calhar ficou lá para trás sob os silêncios dos outros e já que mencionei os outros que outros, não vos conheço
(ter-vos-ei conhecido?)
conforme não conheço esta casa e estes estranhos que conversam sem que lhes responda, responder o quê, dantes o carteiro com molas da roupa a prenderem as calças chegava de bicicleta à quinta com os cães a ladrarem, apoiava uma das botas no chão, estendia envelopes à Mercília de óculos tortos que o obrigavam a alterar a posição do nariz e os cães à espera, devias ter casado com o carteiro Mercília, uma bicicleta contra o vento em dezembro a afogar-se numa balsa, a subir um talude, a continuar aos solavancos galgando pedras e ervas, mesmo de longe adivinhava-lhe a respiração, a tosse, não apenas tanto ruído em mim a impedir o silêncio, tanto ruído lá fora, o meu irmão Francisco
— Ana
e o que pretendes com
— Ana
não me recordo do meu pai
— Ana
a Mercília oferecia um copo de vinho ao carteiro que tirava o boné por respeito e sem boné dava ideia que despido, estou segura que você não

— Ana

pai, eu invisível para si, o carteiro agradecia à Mercília a cobrir-se de novo

— Menina

quando os meninos éramos nós e o mecanismo da minha vida que não pára de andar, sete anos, doze, vinte, a primeira ida ao baldio, o que vende o pó a ordenar a um dos pretos

— Traz-me essa

(aos sete anos no caso de não me segurarem na mão não adormecia, retiravam os dedos enormes porque tudo enorme nessa altura e eu logo a apertá-los

— Estou acordada juro

o rectângulo mais claro da janela com um ramo do salgueiro a agitar-se por mim e a sombra da cadeira acolá) de anel de prata no indicador e um falcão tatuado, o que as gralhas gritavam na quinta meu Deus, pensava

— De onde virá tanta zanga?

e não era zanga, era uma aflição como a minha, não te feches à chave Beatriz, não me proíbas de abrir, prometo que não mexo em nada nem troço da foca de barrete e cachecol à cabeceira, friorenta, temos de agarrar-nos a qualquer coisa não é, a Mercília na cozinha a olhar o copo do carteiro vazio, se soubesse que não a espiavam beijava-o e ele ao longo da cerca com a capa de oleado a pular, uma das molas da roupa soltou-se sem que desse conta e a Mercília a guardá-la na mala dos tesouros, quase não tens roupa senão aquela que a minha mãe te deu e no entanto um sorriso ao mostrar-ma, os dedos enormes aposto que do meu pai, não dedos de mulher, mais ásperos, mais grossos, o polegar devagarinho numa espécie

não numa espécie, numa carícia leve, o salgueiro ao acenar trazia o cheiro dos toiros que aumentava os cheiros da casa, os ruídos abrandavam em mim e quase percebia o silêncio, não o de hoje que a minha mãe ocupa, o que ficou para trás sob o silêncio dos outros, não se levante pai, gosto de si, não gosto de si, gosto e não gosto de si

(como se põe isto por escrito?)

estou acordada juro, no baldio não gralhas, pombos e um albatroz numa curva demorada regressando ao mar, uma velha de luto, tão idosa quanto a Mercília, secava blusas num fio, não te aproximes da minha mãe, não a mates e a velha de braços abertos ao alto sem entender

quem me entende se não consigo entender-me, caminho no corredor ao fim do qual olhos que se desviam dos meus, o carteiro a equilibrar a bicicleta diante de uma fechadura trancada, não carregue na campainha amigo, não vale a pena, não estamos, o pasto seco, um cavalo

(o que pertenceu ao meu pai?)

a mastigar um cardo, nas barracas dos empregados um sapato de mulher ao contrário, nunca vi nada mais só que um sapato de mulher ao contrário, se encontrarem um sapato meu ao contrário rezem pela minha alma pecadora, a senhora das unhas

— Não estás a exagerar?

não são os cavalos que fazem sombra aqui, são os pombos, onde arranjam o ninho, onde porão os ovos, o que vende o pó

— Como te chamas?

e para quê responder

— Ana

se

— Ana

não sou eu e não sendo eu não sou sua filha senhora, repare como tremo, veja as marcas da seringa e a minha pele sem cor, se me emprestasses a dentadura Mercília ouvia-la ranger, o que vende o pó

— Como te chamas?

e eu

— Ana

pensando como as verdades mentem, que embuste, qual o meu nome a sério, oculto por baixo deste, que nega mostrar-se, não tenho unhas que a senhora possa arranjar, comi-as como a vida me comeu até que os ossos sem peso, dê-me o seu indicador e o seu médio pai que continuo acordada, quase seis horas isto é demasiado cedo para que o meu irmão João no parque, quase o toureiro, quase a espada e afinal o toureiro uma velha de luto tão antigo que já não negro, cinzento e em certos pontos nem cinzento, branco, a secar blusas num fio, ao chegar ao quarto da minha mãe manda-nos embora

— Esperem por mim na sala

e o oxigénio fechado e o soro a um canto, o bisavô Marques no degrau da pharmacia
— Vão demorar muito tempo a colá-la no álbum?
de maneira que dá duas voltas à chave Beatriz e impede a mãe de entrar, lembras-te dela e do pai em poltronas de estúdio e nós à roda de pé, o fotógrafo subia do aparelho
— Juntem-se mais por favor
não me recordo da minha idade nessa época, recordo-me do fotógrafo descontente com a pose
— Sorriam
(se me emprestasses a dentadura Mercília ouvia-la ranger)
o meu pai perseguido pelo nariz dos Marques de nós todos, sinto-me tão sem bússola Beatriz, não é a falta do pó que me inquieta, é o que virá depois das seis horas, continuas a pensar no carteiro Mercília e a mola da roupa num cantinho da bagagem, se fosse capaz de adormecer sem os seus dedos pai, ir-me embora, a minha mãe tossiu com o corpo, não com a garganta, sorria ao fotógrafo ande, orgulhe-se de mim
— A Ana é a mais esperta dos meus filhos
e a Ana isto, já não consigo correr, ando apenas e não havia corrida que não ganhasse, não me cansava nunca, o Francisco puxava-me a saia para chegar antes de mim e não chegava, a velha de luto que secava blusas num fio anunciou
— Está quase
e eu a pensar no meu outro irmão a cirandar na quinta, às vezes corríamos juntos, deixava que me vencesse eu que detesto que me vençam e ao contrário do que esperava o meu irmão não contente, preocupado comigo, se dizia
— Ana
o nome não vazio, cheio, uma palavra que significava eu, era eu, ao mencioná-lo à minha mãe a minha mãe
— Cala-te
de tricot perdido no colo, era por causa dele que você no Casino pai a teimar no dezassete, os cavalos fizeram sombra na minha pergunta anulando-a e apesar da pergunta não existir o meu pai
— Não
sem que lhe visse a cara sob o chapéu, apetece-me que a chuva continue esta noite e nos arraste, não só a gente, as rosei-

ras, o quadro da sala, o que fomos, não te preocupes Ana, qual a diferença se não gostas de ninguém, não gosto de ninguém realmente e por conseguinte nenhuma diferença, o fotógrafo sacudia uma película molhada na qual a pouco e pouco caras, o leque da minha mãe, as tranças da Beatriz, o meu vestido de ris

— Não lhe mexam por enquanto

quinhas que se abotoava nas costas e me dava comichão ao apertarem-no, eu a dobrar-me, a fugir

— Disse-te que estivesses quieta que coisa

de forma que eu quieta que coisa, vontade de protestar e não protesto, suporto as tremuras, a febre, quantas ocasiões o que vende o pó

— Não tenho um grama para ti

e aceito, como esta casa é triste às três horas da tarde e nem um lamento da minha parte, a falta do meu pai que não sinto, o que digo nesta página sobre o meu pai é mentira, enfim quase tudo, enfim algumas mentiras pronto, que domingo de Páscoa eu que detesto domingos, um túnel compridíssimo dentro do qual nós

— E agora?

e que maçada ter de escrever este livro, dava de boa vontade o meu lugar a outro, falem por mim, tomem, enquanto procuro aperceber-me do silêncio porque tanto ruído na minha cabeça, passos para onde e de quem e sobretudo o mecanismo da minha vida que não pára de andar e eu tão fraca, quando o carteiro bebia o vinho escorria-lhe pelo tendão da garganta num traço roxo ou seja não roxo, pálido, ou seja não escorria nada, bebia o copo e pronto, vista de perto não se acreditava que a bicicleta funcionasse com a pedaleira desdentada e no entanto subia taludes, afogava-se em balsas e galgava pedras e ervas não mencionando o vento e os gritos das gralhas que se me perseguissem morria, nem uma gralha em Lisboa felizmente ou uma azinheira sequer, não mais que a chuva a acrescentar vidro ao vidro deformando o jardim e como principia a anoitecer o meu reflexo em cada gota sob a forma de um peixe de aquário, os braços barbatanazinhas a dar e dar

(um traço roxo que parvoíce e no entanto insisto que um traço roxo acreditem) eu não uma, várias alterando-se a cada instante e a Ana tão feia, olha a boca sem molares derivado ao pó, olha o tamanho dos lábios, ponham seixitos no fundo e cravem algazinhas postiças, outros peixes como eu a tremerem no baldio procurando dinheiro nos bolsos e nenhum dinheiro nos bolsos, pedindo que lhes ficassem com o sobretudo, o casaco, este relógio que é preciso raspar com um arame para se entender que não é prata, o meu tio Nelson deixou-mo, repare nos ponteiros trabalhados e no mostrador de porcelana de números romanos, tudo estimado, novo, não se atrasa nem adianta, dez para as onze, está certo, verifique no seu, dez para as onze mais ou menos não é, não necessito de muito, metade de uma dose porque o coração, a diarreia, não se aproxime para não dar pelo fedor, é a miséria amigo, tenha paciência que sou incapaz de roubar, vinte peixes, trinta peixes, quarenta peixes tão feios, a testa que se escapa, as orelhas minúsculas ou nem orelhas, guelrazinhas, os braços barbatanas a dar e dar

— Amigo

calças que não se aguentavam na cintura apesar do cordel, sapatos acalcanhados chinelando sem repouso, vou acabar como as cadelas amigo, desapareceu-me o pulso, pago a dobrar amanhã, dê um jeitinho, movimentos de espantalho, acenos desarticulados de boneco, o baldio deixava de existir se a chuva cessasse e não cessa mesmo depois das seis horas, a minha mãe defunta e gotas sobre gotas, não me apercebo do silêncio porque tanto ruído

— Amigo

o mecanismo da minha vida que não pára de andar e eu tão fraca, a seguir ao vestido o cabelo em dois totós que me esticavam as têmporas, a minha irmã Beatriz bonita, a minha irmã Rita bonita, eu feia, o olhar da minha mãe demorava-se nelas, não em mim, se me perguntasse

— Quem és tu?

não me zangava com ela, tratava-a por senhora como a Mercília e o carteiro de queixo no guiador, levando as gralhas consigo, tive um namorado dois meses

(como esta casa)

no princípio do pó

— Não te mete impressão que eu seja tão feia?

olha a minha boca sem molares e o tamanho dos lábios, passo horas agitando um tudo nada o lemezinho da cauda, se me pegares escorrego-te da mão a torcer-me, a vossa avó quando a minha avó a levava de visita abraçada às costas da poltrona a pensar

— Como esta casa deve ser triste às três horas da tarde

a vossa avó a contar-me isto e eu sem a entender como a entendo hoje, todas as coisas são tristes às três horas da tarde porque uma noite só nossa antes da noite autêntica, uma penumbra que parecia pensar, notava-se que as coisas melancolias, saudades, as ideias lá delas, a quantidade de alturas em que a frase da vossa avó me chega à lembrança

— Como esta casa deve ser triste às três horas da tarde

a vossa avó

— Hás-de compreender um dia

e compreendo desde há anos, pode ser que a minha irmã Beatriz ou o meu irmão Francisco se recordem dela, as suas manias, os seus xailes, os pingos da tensão a formarem espiraizinhas no cálice, a careta descrente com que engolia aquilo

— Não vai melhorar nada

indicando o peito onde um medalhão de cerâmica com um ramo de túlipas pintado ou hortênsias sei cá, o que é feito do medalhão que não o descubro no cofre nem no estojo das jóias, tive um namorado dois meses

— Não te aborrece que eu tão feia?

e levou-o, foi-se embora, se me cruzo com ele no baldio nem um

— Olá

depois de indicar o peito escutámos um sonzito de rola que se encolhe e desiste, o médico alinhou as chaves de parafusos de tratar pessoas na pasta

— Tudo tem um fim vem na Bíblia

e ao olhar não era ela que eu via, era uma criança abraçada a uma poltrona implorando que a minha avó se levantasse e não levantava, desgostos com a costureira, os preços das missas e a vossa avó não idosa, não finada, à beirinha do choro, há ocasiões em que me interrogo sobre o que julgava de mim e não encontro resposta, pode ser que daqui a muitos anos se interroguem sobre o que julgava de vocês e palavra de honra que ao interrogarem-se a impressão de uma queda num poço, vocês e a minha memória em vocês encarando-se a medo, a minha filha Beatriz

— Mãe

e não tentes Beatriz, para quê

— Mãe

não insistas, não oiço, acho-me dispersa na roupa do armário, no cesto do tricot, nas fotografias que não somos nós, estranhos a imitarem-nos com as feições que nos pertencem sobre as deles, verdadeiras, tirem as minhas bochechas das vossas, não me copiem o sorriso, não obriguem os meus filhos a imaginar que me vêem, larguem-nos, o meu filho João que quase me matou ao nascer, falou-me na barriga palavras de pessoa crescida magoado comigo e depois de sair de mim o meu corpo diferente, esta gordura, estas ancas, o vosso pai no Casino e eu a ganhar raízes de salgueiro na cama, a senhora das unhas

(Arlete, Arlete)

prolongando-me os dedos com algodões, vernizes

— Não estás a exagerar?

outras mulheres que eu bem sei a apostarem no dezassete com ele oferecendo-lhe o que não sou capaz de oferecer, a vossa avó como esta casa deve ser triste às três horas da tarde e como as casas são tristes às três horas da tarde, a Mercília para mim ainda não

— Senhora

a Mercília

— Menina

brincávamos juntas na quinta, víamos as galinhas soluçando terrores, o galo encrespava-se e fugia a desinchar as penas o estúpido, sabíamos que o carteiro se aproximava por uma mudança no vento, murmúrios a chamarem e o que pretendem de nós, a gente as duas a respirarmos à pressa

— Vamos morrer aqui?

trazia o meu filho João para a minha cama, protegido de cair com um par de almofadas, debruçava-me para ele e que complicado dizer

— Filho

que complicado gostar, pelo menos a minha filha Ana não gosta de ninguém nem se preocupa connosco, soube-o antes

de a descobrir em mim, preveni o vosso pai, eu que não a notava ainda no sangue
— Não gosta de ninguém
e ele no interior do chapéu não acreditando em mim (quem acredita em mim?)
as gralhas desapareceram quando o carteiro acabou, ficou o vento órfão de pássaros
(devorarão pessoas, as gralhas?)
e a Mercília a fixar o talude como se pelo facto de fixá-lo a bicicleta voltasse e não volta, nada volta Mercília, a minha filha Ana não me respondia, esquivava-se, eu não
— Filha
como a minha filha Ana não
— Mãe
imitava a Mercília
— Senhora
mesmo hoje
— Senhora
até ao dia da minha morte
— Senhora
a mim que me apavora morrer, comprei-lhe um vestido que se abotoava atrás e ela a dobrar-se, a torcer-se
— Não me magoe solte-me
fazia-lhe totós prendendo-lhe o cabelo em elásticos na esperança que bonita como a minha filha Rita e a minha filha Beatriz e a minha filha Ana em lugar de
— Obrigada
trotava para a cozinha a queixar-se de mim, comia à mesa connosco mal se apoiando no assento a afirmar com os olhos
— Não vos pertenço eu
pertenço à capoeira, ao quintal, ao homem que trazia as cartas e um pastor matou com o sacho, ficou a bicicleta de rodas a girarem, não nos pertencia a nós
— Não pertenço a vocês
batia à porta da minha filha Beatriz ou do meu filho Francisco ou do meu filho João e mesmo que lhe dissessem
— Entra
não entrava, de olho na mão com que batera quase ralhando com ela, as rodas da bicicleta continuam a girar enquanto

o carteiro pedala no cemitério sem poisar uma bota ou entregar um postal

— Senhor Sousa

dizia a Mercília e o nome na sua voz redondo, se pronunciassem assim

— Ana

eu feliz, talvez ache uma mulher

(— Não estás a exagerar?)

que me amacie como uma lágrima ou um ovo, dito desta maneira

— Ana

posso morar na Ana, esquecer o baldio e o sujeito do degrau que trabalhou nos guindastes, recomeçar, viverei não sei onde com a tal mulher e nem chuva nos caixilhos nem gotas com a minha cara nem domingos de Páscoa, o meu irmão João

— Quase seis horas sabias?

e contudo o relógio de caixa alta do corredor cinco e onze e não avariado, a trabalhar com pompa numa sesta de desembargador, desaferrolhava-se um postiguinho para dar corda aos pesos que se erguiam aos saltos nas correntes de metal

(se fossem de bronze tinha-as vendido logo)

e o relógio um pigarro de quem conversa a dormir, houve alturas na infância em que os seus discursos me acordavam não com as palavras que a gente aprende, outros sons, se calhar

— Ana

no vocabulário dos objectos que se relacionam connosco num idioma próprio, a marca do fabricante numa placazita infelizmente também não de bronze atarraxada à madeira, não entrarei no quarto da minha mãe conforme não entrava no quarto dos meus irmãos, o que podiam responder-me se nem para si mesmos inventam respostas, a minha irmã Beatriz no estacionamento frente às luzes dos barcos

— O que se passou comigo?

se o carteiro fosse vivo entregava-lhe um envelope

— Mande isto a mim mesma

e no interior do envelope o meu pai a descer os degraus às escuras para beber do gargalo, subia a ralhar consigo mesmo

— O que te disse o médico?

como se a voz da minha mãe na sua boca, pontuda, desististe de viver tu, não pensas nos teus filhos e como pensar nos filhos se os filhos mais da Mercília que meus, mais de ninguém que da Mercília senhor, que tarde esta, pessoas a apertarem o braço numa guita buscando com a agulha um carocinho de veia entre o restolho e os tijolos, depois da agulha a certeza que tão fácil viver, um rim a funcionar porque se lhe ouve o zumbido, dou um impulsozinho e voo, aconselho à minha mãe

— Não morra

e a minha mãe sentada na cama a desembaraçar-se dos comprimidos, outra vez de saia em lugar da camisa de dormir e do cabelo molhado, a concordar comigo

— Tens razão que tolice

a cova do meu pai no colchão quase o dobro da sua mas o cheiro ausente, vamo-nos embora um a um reparou, quem habitará aqui amanhã, que gravuras, que móveis, não sinto febre, não tenho suores, os intestinos não doem, uma mulher ou um homem que tome conta de mim, me prolongue os dedos com algodões e vernizes, faça sombra no mar protegendo a minha irmã Beatriz e apagando os barcos, não há luzes nem água nem um marido ao teu lado a impacientar-se

— Estás pronta?

a minha irmã Beatriz bonita e a minha filha Ana tão feia, a natureza ingrata para ela coitada, quando ma puseram no colo desatei a chorar, nove meses para isto, enjoos, tonturas, a albumina

— Vamos corrigir a albumina

e o meu corpo disforme, interroguei a enfermeira

— Tem a certeza que é esta?

com um sinal no pescoço que não cessou de aumentar e qualquer coisa de membrana entre os dedos

(ela um peixe, ela um peixe)

e era esta imagine-se, não me falou na barriga, não gritava, rangia, mesmo hoje a voz dela um portão que resiste a entortar as palavras, que mulher ou homem interessando-se

— Ana

o que vende o pó

— Deixa-me

e os pretos sem apanharem latas do chão nem as atirarem por mofa

— Nem uma lata merece

o carteiro não me cumprimentava como aos meus irmãos inclinando a pala do boné e ajustando o uniforme e no entanto era a única que lhe dava atenção enxotando os cães mesmo que não houvesse uma carta para mim e não havia cartas para mim, a bicicleta afastava-se a estremecer nas pedras, devias ter casado com o carteiro Mercília, abandonado a gente e nenhuma bengala tua no corredor, nenhum braço corrigindo o lençol da minha mãe ou a cobrir-lhe a cara com o lenço, impede que outro peixe nas gotas para além de mim, apenas o meu corpo esbranquiçado à tona, o meu irmão João com o estojo dos brincos na palma

— Mãe

e a guardá-lo no bolso, o que vais fazer aos brincos João, oferecê-los no parque, colocá-los ao espelho, o meu irmão Francisco

— Que nojo

de modo que traga os cavalos que conseguir arranjar pai, mesmo aqueles muito velhos que já não saem do estábulo, mal comem, mal se movem, a cara aparenta-se à da minha mãe

— Tu

e você sem coragem de um tiro que alivie sofrimentos antigos

(quem me alivia sofrimentos antigos?)

esconda-nos para que o bisavô Marques tão atento à família não se indigne no álbum de onde nos comanda a todos, o carteiro desapareceu num desnível da cerca, o que tenho para dizer, o que falta contar, se calhar a sombra de um cavalo correndo para mim, se tiver sorte pode ser que me esmague e eu igual às algas que suspiram se as pisam, uma senhora que me afeiçoe as unhas

— Não estás a exagerar?

e não estou a exagerar, qual exagero senhora, uma mulher ou um homem à minha espera e eu

— Porquê?

sem necessitar de telefone enrolando o fio com o mindinho, eu

— Porquê?

do vidro acrescentado ao vidro, ora grossa ora fina, o vidro que se vai espessando a separar-me de vocês, adeus manos, pode ser que torne a bater à porta um dia ainda que não acredite que me vejam, espreitam o corredor e vazio, eu

— Mãe

pelas gengivas sem dentes, não adoeceram, caíram-me, não tenho seja o que for que me pertença já, o que vende o pó

— Some-te

e que lástima não existir um degrau para mim no qual possa estender-me a afirmar que trabalhei nos guindastes, eu

não me apetece escrever o que falta mas escrevo, eu

eu atrás da bicicleta do carteiro e a desistir na cancela, a ideia que ele me entenderia poisando a bota no chão, não sou criada ainda que me assemelhe às criadas, sou a menina Ana, a filha da senhora que lhe não falou na barriga, a minha mãe

— Tem a certeza que é esta?

a que não recebe cartas a não ser de si mesma e as que recebe de si mesma sem uma palavra, para quê, basta o meu nome no envelope e que a Mercília ma entregue

— É para si menina

(como vê, senhor Sousa, eu menina)

um nome inventado no remetente, uma morada inventada, fecho-me no quarto para que não me vejam abrir o envelope, tirar a folha dobrada, estendê-la na cama apagando-lhe os vincos e nenhuma chuva, a minha mãe de novo gorda, saudável

— Que tolice morrer

pegando-me ao colo a sorrir para mim.

3

Se tivesse de falar no pior que me aconteceu na vida não mencionava a doença nem os rapazes que à medida que crescem troçam dos diminutivos da minha ternura não me consentindo beijá-los, deixam-me no parque sem roupa nem dinheiro e eu
— Como volto para casa?
no receio que a polícia ou a manhã me descubram, os arbustos já não escuros, cor de leite que pinga, os pássaros húmidos nas árvores húmidas reaprendendo quem eram porque ao dormir esquecemo-nos e ao acordar
— Sou eu?
a lâmpada do restaurante apagada
(ao apagar-se não existe)
e a cidade a pouco e pouco em torno, os telhados e as chaminés suspensos das nuvens, as paredes depois, essas sólidas, o primeiro táxi rente ao passeio como a um corrimão que o ajuda com as bielas dos motores a tropeçarem fumo, eu
— Volto para casa como?
em busca dos restos dos mendigos, serapilheiras, cartões, tiras de jornal que me cubram, não zangado com os rapazes, grato porque ao despirem-me lhes senti os dedos que embora aleijando-me se demoraram em mim e insultos que me estremeceram de amor, eu um búfalo a quem os cachorros do mato mordem as pernas e ao ajoelhar dentes na garganta rasgando-me de prazer ao despirem-me, matam-me e alegro-me que me matem, três, cinco, dez rapazes sacudindo-me
— Façam-me mal
antes de esquecer quem era, eu vísceras laceradas, cartilagens ao léu, os pássaros das árvores encarniçados em mim, não imaginava que os pombos se me alimentassem do fígado e eu contente a pensar
— Não volto para casa

com aquilo que sobra a apodrecer na erva, não me esperem para o almoço
(meu Deus que felicidade os rapazes)
não existo graças a vocês, o que seria a minha vida sem um corpo de menino, esta fervura, este júbilo, adoro-vos, eu para eles
— Joãozinho
ou seja o que a minha mãe me devia ter dito desde o início
— Joãozinho
porque antes de nascer lho pedi na barriga, não permita que me separe de si, deite-me na sua cama e sare esta ferida que não sei o que é nem onde é, é em toda a parte senhora, não ligue aos meus irmãos nem ao meu pai que não merecem, tape-me com os restos dos mendigos, serapilheiras, cartões, tiras de jornal, esconda-me no seu ventre ou na sua dor ao telefone
— Porquê?
enrole um dedo em mim como no fio durante o
— Porquê?
e faça-me perder o parque, os rapazes, o homem da furgoneta a vigiá-los cá em baixo
(que chuva, olha o tecto que abana, gotas numa fenda, uma telha caindo sem ruído, duas telhas)
a doença, tudo aquilo
— Quanto levas menino?
a que não consegui fugir, tanta ternura em mim, tomar conta, dar prendas, ajudá-los, olha o tecto que abana, gotas numa fenda
(põe-se a caçarola por baixo?)
uma telha caindo sem ruído, duas telhas e o algeroz a seguir, a confusão do sótão cheia de passado, que lembranças teria se procurasse cá dentro e não procuro, apavoram-me, vejo o carteiro morto, as rodas da bicicleta a girarem e eu encolhido de medo, o meu avô acendia a lareira queixando-se das costas
— Estes rins
e a Mercília a esfregá-lo com óleo, se tivesse de falar no pior que me aconteceu na vida não mencionava a doença nem os problemas com os rapazes nem o desprezo dos outros que me evitam

(não apenas a chuva, o vento com a indignação dos parentes do álbum fazendo oscilar a gaveta
 ninguém sabe o que podem os mortos
 a senhora de bandós, curiosa a meu respeito, para o bisavô Marques
— É aquele cunhadinho?
 e o bisavô Marques de repente ocupado a pesar grãos na balança e a arrumar pesos em silêncio, a chuva
 que insistente, a chuva
 deu ideia de enfraquecer e aumentou, um galho do salgueiro vai soltar-se, cair)
 se tivesse de falar no pior que me aconteceu na vida mencionava a minha mãe a chamar-me de tesoura em riste
— Chega aqui
 e a segurar-me os pulsos para me cortar as unhas, determinada, feroz
— Queres que te aleije é isso?
 eu a pedir às fungadelas
— A pequenina não a pequenina não
 enquanto me puxava para debaixo do candeeiro e me torcia o ombro
— Assim não me dá jeito
 comigo convencido de pingar sangue no tapete, sem dedos e a minha mãe a juntar as aparas no cinzeiro, o perfume não o que usa agora, mais forte, e sob o perfume nenhum cheiro de velhice, cheiro de carne que hoje sei que nova e a nuca tão branca, que enigma a idade, como se faz para envelhecer porque não se envelhece sem ajuda, se tivesse dedos procurava-a mas não tenho, cortou-mos, o que trabalhava com a segadora perdeu os dele nas lâminas, não todos, onze ou doze, ajustava o colete com os seis que sobravam, ficava o dia inteiro num banco a pensar nas rolas e a conversar com as azinheiras até que as pernas inchadas e não sei quê nos ureteres, lembro-me da cadela de focinho sobre as patas e a cauda de quando em quando uma pancada vaga, a minha mãe afastava os joelhos e eu livre, amputado, mal os dedos voltavam a nascer a tesoura da minha mãe
— Chega aqui
 quantas vezes os pequeninos que ela tirava me regressavam às mãos, à força de perdê-los deixei de compreender para

que servem, os restantes dezoito chegavam, derivado aos ureteres e às pernas inchadas o que trabalhava na segadora cravado no banco, que saudades do mar de manhã quando as ondas a aprenderem ainda, porque me cortava as unhas senhora, obrigava a lavar os dentes, a mudar de camisa, a pegar nos talheres pela ponta, a sentar-me direito, à hora do almoço, no refeitório
(o mar)
tentei beijar um colega do colégio, o director convocou a minha mãe ao escritório porque ao chamar-me a minha mãe e a mãe do colega de carteiras no colo onde em lugar das carteiras devia estar a minha cabeça para a acariciarem
— Joãozinho
(a areia da praia ainda sem marcas de pés)
nunca vi tanta gravidade como naquele dia de tal modo que a secretária, as cadeiras e o retrato do fundador maiores, sobre as ondas um albatroz à procura de caranguejos nas rochas, o fundador de colarinho de celulóide e lunetas e a propósito de cadeiras a minha mãe não numa cadeira, num poleiro dado que as plumas diminuíam e aumentavam, o bico não vermelho de baton, amarelo
— É verdade?
aproximando as palavras de mim na dificuldade com que se empurra um piano, de omoplatas curvadas e um esforço da espinha
— É verdade?
aterrava-me a ideia que tesouras de unhas puxando-me para debaixo do candeeiro a torcerem-me o pulso
— Queres que te aleije é isso?
o albatroz a descer a pique e a subir engolindo e no abajur uma borla que faltava, se calhar somos pobres como a Mercília, não sei
— A sério que somos pobres como a Mercília mãe?
e a minha mãe ofendida, devíamos comer na cozinha, vestir roupa emprestada, dormir em cubículos, a esta hora a furgoneta já chegou ao parque e haverá um rapaz à minha espera
(nunca houve um rapaz à minha espera, suportavam-me)
a minha irmã Beatriz sabia, o meu irmão Francisco sabia, a minha irmã Ana sabia, a minha mãe a empurrar o seu piano no escritório do director, cada sílaba um triunfo lento
— É verdade?

enquanto a mãe do colega o arredava de mim, serei anormal eu, terei lepra, há noites em que sonho que morro e quem me tapa a boca com a almofada e impede de existir, olha o meu pai a trote na encosta, diga-me olá senhor, qual o motivo de nas igrejas até o silêncio tomar a forma de um eco

(não são os sapatos que fazem barulho no chão, é o chão que ressoa na gente)

e a labareda das velas nunca direita, oblíqua, passa-se o guarda-vento e inclinam-se à uma na direcção de quem entra

— Pecaste pecaste

os santos a acusarem-nos

(não imaginava que houvesse tanto sofrimento no êxtase, que estar no céu fosse um incómodo assim)

o altar implacável de ameaças

— Tens o horror à espera

e depois penumbra não de crepúsculo nem de madrugada, de quando estamos defuntos e o dito horror principia, caminha-se sangrando não sangue, coisas que não se vêem mais escuras que o sangue num vazio onde nem sequer os falecidos connosco, sozinhos, às seis horas você sozinha mãe, mesmo que encoste a orelha à terra não consigo escutá-la, separamo-nos daqui a pouco no seu quarto, tenha paciência, aguente, as mãos do padre sem ossos no confessionário e escrevo mãos embora a partir da cintura não padre, um relento a casulas e perdões de que emergia uma pergunta inquieta

— É verdade?

as mãos a retraírem-se

(se calhar a mãe dele a afastá-lo)

e portanto serei anormal eu, terei lepra, não recuem se chego, acabem com os sinais, não imagine que pára de andar mãe, não consegue, lembra-me a bicicleta do carteiro girando sempre, você e eu temos o horror a aguardar-nos, para si o oco da eternidade e para mim as veredas do parque

(às vezes sonho que morro)

o sacristão desempoeirava os mártires com o espanador de a Mercília aperfeiçoar as terrinas, nunca vi um mártir de fato, sapatos e guarda-chuva aberto a chamar o autocarro com o saco das compras, sempre sandálias, túnicas, cajados, nenhum deles no parque de bolsos gordos de rebuçados

— Menino
cheio de setas no peito como eu
(se espreitarem como deve ser vêem-nas)
e no entanto as canelas do padre parecidas com as dos empregados do meu pai aos domingos no largo, impossíveis de imaginar sem cavalo, as botas deles velhas, os atacadores no fio
(vou confessar-me a uma criatura tão terrestre?)
como será Deus em pessoa, alto, baixo, magro ou pesado, fará a barba, usará camisola, terá soluços como os meus quando tomo aguardente, incomodar-se-á com a vesícula, a professora a vigiar-me no recreio e eu a mastigar beijos com força impedindo-os de saírem e no entanto iam-se escapando, escapando
(sonho que morro porque a minha irmã Beatriz ou o meu irmão Francisco, em geral o meu irmão Francisco, me taparam a boca com a almofada e eu a caminhar sem destino numa sala vazia onde nem sequer os falecidos comigo, sozinho, onde está Deus que o não vejo, vejo as traseiras do restaurante e ninguém sob a lâmpada, talvez um mártir à procura como eu, de paletó aos quadrados e jornal sob o braço)
não me entretinha com o pingue-pongue, não jogava à bola, escolhia no urinol a sanita do fundo para que os beijos acalmassem, o contínuo que o director mandava vigiar-me encostava-se à porta
— Maricas
uma ocasião
(na janela as amoreiras do pátio, um losango de céu)
— Desce os calções maricas
cheirava aos empregados do meu pai sentados a uma tábua a comerem e à mala da mercília
(escrevi Mercília com letra minúscula, mercília, enganei-me, deves valer muito pouco porque não me engano com os outros)
a dobrar-me o pescoço com o cotovelo
— Maricas
e nenhum beijo na minha boca achatada na loiça que de tempos a tempos um fio de água lavava, percebia o contínuo a destrancar a porta e a mandar-me sair mudando o buraco do cinto
— Lá para fora maricas

cujo cabedal
(cabedal ou barato, sintético?)
  a fivela marcava, outro buraco marcado também a anunciar
— Engordámos
e se tivesse de falar no pior que me aconteceu na vida mencionava a tesoura das unhas, sempre que as corto hoje em dia a minha mãe outra vez a mostrar-me as aparas
— Não custa nada pois não?
e eu surpreendido pela ausência de sangue e os meus dedos intactos, estudava-os de palma para cima e nenhuma diferença, iguaizinhos, não me lembro de chover como esta tarde em que uma folha de roseira entre as gotas dos vidros, bolinhas de desinfectante no fundo da sanita que me irritavam os olhos, o director para a minha mãe depois de séculos a mudar coisas na secretária, um discóbolo cromado, um agrafador, clips
— É melhor matriculá-lo noutro colégio madame
as mesmas amoreiras no pátio, o mesmo céu com a diagonal de fumo branco de um avião invisível, o que restava da minha mãe era o fecho da carteira a abrir-se e a cerrar-se e as coisas a mudarem cada vez mais depressa, curvar-me ajoelhando para as biqueiras do padre que se retraíam aflitas
(tudo se retrai perante mim e treme)
pedir perdão, rezar, o discóbolo de cabelo aos caracóis e fita na testa, o agrafador de lado, uma borracha metade encarnada e metade azul e separando o azul do encarnado uma linha branca, seja mais que uma carteira mãe, pegue no telefone do director e pergunte num fiozito de súplica
— Porquê?
o meu filho João que me falou na barriga e nasceu de olhos abertos, se tivesse de escolher entre os meus filhos isto é se me obrigassem a escolher entre os meus filhos e sempre achei que uma mãe não deve escolher entre os filhos, a minha filha Beatriz uma tonta, a minha filha Ana o que se sabe, a minha filha Rita calo-me porque temos de respeitar a memória de quem já cá não anda e o meu filho Francisco detestando-nos a todos ao passo que o meu filho João se inquietava comigo, ao falar-me na barriga respondia-lhe e não eram conversas de adulto com criança, eram diálogos de pessoas crescidas, segredos que nem a

nós mesmos confiamos, pensava que ninguém a par deles e no entanto o meu filho João

— Não sofra derivado ao pai mãe

a ver-me através do corpo com amizade, carinho, a minha filha Beatriz ao notar-lhe a mancha na roupa uma desculpa idiota

— Imaginava que os cavalos faziam sombra no mar

enquanto o meu filho João desculpa nenhuma, escutava porque o meu sangue mais lento, recebi a carta do director e desabou-me o mundo em cima, não supunha que a frase fosse verdade, o mundo em cima, que mal terei eu feito para receber esta paga, acaba de jantar e desaparece sem se despedir, nem o guardanapo dobra com a pressa, fica na borda da toalha com traços cor de rosa no género dos meus, parecidos com baton e não pode ser baton, é um homem, não devia tê-lo deixado nascer, conservava-o em mim e na altura em que morresse libertava-o, na janela do director amoreiras e um ângulo de céu à medida que o discóbolo e o agrafador mudavam de posição na secretária declarando

— É melhor matriculá-lo noutro colégio madame

ao sair com a carteira da minha mãe dado que a minha mãe continuava no escritório a teimar

— Falou-me na barriga sabia?

e o director sem compreender

(como podia compreender e o que haverá para compreender nisto tudo, a minha mãe agoniza à medida que chove, se deixasse de chover talvez não falecesse)

— Perdão?

de agrafador, que deixara de ser agrafador para se tornar um utensílio sem nome, esquecido na palma, o contínuo

(neste momento não tenho vontade seja do que for a não ser que as seis horas demorem, o médico aconselhou)

diria que com saudades minhas mas não estou certo e portanto não me atrevo a escrever

(um exame por causa das manchas que há dias encontrei na cara

— É uma luta constante para tudo

e se carrego ardem)

vendo-me atravessar o pátio e empurrar o portão com o fecho da carteira a abrir-se e a cerrar-se, a minha mãe para nós desgostosa

— É uma luta constante para tudo

brinquedos desarrumados, roupa no chão, uma torneira que verte e a Mercília com a esfregona não só na casa de banho, no corredor, no tapete, a minha mãe

— Que desperdício

como esta casa é triste às três horas da tarde, repare em mim com manchas não apenas na cara, no pescoço, no peito, julgo que nas costas também, a caminhar para si, tive esperança que ao chegar à varanda o contínuo à minha espera encostado a um tronco, não me importo que

— Maricas

importa-me o nariz contra a sanita e a água que me molha as bochechas, importa-me

(faz tempo que não sonho que morro, sonho com o mar da minha irmã Beatriz, roubei-lho, sonho consigo mãe, não ao telefone

— Porquê?

a sorrir para a gente e o meu pai a não ir ao Casino nem jogar no dezassete, na sala com a gente, os cavalos dormiam de pé, de pálpebras redondas, como se consegue ser cavalo expliquem-me)

importa-me a felicidade que sinto por se ocuparem de mim, não peço muito pois não, que se ocupem de mim um bocadinho, sentia a aliança do contínuo na nuca ao dobrar-me, porque não somos amigos, desabafe comigo as maçadas com o senhorio, a prestação do automóvel, o bócio da esposa, é uma luta constante para tudo, o problema de nascença no coração do filho, a madrinha que o criou, de cérebros a falharem, ligando o gás do fogão, todos temos a nossa cruz e a minha são as manchas na pele e o médico

— Arranjou um berbicacho você

propondo-me internamentos, bisturis, martírios, como os hospitais são tristes às três horas da tarde, visitas com flores, sumos e bolachas em murmúrios de velório só que o defunto sou eu, de túnica demasiado curta que se abotoa nas vértebras ou antes não se abotoa, dão-se nós em fitas, quem a vestiu antes de mim já morreu de certeza apesar das flores, dos sumos e das bolachas, de joelhos a dobrarem-se, corpo a dobrar-se sobre os joelhos e a cabeça a dobrar-se sobre o corpo, a minha mãe uma camisa de dormir com rendas e a minha irmã Beatriz

— Mãe

implorando que os cavalos façam sombra na casa e a chuva desista, nenhuma gota e as roseiras em paz, o salgueiro nítido, estamos bem mãezinha, graças a Deus estamos bem, não me incomoda que nos espiem, saibam, reparem como eu molhado

(o estado deste colarinho senhores)

o director

— Perdão?

e o instrumento dos agrafes perdido na palma, as visitas do hospital maquilhavam sorrisos

— Estás óptimo

antes de entrarem no quarto e oxalá o sorriso aguente, não se perceba a outra boca por baixo e percebe-se a outra boca por baixo, a gente esperançados

— Não deu por nada pois não?

e embora não confesse deu, pega no sumo, não consegue, desiste, não me desdobrem um biombo à volta, sinto-me esplêndido e a prova que me sinto esplêndido é que me sorriram

— Salvaste-te

falou na barriga, nasceu de olhos abertos, parece mais animado, mais vivo, duas semanas no máximo e temo-lo num churrasco connosco, depois da minha mãe a minha irmã Ana ou eu, não, depois da minha mãe nós óptimos, uma ocasião acompanhei a minha irmã Ana ao baldio, pedaços de escadas ao léu, uma velha a pendurar blusas tirando pinças de um cesto que me fez lembrar a modista da minha mãe a corrigir uma saia apertando dúzias de alfinetes nos lábios

(Dona Micas, veio-me agora o nome)

uma madeixa solta que se me afigurava não lhe pertencer, existindo por si, sapatos que exigiam solas novas e a minha mãe a observar-se não de frente, a três quartos, capaz de virar a cabeça ao contrário como os pássaros, de sobrancelhas juntas para se avaliar melhor

— Achas que cai naturalmente?

e os alfinetes a pularem da boca, pergunto-me se gostaria de ser mulher, comprar colares, pintar-me e hesito na resposta, imitar a minha irmã Beatriz no automóvel às escuras

(apetece-me escrever sobre o outro, fechado na quinta, mas ordenaram-me que não)

— E agora?

não hesito na resposta, não me apetece ser mulher, gosto de ser homem no parque, informar-me

— Quanto levas menino?

e o bisavô Marques orgulhoso de mim

— Tem autoridade é macho

a mãe da Mercília no sofá embaraçada, pobre, mandá-la embora sem me deter

— Some-te

a acertar a gravata e o marido da minha irmã Beatriz penteando-se com os dedos de pescoço esticado para o retrovisor, hei-de casar com uma senhora a sério, o contínuo nunca me esperou no passeio fronteiro, esqueceu-me como os rapazes me esquecem, quantos sujeitos haverá a passearem no parque estacando

(sou homem)

junto de um galho que mesmo sem vento os chamava, eles cuidando que um menino e ninguém, folhas de plátano amarrotadas que alguém leu e deixou, um mendigo coberto pelo que foi um sobretudo e só forro e bainhas perto do lago sem cisnes, comeram-nos não os assando sequer, comeram os patos de caroço vermelho na raiz do bico e os pavões que se transformavam em arco-íris fosforescentes na relva, em contrapartida, à noite, para além dos morcegos desenhando electrocardiogramas em torno dos candeeiros uma coruja largando um buraco de carvalho para se sumir noutro e nenhum pombo, claro, quanto mais gaivotas, ocultas pela sombra que os cavalos fazem no mar

(se a modista ajoelhasse diante da cama da minha mãe com dúzias de alfinetes apertados nos lábios as coisas remendavam-se?)

como esta casa deve ser

como esta casa é triste às três horas da tarde mãezinha, as persianas descidas, os reposteiros, os móveis, tantos finados por aqui e por ali em busca do dinheiro que esconderam nas páginas do Guia Astrológico e não encontram coitados, voltam a colocá-lo na estante, procuram nos dicionários, nos álbuns de selos entre o Togo e a Tunísia, nos livros de cozinha enodoados de bechamel com imagens de perdizes e atuns, para que necessitam do dinheiro agora, haverá um dezassete onde apostar lá em baixo, jogarão dominó a meia dúzia de tostões a partida, uma ocasião descobri uma carta no caderno de receitas de uma tia qualquer

(a senhora do penteado de bandós?)

com as doses de ovos, de feijão e de óleo numa caligrafia de finos e grossos, tudo delido, velho, papel cor de tabaco a quebrar-se, o envelope cor de tabaco também, consoantes floridas e no interior do envelope, decifrado a custo, amo-a Julinha sob um borrão de tinta, que Julinha, que homem

(sou homem)

dei por eles em busca do dinheiro nas caixas de chapéus dos armários e nas dobras dos guardanapos com iniciais enigmáticas, deve estar no fundo do jarrão ou no esconso da tábua de engomar a seguir à cozinha, ao falarem consoantes que já não usamos complicando as ideias

(a carne de pavão sabe a quê?)

amo-a Julinha, amo-o Varela, não o primeiro nome, o apelido, Varela ou Pereira ou Rebelo tanto faz, amo-o Pereira, amo-o Rebelo e um leque a erguer-se limpando o ar, um lencinho apertado e a essência do lencinho quase sumida, violeta, como esta casa é triste às três horas da tarde mãe, ainda bem que não sol para a entristecer mais, ainda bem que chuva a fim de decidirmos que a tristeza é dela, não nossa, das flores nos canteiros, do ranger da tampa do piano

(haverá dinheiro sob a tampa do piano?)

que dobradiças temos na garganta senhores, quando menos se espera uma delas a ganir, nós surpreendidos

— Sou eu?

(amo-a Julinha)

e sou eu, tudo protesta na gente, se levanta, recusa, no caso de me buscarem no parque não tornarão a achar-me, acham sujeitos que se escapam e os rapazes sem mim, evaporei-me conforme as notas dos defuntos se evaporaram das páginas, o livro de cozinha a que alguém colou a lombada com um sujeito de barrete alto e colher de pau a dilatar-se na capa, o caderno de receitas com notas a lápis e as últimas folhas vazias aguardando uma salada, uma sopa, uma complicação francesa, os pesos da balança a decrescerem na caixa de pau como as unhas dos pés, se tivesse de falar no pior que me aconteceu na vida não mencio-

nava a doença nem os problemas com os rapazes nem o desprezo dos outros que me evitam, se tivesse mesmo de falar
    (espero não ter mesmo de falar)
    do pior que me aconteceu na vida lembrava a minha mãe de tesoura em riste
    — Chega aqui
determinada, feroz
    — Queres que te aleije é isso?
eu a pedir em lágrimas
    — A pequenina não a pequenina não
enquanto me puxava no sentido do candeeiro e me torcia o ombro
    — Não me dá jeito assim
eu com a certeza de pingar sangue no tapete, sem dedos, a minha mãe juntando
    (Varela, Pereira, Rebelo, Taborda)
aparas no cinzeiro, um perfume diferente daquele que usa agora, mais forte
    (a minha mãe não Julinha, Maria José)
e sob o perfume não um cheiro de velhice e doença
    (não sou doente)
cheiro de carne que hoje sei que nova
    (você nova senhora, você nova)
e a nuca tão branca, que estranho as idades, se tivesse dedos tocava-lhe mas não tenho, cortou-mos de modo que eu onze ou doze apenas que de pouco me servem, poiso-os na beira do lençol perto da almofada
    (é fantasia minha ou a chuva abrandou?)
e não vejo ninguém salvo
    (as minhas mãos com menos ossos que as do padre)
a minha irmã Beatriz no automóvel diante das luzes dos barcos a escrever o próprio nome no vidro embaciado.

4

Parece que é a minha vez de falar eu que mal existo no livro, vivi sempre à parte da minha família isto no caso de ter nascido na minha família e se não nasci na minha família de que família nasci, a que se considera minha mãe
— De onde virá esta?
procurando adivinhar o que eu sentia e não sentia fosse o que fosse ou sentia coisas sem importância para os outros e que me custam contar, respondia-lhes que a lua me sorria na intenção que me deixassem em paz onde o silêncio se encontra com a noite e as árvores e as coisas desistem de ser, tudo se arruma de maneira diferente ao fecharmos os olhos, quando os abrimos voltam aos seus lugares à pressa julgando enganar-nos, um armário ainda a ajeitar-se, uma cortina a tremer, o armário e a cortina
— Estivemos quietos nós
e não estiveram, mentirosos, e depois bicos de pregos, saliências, maldades, não me piquem, não me arranhem, não me fitem assim a ocultarem a zanga, a minha irmã Beatriz que não entende a hostilidade do mundo
— Tolices
como se eu uma criança e não era, menos quatro anos que ela e desde que me recordo a aperceber-me da crueldade e da malícia, degraus que se desvanecem no desejo que tropecemos, um candeeiro de pé alto a impedir-nos a saída pronto a cair e a ampola apagando-se num relâmpago agudo, janelas que mudam de parede e o reflexo do que sou apagado, lá está a lua e qual sorriso, séria, um estorvo sem peso que não merece atenção, digo não importa o quê para que me deixem em paz, não tenho ganas de falar eu que mal existo no livro, uma criatura que morreu, uma sombra furtiva, tivemos um cachorro que só existia contra o muro, afastava-se do muro e perdíamo-lo ou seja escu-

tava-se a respiração e viam-se os caules dos canteiros dobrados, pensávamos
— Está ali
e uma língua invisível a molhar-nos as mãos, vivi sempre à parte da minha família
— De onde virá esta?
se me perguntassem não importa o quê não respondia, acenava, responder como, a quem e com que palavras meu Deus porque dentro de mim não palavras, uma senhora que me pegava ao colo a fingir-se cansada
— O que ela pesa meu Deus
e eu em silêncio
— Largue-me
a farejar águas de colónia poeirentas, o corpo que se volta para nós anunciando
— Desisto
e onde param os meus dentes, o que são estes sinais, o relevo dos ossos a lamuriar
— Cá estamos
partes que se imobilizam, outras que se entortam, costelas inesperadas, pés deformando os sapatos, o cachorro de novo no muro farejando a terra, cavando
— Olá cachorro
e orelhas para cima à espera, as bengalas da Mercília a lutarem com o corredor e perdendo, conquistando cada centímetro num ai demorado e abafando o ai na ilusão que nós
— Ainda é nova
e a morte longe senhor, não me deixes morrer, ao dar-nos banho a nudez assustava-me
— Sou assim?
ao passo que aceitei o meu corpo no hospital porque se aparentava comigo, estes tendões, estes nervos, estas crostas na boca, os enfermeiros acendiam a luz conversando um com o outro e na mesa de cabeceira chocolates, revistas, a marca dos dedos da minha irmã Beatriz no tampo e nós na quinta receosas dos sapos, tocávamos-lhes com um pauzinho e sacudiam-se de banda, o meu irmão Francisco espetava-os num arame e deixava-os secar, no hospital espetaram-me num arame e deixaram-me secar, não me doía nada, era cada vez menos apenas, se me perguntassem

— O que te falta?

não sabia responder, uma fracção da cabeça, a que permite exprimir-me, o coração ausente que não escuto, uma artéria no seu lugar contraindo-se de tempos a tempos, o meu irmão João ignoro para quem

— Ela vê-nos?

e descansa que vejo, a custo mas vejo, a minha irmã Ana num baldio a que nunca fui nem imagino onde fica

— Onde fica o baldio?

e apesar de não conseguir escutar-me entendia, sentava-se no meu quarto

— Mana

não

— Rita

como se gostasse de mim e lhe fizesse falta e eu sem voz

— Pouco posso por ti

parece que é a minha vez de falar eu que mal existo no livro, trazem o meu nome da gaveta dos mortos

— A Rita

episódios que perdi

— A Rita isto a Rita aquilo

e despedem-se, permaneço como uma lâmpada fundida ou um creme de que o prazo acabou até que um deles me encontra

— Olha a Rita

inspecciona a gaveta dos mortos

— O que faz ela aqui?

me pega com dois dedos e me larga no barulhinho das coisas que tombam, rebolam e se imobilizam por fim, a nossa irmã Rita que não ia a casa dos pais e mesmo que continuasse viva não sabia da gente nem que logo às seis horas sob a chuva de março, se é que daria pela chuva ela que não dava por nada, um homem com um estoque e a seguir ao estoque joelhos que se dobram, o corpo que se dobra sobre os joelhos e a cabeça que se dobra sobre o corpo, isto sem ruído, calculo eu, tirando a crepitação das roseiras que não deixam de inclinar-se e as folhas do salgueiro que tilintam, o meu irmão João recuando, a minha irmã Ana junto a um degrau no qual um sujeito de gabardine dormia

(— Trabalhei nos guindastes)
o meu irmão Francisco para a minha irmã Beatriz
— Acabou-se?
e eu não no hospital, na quinta onde não me interessam cavalos nem toiros, interessam-me os barulhinhos da terra, ao chegar aqui pensei
— Se calhar encontro o meu pai
e não encontrei nunca, fica-se sem companhia como na vida, a minha irmã Ana no meu quarto a querer dizer sem conseguir dizer, não era uma conversa que lhe apetecia ter comigo, era uma coisa mais funda, ao nascer a minha mãe sem coragem de lhe pegar ao colo
— Tão feia
convencida que se enganaram no berçário, pode ser que tivesse razão e por conseguinte não me chames
— Mana
dado que nem tu nem eu tivemos família, a que julguei minha avó a repetir a mesma história até ao fim dos seus dias
— Como esta casa deve ser triste às três horas da tarde
e nunca me apercebi se as casas eram tristes ou alegres ou os cavalos faziam sombra no mar, intrigava-me que as moscas lhes poisassem nos olhos enquanto comiam, não nas pálpebras, nos olhos e nenhuma sacudidela de cabeça a afastá-las, não os matavam em velhos, deixavam-nos no pasto até que as raposas dessem por eles, principiassem a aproximar-se e a fugir porque fogem de início, cautelosas, a medo, aproximam-se experimentando morder uma pata e arredam-se de um salto até que ganhando coragem os derrubam dentada a dentada comendo-lhes os tornozelos logo acima dos cascos e as cabeças dos cavalos só dentes enquanto as moscas se ocupam dos olhos, uma dúzia de raposas pequenas, sem pêlo
(pode ser que na quinta só as raposas agora em busca de coelhos e não existem coelhos nem rebanhos nem gado, existem seixos e as raposas a comerem os seixos)
que não se enfureçem, não rosnam, se limitam a disputar entre si moelas e bofes acompanhadas por pássaros de bico comprido, um segundo cavalo abrigado num tronco a acreditar que o tronco o protegia e não protege, cercá-lo-ão amanhã a menos que logo à tarde os tais pássaros ou logo à noite as corujas

(por que razão não fui capaz de viver como os outros, que se passava comigo, o que a Mercília me procurou na casa, na quinta, os enfermeiros acendiam a luz conversando um com o outro e na mesa de cabeceira chocolates e revistas, o careca tirava um bombom, fechava a caixa e o colega a censurá-lo

— Amadeu

o Amadeu a mastigar o bombom

— Ela não dá por isso

e não dava, dava pela marca dos dedos da minha irmã Beatriz no tampo, nós na quinta receosas dos sapos, excitávamo-los com um pauzinho e a garganta deles oca, o meu irmão Francisco espetava-os num arame e deixava-os secar, o Amadeu

— Ela não dá por isso

e risos e passos, a censura do colega e eu sozinha) perdi o hábito de falar se é que alguma vez o tive, onde é que eu ia, ia no segundo cavalo abrigado num tronco, cercá-lo-ão amanhã etc., agora lembro-me, não te esqueças de rezar antes de adormecer Rita para não faleceres em pecado se um esqueleto com uma foice te vier buscar e eu de mãos postas com Deus me deito com Deus me acho aqui vai a Rita pela cama abaixo, a minha mãe sossegada a respeito do Inferno embora não me parecesse uma oração com força suficiente para mudar as intenções de Deus que não era dado a piadas, mandava gafanhotos e afogava egípcios, a minha mãe entalava-me o cobertor

— Pelo menos do Diabo salvaste-te

e eu com um resto de dúvida a atazanar-me recitava a oração do Anjo da Guarda enquanto a minha mãe se ia embora, Santo Anjo do Senhor, meu zeloso guardador, já que a ti me confiou a piedade divina, para sempre não sei quê, guarda e ilumina, que palavras estavam no não sei quê, que raiva e até que ponto o não sei quê prejudicava o efeito, Deus desagradado

— Não sabes não sabes não faço nada por ti

às vezes no hospital quando uma ponta de dor punha o nariz de fora tentava recitá-la, esbarrava no não sei quê, desistia e a dor logo a crescer, faltam-me pedaços na memória, tenho grandes charcos na cabeça desertos de tudo onde mergulho, surgiu-me agora a Pensão Royal que engraçado, nem sonhava com ela, toda escadinhas, toldos e janelicos de sacada em que velhos de calções e sandálias alargando-se em cadeiras de lona se enterneciam comigo

— Que simpática

mudando a muleta de mão a procurarem agarrar-me, a boca deles idêntica à dos sapos

— Que simpática

(vão espetá-los em arames, vão deixá-los secar?)

os botões dos velhos desacertados nas camisas, o umbigo no gênero do meu e eu pasmada que tivessem umbigo, puxava a blusa comparando-o com o deles e no meu caso um nozinho, qual o motivo de no centro do corpo isto, a minha mãe embaraçada

— Hás-de entender um dia

e não entendi no dia seguinte nem no outro nem no outro, hei-de entender quando, a minha mãe

— Vai brincar não me maces

o umbigo que até nas imagens do Santo Anjo do Senhor havia, as orelhas percebe-se a utilidade, os olhos idem, aquilo não, o da minha mãe mais parecido com o dos velhos que o meu, não se enternecia

— Que simpática

nem usava muleta e portanto não velha ainda

— Quantos anos tem você mãe?

trinta e sete que imenso, a quantidade infindável de tempo necessária para chegar a trinta e sete, começava a contar um dois três e demorava séculos

— Você antiga mãe

e a minha mãe abrindo o estojo da maquilhagem com pretensões a tartaruga

— Sou de tartaruga acreditem

com um espelhinho manchado de pinturas no interior e o que é isto a seguir às pálpebras e ao redor da boca que ontem não vi, a minha filha pregueou-me, detesto-te

(sabe que morri mãe?)

a Pensão Royal toda escadinhas, toldos e janelicos na sacada e as gaivotas em julho a gritarem de fome em torno da cozinha quase roçando a gente

(se me roçassem desmaiava)

uma tarde um dos velhos atravessou a muleta diante de mim

— Cachopa

e desviei-a a correr, a minha mãe
— Que tens tu?
e eu muda, lembro-me do mar à noite a cambulhar pregos soltos, a apanhá-los na palma e a cambulhá-los de novo deixando brilhos na areia, acordando cedo nenhuma marca de passos nem sequer dos monstros do livro de História com um chifre na testa, se em lugar de toiros o meu pai criasse monstros não aceitava ir à quinta por nada deste mundo

(o que supõe a existência de outro que afinal não há)

dado que os monstros a galoparem para nós desobedecendo aos empregados

(sabe que morri mãe?)

a Pensão Royal com as gaivotas a fazerem ninho no forro do tecto fixando-nos em soslaios irados

(uma delas deixou cair tripas de peixe à minha frente que se amontoaram no chão reptando como os vermes)

e cada tábua do soalho um queixume ao esmagá-las, a senhora da pensão

(dona Lili, não, dona Mimi, que curiosa a memória, julga-se que a perdemos e ei-la de volta, tanta gente que persiste na minha cabeça a falar, a falar)

sempre preocupada com a limpeza num frenesim que cansava

(a gente só de ver resfolegava logo)

— Tudo sujo tudo sujo

e a minha mãe com medo dela a abraçar-nos, nós transidos na praia e os pregos cambulhando sem fim, os anos da minha mãe uma ninharia comparada com o número deles, não só pregos, dobradiças, tubos de canalização, roscas, tudo a ir e a vir nos penedos acompanhados de cabazes e espuma se calhar fazendo parte da Pensão Royal que se desmoronava quarto a quarto e com os pregos a cozinheira ou o hóspede cujo prato se rodeava de xaropes, bebia uma colher e permanecia a lambê-la voltada ao contrário, não esqueço a língua parecida com as tripas de peixe da gaivota para diante e para trás na cavidade de estanho

(é autêntico, morri)

um preto de cerâmica junto do lavatório da sala de jantar com um charuto também de cerâmica no queixo e uma toalha de verdade no braço estendido, abria-se a torneira e pingos que deixavam terra no ralo, o velho a quem desviei a muleta a insistir

— Cachopa

numa espécie de riso aparentado ao do cavalo que as raposas assaltaram, uma tarde destas a minha irmã Beatriz, não, a minha irmã Ana e o meu irmão Francisco principiaram a aproximar-se e a fugirem dele, experimentaram morder uma perna e arredaram-se de um salto até que ganhando coragem o derrubaram dentada a dentada comendo os tornozelos logo acima das sandálias e a cabeça do velho só dentes

(não acredita que morri pois não mãe?)

enquanto moscas não nas pálpebras, nos olhos, os meus irmãos que não se enfureçam, não rosnam, se limitam a disputar entre si moelas e bofes, os ossos de um joelho ao léu a insistirem

— Cachopa

acompanhados pelo delírio das gaivotas sobressaltando a pensão, se chegássemos ao tecto

(há-de haver uma maneira)

crias mais feias que a minha irmã Ana

— Maninha

a torturar em silêncio a camisola com os dedos tal como eu em silêncio a responder-lhe

— Pouco posso por ti

eu que não podia um pito por ninguém, repara nos enfermeiros a acenderem a luz, cada passo mil passos, cada segredo gritos, na mesa de cabeceira, não uma mesa a sério em que poríamos o despertador, na mesa-de-cabeceira não mesa-de-cabeceira, mesa de morrer e morri mãe, sabia, chocolates e revistas, um dos enfermeiros abria a caixa com uma paisagem suíça na tampa

(prados de mimosas, vaquinhas)

tirava um bombom com uma noz em cima

(um terço de uma noz)

e fechava a caixa à pressa de modo que a aldeia suíça oblíqua eu que não suporto caixas mal fechadas mesmo que não sejam minhas, endireito-as logo, o colega a censurá-lo

— Amadeu

o Amadeu de língua amortecida pelo bombom

— Ela não dá por isso

e se disse que não dava

(terei dito que não dava?)

menti, a minha irmã Beatriz a alegrar-se com a falta de bombons

— Ao menos come qualquer coisa

e o meu pai e os empregados a passarem sem ver, que treta os cavalos fazerem sombra no mar, inquietam as ervas é tudo, a minha mãe não se despia na praia, beliscava à socapa a gordura dos rins

— Trinta e sete anos calcule-se

se achasse um cabelo branco arrancava-o envidraçada no que parecia uma lágrima, pela minha parte mesmo que quisesse chorar não saía, sentia um cisco nas pálpebras, pensava

— Aí está a lágrima

e falso, nada bochecha fora num vagar de lesma, o meu irmão Francisco não chora, a minha irmã Ana não chora, não nos ensinaram a padecer, não padeci, não compreendo a morte, compreendo os pregos na areia invisível, quem me garante que não passo de um monstro do livro de História admirado de ser, uma segunda pensão chamada Hotel Boavista deserta, com o dono a pintar num letreiro Hotel Bellevue esperançoso de franceses ou belgas ou pessoas instruídas em idiomas complexos

(conheci um francês, não, dois franceses, um casal com uma padaria em Grenoble, ela estrábica)

e diante do Hotel Bellevue a mesma praia, o mesmo nevoeiro, o mesmo frio mais gelado que a água anunciando a noite, o mesmo vento em que nenhuma voz diz mana, tudo sujo, ela não dá por isso, onde fica esse baldio

(como será um baldio?)

apenas eu a dirigir-me a mim

— Pouco posso por ti

a menos que se trate da voz do capelão do hospital que o médico chamou

— Pouco posso por ela

e os dedos da minha irmã Beatriz impressos no tampo, não te assustes Beatriz, é tão fácil, se adivinhasses como é fácil acalmavas-te, volta para casa, espera o telefone e deixa-o tocar horas e horas porque mesmo que te procure não te procura e as luzes dos barcos extintas, não levantes o auscultador ou anuncia que não estás, repara no teu filho a aproximar as metades de um brinquedo quebrado que por mais que insista não se juntam nunca, o Hotel Bellevue sem clientes, todas as chaves nos cacifos, o registo em branco, pregos e pregos que partem e chegam dando a sensação de chegarem apenas, dúzias de dobradiças, canos, pranchas, pouco posso por ti, acreditava mesmo no dezassete paizinho, ao vestir o casaco e a gravata, perfumado, engraxado, pensava que nos ia tornar ricos a todos que bom, os corvos vinham do trigo logo a seguir à chuva, se calhar nascem no bosque de eucaliptos

— Pouco podemos por ela

que a trovoada escureceu, dantes verdes e prateados e negros agora, o enfermeiro dos bombons a arrancar-me os tubos enquanto o capelão guardava as bênçãos na pasta

— Está com Deus

e como posso estar com Deus se Deus não está comigo, ausentou-se para um serviço urgente ou uma visita do Papa, mal existo no livro, mal existi na casa, vivi à parte da minha família, não se alcança o motivo da minha irmã

— Mana

se tivesse um telefone não tocava igualmente, será que as gaivotas farão também ninho no tecto do Hotel Bellevue a necessitar de reboco e dos degraus consertados, quando o meu pai faleceu uma camisa suspensa da maçaneta, cada sapato nosso não um sapato, um estrondo, a minha mãe trancou a porta e a camisa amontoou-se no chão, parece que é a minha vez de falar eu que sou apenas a Rita a quem a lua sorria, imagine-se a maluquice dela, a minha mãe

— De onde virá esta?

e pergunto-me se na realidade alguma vez vim, tenho uma amiga desde os cinco anos que ninguém conhece chamada Laura, deitava-se na minha cama, tomava banho por mim, usava a minha roupa, a Mercília

— Menina

sem dar conta que a Laura ao ponto de me perguntar qual de nós faleceu, os albatrozes nas empenas da Pensão Royal e a Laura

— Já viste?

admirada com a sua imobilidade de loiça, um colega do meu irmão Francisco namorou com a Laura, não comigo, que

lhe escrevia cartas que não cheguei a ler, confundiam-nos, por exemplo o
— Que simpática
para ela ou para mim, o namorado
— Não respondes ao que te perguntei?
e eu sem coragem de maçar a Laura procurando adivinhar que pergunta seria, o meu pai não se aproximava de nenhuma de nós, a Laura desiludida
— O teu pai não se aproxima?
e como dizer que o meu pai não se aproximava de ninguém
(ao voltar do Casino um perfume de mulher sobre o perfume dele)
e portanto até hoje não esclareci onde arranjava o perfume e a minha mãe a cheirar-lhe o casaco, o voo dos albatrozes distinto das gaivotas, mais comprido, mais lento, os velhos lamentavam-se quando a sineta do jantar brandia a pensão, pesadíssimos no sobrado que recusava ajudá-los, têm de vencer tudo não apenas o tempo, a inércia do mundo, os caprichos dos talheres que se furtam aos dedos, o copo a sacudir-se mal o aproximam da boca, não são eles que não conseguem, são os objectos que recusam, lembro-me da Laura no hospital a fitar-me através dos tubos sem sorrir para a lua na esperança de durar
— Achas que me curo?
eu com o vestido que ela punha aos domingos e me ficava largo nas costas
— Não sei
levei-lhe o esquilo de borracha que tivemos
(apertava-se a barriga e chiava)
e não ligou ao esquilo que não chiava já, percebia-se que um esforço e soprozinhos roucos, trinta e sete anos mãe, não recomece a contá-los que demora um tempão e se aflige mais, a Laura quarenta e um hoje em dia
— Quarenta e um Laura
se tivesse o estojo mostrava-te e uma bolhinha de oxigénio a concordar comigo, há por aí alguém com um resto de compaixão que acabe o meu discurso por mim eu que mal existo no livro, uma dúzia de frases que o António Lobo Antunes aprove e de que não sou capaz, um soprozinho rouco do esquilo ou

seja a Laura um soprozinho rouco, sou tua amiga palavra, não te assustes com os dedos da minha irmã Beatriz no tampo, se perguntares
— Achas que me curo?
acho que te curas a sério e o meu pai a aproximar-se concordando comigo
— Tens razão
(quarenta e um anos palpita, como sucedeu isto?)
e se o meu pai
— Tens razão
é sinal que te curas, nunca falei de ti, ninguém te conhece, chamas-te Laura não é, são os cavalos que os meus irmãos devoram, não nós, a gente na Pensão Royal a assistirmos aos pregos de cambulhada na areia invisível e um hóspede de muleta
— Que simpáticas
a extasiar-se connosco.

a faena

1

Tomara que fossem seis horas e eu liberto do que escreve o livro atrás de nós a cheirar, qualquer criatura séria que se dê ao trabalho de uma vista de olhos no que fez até hoje compreende logo as invenções, as mentiras, a minha irmã Ana isto, o meu irmão João aquilo, a minha irmã Beatriz ocupando-se da minha mãe e falso, um carro no estacionamento e já se sabe o quê lá dentro, o pé contra o volante convencido que os cavalos fazem sombra nele e não fazem, reúno-os numa balsa, mato-os e os bichos do campo que os comam conforme comeram o meu pai e a minha irmã Rita porque vos comeram não se iludam, comeram-vos, o dezassete a sair para os outros pai, não para si, que jeitinho lhe dava agora o casaco, o perfume, como seríamos ricos não é, sem hipotecas e dívidas, o soalho consertado, o alpendre em condições, a minha mãe um colar de pérolas de duas voltas
— Não gostas?
o meu pai não apenas uma gravata, dúzias e os toiros mais bem alimentados, maiores, engordados pela minha irmã Rita e por si que engordam a erva dado que Deus não existe e o que ficou das vossas unhas cravadas no que ficou das palmas, adeus pai, adeus Rita, não lhes sinto a falta e nem o que lembro de vocês e quase não me lembro de vocês
(não lembro seja o que for de vocês)
continua, eu na opinião do que escreve desonesto, egoísta quando a minha intenção era trazer dignidade à família que por mal dos meus pecados me calhou na rifa, o que eu não dava para ter nascido de gente de que me orgulhasse
(sombra no mar que tonteira)
qualquer mãe que não segrede ao telefone
— Porquê?
um irmão que não galgue o parque, uma irmã sem baldio

— És o meu dono

não mencionando o outro que escondemos na quinta e a esse mato-o igualmente depois de matar os cavalos, há-de caber no poço sob a figueira e sumir-se no fundo, se levasse o meu carro ao estacionamento afianço que mais ninguém no banco, ficava ali vendo os chorões e as ondas

(devem ter demolido a Pensão Royal ou então a água roubou-a, já a roubara quase toda na época em que se aguentavam uns tantos velhos, umas escadinhas, uns toldos, o preto de cerâmica com a sua toalha engomada)

e a pensar no tempo em que fui feliz

(a minha irmã Rita insistindo que em lugar de ondas pregos e eu incapaz de contrariar fosse quem fosse claro que sim, pregos)

dado que não entendia as pessoas, acreditava nelas e aproveitaram-se de mim, quem não se aproveitou de mim, até os colegas da escola, os empregados do meu pai, a Mercília, o professor para a minha mãe

— Inteligente não é

mas graças a Deus cresci, abri os olhos e acabou-se a papa doce meus lindos, o palerma do Francisco a obedecer, a calar

— Vê se estou lá fora

e eu ia, ao voltar riam-se de mim

— És tão parvo

e o parvo às aranhas, até o comboio eléctrico me estragaram, carregava no botãozinho e nada ou antes ruídos aflitos desejoso de agradar sem poder agradar, as coisas que gostam da gente preveniam

— Quebrou-se não sei quê tem paciência

com vontade de ajudarem coitadas, falta-me uma bobine, não substituíram a pilha de maneira que aprendi a lição, não tornam a humilhar-me, sou eu quem manda agora, mudei o testamento, imitei a assinatura do meu pai, comprei tudo, o professor para a minha mãe

— Enganei-me

e enganou-se senhor Bordalo, limpe você os verbos intransitivos do quadro sem me fazer tossir com o pó, sente-se na minha carteira enquanto eu da secretária

— Repete o que ensinei ignorante

a esposa a chamá-lo do portão
— Euclides
e ele a sublinhar equações com o giz que por vezes um guincho arrepiando-me a alma
(o mesmo que o meu irmão João com a faca no prato e nós de orelhas tapadas, encolhidos)
— Já vou
expulsaram o cãozinho que dormia comigo desculpando-se com as pulgas, lá ficou o pobre madrugadas seguidas por baixo da janela pronunciando o meu nome isto na altura em que nem as roseiras nem o salgueiro ainda, a paisagem desabitada que uma linha de água vinda não sei donde percorria, quantos verbos intransitivos disse eu nesta frase senhor Bordalo, responda, a esposa continua a passear-se à superfície ou pelo menos continuava na semana passada visto que a cruzei na rua, o mesmo penteado e estava a ponto de jurar que a mesma roupa com aplicações de malmequeres, os mesmos passos à bolina embora mais tortos que os anos não é só a mim que desafinam, se houver ocasião conto do meu duodeno e duvido que haja, outras prioridades afirma o que escreve, no mapa da escola a letra G e uma fiada de pontinhos até ao duodeno, examinava-se o índice no canto inferior esquerdo e E cárdia, F piloro, G duodeno, eu incapaz de entender a relação entre a inicial e o órgão, por que bulas G duodeno e K cerebelo, o Z um osso que não acredito que exista, calcâneo, onde comprou o mapa senhor Bordalo, duas ripas de madeira e entre as ripas, num quadrado de oleado a que faltava a tinta, um sujeito sem pele a exibir os interiores, ouvido externo, ouvido médio, ouvido interno, o olho que eu julgava simples complicadíssimo e os músculos do joelho nem se fala, passados dias o cãozinho calou-se, senti-lhe as patas no canteiro, patas maiores que o filavam, um rebuliço de luta e a seguir patas nenhumas, ao abrir a persiana sinais de botas e não perdoo isto a ninguém, dá-me a impressão que o meu pai a protestar com a minha mãe e a calar-se ao ver-me, a minha mãe o que me pareceu
— Já não podia mais
notando por uma torção de boca do meu pai que eu nas redondezas e emudecendo logo a fingir-se ocupada com uma malha ou isso, oxalá às seis horas sofra tanto como o bicho e acabando de morrer não me venha chorar sob a janela

— Perdoa

que não tem sorte nenhuma, há-de penar, bichos às voltas com o seu E, o seu K, o seu Z

(não o G que o duodeno é comigo)

durante meses estudei a carne guisada no pavor que o cãozinho entre as batatas e quanto ao comboio eléctrico nem na cave o encontro

(G duodeno é estúpido)

esmagado por um baú ou o fogão antigo em que persistem cinzas

(cheirei-as e não cheiravam a cachorro, cheiravam a madeira melancólica, talvez olmo ou choupo, árvores de pássaros desiludidos)

isto nos setembros da Pensão Royal, não hoje, de que conservo a fúria das gaivotas e a dona Mimi ao enganar-me na porta

— Já que aí estás anda cá

mudando de roupa a um canto, para ser sincero o corpo das mulheres assusta-me, pergunto-me se com um homem e a resposta é não, nem com um homem, não queiram obrigar-me a que me ligue a pessoas, tomara que fossem seis horas para me libertar delas sobretudo o que escreve o livro atrás de nós a cheirar, a chuva ao descer os caixilhos além de me impedir a roseira vai lavando o passado, se ao menos encontrasse uma recordação capaz de me tornar alegre, remexo ao acaso e trago à tona a minha irmã Ana com febre

— Não podes emprestar-me um dinheirinho?

ou a minha avó doente esquecida de como esta casa etc. às três da tarde, se a chamávamos palavras esquisitíssimas e distanciava-se permanecendo ali, o que se sente quando a vida termina, alheamento, medo, o que sentirei ao desenvencilhar-me de vocês subindo para a mesma camioneta que a Mercília tomou, os compartimentos vazios, o corredor vazio, o celeiro a que talvez chegue um fósforo e assista à primeira labareda

(sussurraram-me que o bisavô Marques pai da Mercília imagine-se)

a cerca que tombarei e os estábulos desfeitos à machadada, poupo uma parede ou outra a fim dos que vierem

— Que terá sido isto?

o que se sente quando a vida termina, não me deixem a conjecturar, respondam, quais as memórias de um cérebro que se decompõe, patas no canteiro, o meu irmão João no parque, o vazio, isto nunca foi nada amigos e um sujeito
(eu?)
num quintal de província incapaz de recordar, a minha avó fitou-nos
(ter-nos-á visto?)
e adormeceu de novo, diga se me conheceu, era aquele que lhe endireitava a manta no colo não por amizade, por hábito, o meu neto Francisco tão atento que exagero senhora, oferecia-me caramelos, pegava-me na mão com os dedinhos sem peso que não se iam embora, desistiam somente, se pudesse ficar e não podia ficar

— Não é que não me apeteça mas tenho de ir que remédio

e se quer a verdade a meu respeito desculpe tirar-lhe as fantasias mas tomara que fossem seis horas para lhe calar os risinhos agradecidos, esqueceram um bezerro que ultrapassou o limite do pasto trotando para o rio, não conseguia descolar o papel dos caramelos que se me agarrava às gengivas, experimentava com a unha e a unha pegajosa, esfregava-a na camisa e o papel não saía a não ser com outra unha e a outra unha doce, se agora a provar aposto que o sabor se mantém, a minha irmã Beatriz a chamar-me

— Francisco

por causa de um sapo que espetei num arame a espreguiçar-se no ar em atitudes de dança, picava-o com uma caninha e nada, mal cessou de existir cessei de existir, falecemos com a morte dos outros, sobra o nosso espantalho que nem os pássaros assusta derrubando coisas de que desconhece o manejo, a minha avó, não, abandonemos a minha avó e as suas casas às três horas da tarde, a minha mãe na cama e a minha irmã Beatriz a censurar-me como se eu a houvesse atravessado com um arame e metido a outra ponta na erva, a dona Mimi desencantada comigo

— És magrinho

e quem não terei desencantado senhores, a Mercília nem sequer uma frase, indo-se embora apenas e que me importava que se fosse embora, vai-te embora, apodrece, percebia as gaivotas a deslocarem-se no forro do tecto

(chegou-me aos ouvidos que o bisavô Marques pai da Mercília imagine-se)

e as pupilas transparentes em nós

(pai dela como?)

a vazante retirava-se da praia com os seus cadáveres descoloridos, serapilheiras, baldes, uma zebra de carrossel com metade da crina mordida pelos peixes

(pai dela que exagero)

a que faltavam listas, dentro de poucas semanas as marés do equinócio contra os tijolos da pensão, uma magnólia na agonia e as raízes a saírem da terra tão ansiosas de partir quanto eu, os albatrozes bicavam-na derivado à ausência de percebes para se ocuparem a seguir das misérias da praia, afigurou-se-me que um paquete a caminho do Uruguai ou da Guiné e eis-me a chegar ao quarto da minha mãe onde juntamente com a chuva o murmúrio de tios remotos que denominam de silêncio, o que eles espiolham meu Deus fingindo-se distraídos, não sei quê em mim

— Não desista mãezinha

zangado com o que escreve por me ter feito pedir, meia hora mais antes que tudo acabe

(como será comigo?)

e eu bem senhores, não é falar que me custa, as palavras vão vindo, é a demora da espera, o meu pai mesmo defunto a tirar o casaco do cabide e a examinar-se da porta, sente a falta dos cavalos no cemitério senhor, escuta-lhes os cascos ao raiar da bela aurora ou seja de manhã, ao raiar da bela aurora sai o pastor da choupana tátátá tátá tátá muito padece quem ama e a segadora a cortar o mundo às fatias, a dona Mimi

— Quase não te vejo onde estás?

estou perto da minha mãe dona Mimi, passaram-se uma data de anos, sou crescido, o que sucedeu à magnólia, o que sucedeu a você, nenhum velho na Pensão Royal e o Hotel Bellevue ao abandono, gatos na esperança de uma gaivota doente ou do pescado que os albatrozes deixam cair nos chorões antes de regressarem aos penedos, fala-se que devoram as crias ou devoram-se uns aos outros e no caso da minha família serei eu a devorá-los a todos, a minha mãe ordenou-me que tomasse conta da minha irmã Ana

(o paquete sumiu-se nos penedos com a sua dupla chaminé escarlate e uma rendinha a prolongar-lhe o casco)

de modo que a segui ao baldio como o meu pai e o meu irmão João outrora

(as luzes dos barcos no estacionamento, fixas ou trémulas tanto faz, mais trémulas que fixas, paquetes também?)

sem me atrever a entrar

(no caso de paquetes a minha irmã Beatriz lembrar-se-ia da Pensão Royal, da gente pequenos e do vento a acordar-nos no escuro quando a janela se abria num estrondo de fechos rasgando a madeira?)

fiquei numa esquina a vê-la puxar de um saco os candelabros para os jantares das visitas e nisto a Mercília a pesar-me no braço, já de bengalas, já velha e a tresandar a velha

(tátátá tátá tátá muito padece quem ama)

numa voz que se amparava ao muro dos ditongos a fim de conseguir equilibrar-se

— Não diga à mãezinha menino

a janela aberta e as cortinas inchadas com uma dúzia de pássaros embrulhados nelas bicando-me, eu

— Não

enquanto a minha irmã Beatriz lutava com o trinco, a magnólia crescia ao nosso encontro e a minha irmã Ana dispunha os candelabros

(sai o pastor da choupana)

diante de um homem que os girava na mão desdenhando-os

— Para que quero eu isto?

no Natal os candelabros acesos, guardanapos não de papel, de pano que os meus pais desdobravam numa majestade de missa, o meu irmão João sem babete

— Sujas-te e vais comer para a cozinha

e duas almofadas para chegar ao prato, entendia-se com a sopa de pescoço estendido para uma guilhotina invisível, tinham-lhe posto um lacinho, tinham-me posto um lacinho, o meu maior e eu orgulhoso que o meu maior, as minhas irmãs não de cabelo solto, tranças, as prendas na árvore

(ao romper da bela aurora, não me larga esta música)
— Escusam de insistir que só à meia-noite se vê
e o homem a girar-nos na mão desdenhando-nos
— Para que quero eu estes?
como se não valêssemos um chavo, um pingo da sopa do meu irmão João no rebordo e o dedo da minha mãe para cima e para baixo com um anel que não lhe conhecia
— Ai ai
todas as ampolas acesas, não ampola sim ampola não como nos outros jantares e por conseguinte
(sai o pastor da choupana)
o escuro refugiado onde não o víamos, a mobília mais valiosa, os reposteiros sem emendas, somos ricos não somos, importantes, bonitos, os dentes do pente marcados no cabelo, o elástico das meias perfeito, nenhum atacador deslaçado e a Mercília de gola de celulóide, o homem a recusar os candelabros
— Que faço com esta tralha?
sem que eu pudesse responder-lhe faz o Natal senhor, faz os meus pais com trinta anos e não há morte que bom, a minha irmã Beatriz a corrigir o meu irmão João nas almofadas
— Não escorregues
faz que nós alegres repare, a minha mãe a cortar o peru da minha irmã Ana transferindo os ossos para o prato dela
— Agora é só comeres toma atenção
faz que o meu pai a sorrir, olhe o meu pai a sorrir, a minha irmã Beatriz lutando com o peru sozinha a sacudir a cabeça de modo que as tranças não para a frente, nas costas
— Sou capaz larguem
(tátátá tátá tátá)
e era capaz de facto, não entendo que tenhas acabado num estacio
(G duodeno)
namento a pensar
— Qual é a sétima onda?
confundindo-a com a terceira ou a quinta, recomeçando a soma esquecida do marido alongado nos estofos à procura do cinto e encolhendo a barriga até ao furo certo, a dona Mimi a ajudar-me com as sandálias
— Hás-de ser adulto descansa

e sou adulto descanse enquanto, calculando pela teimosia do mar, você sem pensão
    (muito padece quem ama)
    resta-lhe o vento a abrir janelas e as cortinas inchadas
    (Z calcâneo)
    persianas que a corrente dobra quebrando-as nas arribas, você a calçar-me as sandálias
    — Hás-de ser adulto descansa
    com um roupão descosido no ombro que me enterneceria se fosse capaz de enternecer-me e não sou, os chinelos sob a cama enternecer-me-iam também, o abandono de certas coisas aflige-me, o que diz respeito às pessoas quando as pessoas se foram, as cómodas dos mortos por exemplo e as suas preciosidades sem dono, a tampa de uma caneta com aquela hastezinha de prender partida, facturas de talho, uma lima oxidada, quase seis horas e a minha irmã Beatriz, tão hábil com o molho, quieta, apetece-te uma fatia de peru, apetecem-te prendas, se trouxesse um pires de rabanadas comias e o teu queixo a erguer-se para mim com uma lágrima que se me deixassem ia buscar com o lenço, pensava
    — Para que quero eu isto?
    e por ignorar o que fazer com ela devolvia à bochecha
    — Toma a tua lágrima mana
    olha disse mana sem querer que engraçado, saiu-me, se continuasses a usar tranças pedia-te que sacudisses a cabeça no movimento do Natal a fim de que elas nas costas, não supões a quantidade de vezes que me lembro das tranças, um gesto de que nem davas fé e eu a apetecer-me abraçar não tu, o facto de seres minha irmã, seres
    (ao romper da bela aurora que chatice)
    menina, vontade de agradecer-te
    — Obrigado
    achavas que mangava contigo e não mangava, era, que raio de expressão, uma espécie de amor, pronto, já escrevi, uma espécie de amor, eu ajudo-te no estacionamento com a sétima onda, eu entendo, não acreditas e todavia entendo, se te ajudar com a sétima onda o teu marido nem vê, ocupado a verificar se nódoas do baton da minha mãe com que te pintaste às escondidas apertando os lábios um no outro para o espalhar melhor e re-

tirando o que ultrapassava os cantos com uma pontinha do papel da sanita e o papel vermelho primeiro e cor de rosa a seguir, puxa o autoclismo depressa e sai pelas traseiras para que não te vejam, não faço queixa descansa, pega na tua lágrima e esconde-a, estava a pensar, não te rias, como se beija uma lágrima

(L pâncreas, o índice enlouqueceu)

como a seguramos na palma, no dedo, reflectindo melhor detesto que as seis horas tão próximas e oxalá que ao virem não coincidam com a sétima onda, a que nos transporta e desaparece connosco como a Pensão Royal desapareceu, acha mesmo que serei adulto um dia dona Mimi, ou passarei de criança a decrépito sem ter crescido nunca, repare na bodega deste domingo de chuva, já viu dia mais imbecil, como esta casa etc., a minha irmã Ana regressava com os candelabros e a Mercília a pingar-me do braço

— Não diga nada menino

um pássaro em linha recta

(não um albatroz, não uma gaivota)

na direcção oposta à cidade onde não existem falcões nem milhafres nem águias, pombos e pardais inocentes e a minha mãe a afastar-se tanto que a não vejo, mesmo que abra os olhos que decidi não abrir não a vejo, vejo o quadro das sílfides, o crucifixo, a cama, a minha irmã Beatriz a regular o oxigénio e não a vejo a si, devia pôr um lacinho, usar calções, ter modos, é o garfo que vai à boca, não é a boca que vai ao garfo, não mastigues como os saloios que horror a quem ninguém ensinou a comportar-se ao passo que vocês aprenderam, quantas vezes tenho de repetir que não se poisam os cotovelos na toalha, a minha avó não se cansava de explicar que uma pessoa educada se reconhece à mesa da comunhão, à mesa do jogo e à mesa do almoço, encaixava-me um livro em cada sovaco e eu proibida de os deixar cair, não te refasteles Francisco, não te coces como um macaco, não cuspas os caroços na faca quanto mais as espinhas, a faca é para cortar, não é para cuspir, deixa o nariz e as orelhas em paz, não pegues na maçã com a mão, para que serve o garfo, enquanto não me matarem não descansam vocês, espera que os crescidos se sentem, não interrompas as pessoas, descruza as perninhas, não enchas o prato a imitar os cavadores, toma a Beatriz como exemplo

(afinal odeio-te Beatriz, rapo-te as tranças mal te apanhe a dormir)

porque me deram filhos selvagens senhores, vão pensar que não soube educá-los, o Francisco quis cortar-me as tranças com a tesoura da costura da mãe, qual tesoura da costura Beatriz, a sua tesoura mãe, dá cá a tesoura e fecha-te imediatamente no quarto Francisco, só sais de lá se eu chamar ou melhor tranca-o por fora Mercília e entrega-me a chave, devo ter pecado muito para me castigarem assim, mil vezes a morte e não falo a brincar, que calvário, se o vosso pai um cavalheiro em lugar da semana inteira com aqueles bichos horrorosos e empregados que não dão uma para a caixa de maneira que os meus filhos, claro, a apanharem fruta verde

(K duodeno)

e a deitarem-me à cara palavrões que arrepiam, sem as conversas com o senhor padre Aires não aguentava esta cruz, se me distraio, e é minha obrigação não me distrair, amesendam-se nos sofás, palitam-se, a minha filha Ana, tão pequena, a apanhar beatas da terra, que o maioral tem vícios, na ideia de fumá-las, a prova que é pecado está que não existe um único santo na igreja de charuto nos dentes, imagine-se São Sebastião com um maço de cigarros ou São Vicente de isqueiro, os fósforos usam-se quando se acendem velas e pronto, inclusive o meu marido, que em matéria de asneiras, e não adianto mais nada, pelo menos na minha frente com o tabaco refreia-se e o que se passa na minha ausência é com a consciência dele que para alguma coisa existe o Juízo Final e as almas em dois grupos, aquelas que se encontrarão com a Glória e as outras a penar a Eternidade toda, não é que eu acredite em chamas no Inferno mas há outras formas de os pecadores sofrerem, não se ofende em vão a Igreja e se não pagarem agora pagam depois a dobrar, se me dá licença que a interrompa mãe a minha irmã Ana e o meu irmão João vão pagar como, diga-me, o teu irmão João já está a pagar coitado, nota as manchas na pele, a doença, os hospitais e quanto à tua irmã Ana nem uma frase, peço-te, que os remédios do médico por este andar não me chegam e não tarda muito dão comigo estendida na urna, só o senhor padre Aires e eu conhecemos os espinhos que me retalham a alma, a propósito de espinhos não raspes o sofá com a unha que dás cabo do tecido, é com estas tolices que vocês me martirizam e no dia em que eu defunta arrependem--se e é tarde, apenas Cristo ressuscitou que eu saiba e não irei de corpo inteiro para o Céu como Nossa Senhora, quase garanto isso que com Deus tudo é mistério, curou os peixes e multiplicou os leprosos, olha que parvoíce, curou os leprosos e multiplicou os peixes, vem no Evangelho, é autêntico, chega-me aí o missal e no entanto a minha mãe a segredar ao telefone enrolando e desenrolando o fio

— Porquê?

o pneu da cintura, nádegas que sobravam no sofá, duplos queixos tremelicando de paixão

— Porquê?

presentinhos de pulseiras, colares de malaquites, anéis

— Esconde-me isso na toalha antes que os pequenos reparem

um cheque para uma viagem à Tailândia que precisas de descansar, estás pálida e a senhora a mirar o cheque num arrulho de censura

— Não estás a exagerar?

aplicando um suplemento de verniz sobre a última camada, o meu pai a encontrar a Tailândia no extracto do banco e calando-se, uma sobrancelha que se elevava e era tudo, gritava que lhe trouxessem o cavalo mesmo sem sela, em pêlo, com uma corda por freio e ultrapassava os valados

(ao romper da bela aurora, não esqueci)

ao jantar só o chapéu e a sombra da copa até aos gestos que atormentavam o pão, foi você quem o matou mãe, não uma artéria que se rompeu nem o fígado, bebia a meio da noite, sentava-se na escada, não me escutava se eu

— Senhor

a fixar não concebo o quê para lá do reposteiro, o pai, a mãe, uma mulher com uma tigela a estender-lhe compota

— Não te apetece catraio?

a menina Joaninha que ensinava piano

— Vamos tentar a berceuse

acertando o metrónomo, notas a seguir a notas

— Duas teclas ao mesmo tempo não

e as biqueiras do meu pai não alcançando o soalho, faltava um ré que a menina Joaninha substituía de garganta ao alto imitando-lhe o som, se a menina Joaninha tocava o meu pai arrepios e ela a emocioná-lo de propósito num jorro de acordes

— És tão sensível tu

isto no interior de um soluço que não vinha, aumentava distorcendo os bibelôs, o busto de Schubert com F. Schubert gravado, a estampa de Wagner de barba à passa-piolho e boné, a menina Joaninha filha de um sargento da Manutenção e que nenhum homem quis excepto o meu pai em miúdo

— Daqui a seis meses dás mais espírito a Schubert que eu

e o soluço que incluía o mundo maior, um gato no vértice do louceiro que se fechava todo mal um indicador na cabeça, tão precioso de modos como a minha mãe exigia, o meu pai não se recordava se cinzento se preto porque o soluço turvo ou os olhos dele turvos ou uma excitação embaciada, só a barba à passa-piolho e sob a barba um nariz no género dos Marques, grandes acordes, fúrias, um galope vitorioso afogando-o de respeito e pavor enquanto Schubert de lunetas com uma expressão benigna, o meu pai aceitava uma chávena ele que detestava chá a disfarçar as caretas com a lembrança da música arrepiando-o ainda, a minha avó

(não conheci essa avó)

— Que tens tu?

e ele

— Não tenho nada a sério

e não tinha nada realmente, nem o dezassete sequer, nada salvo um piano lá para trás, no passado

(pai, apetece-me dizer pai, repetir pai, pai, mesmo as pessoas más como eu, sem coração como eu, cruéis como eu, têm momentos de fraqueza, inclua-me no seu suspiro, não dê por mim, não me veja)

cujo som não se desvanecia, aumentava, o meu pai sentado nos degraus não me ouvindo se eu

— Senhor

a mirar no alpendre

(pela última vez pai, se tivesse conseguido adivinhar, se soubesse)

uma senhora feia

(paizinho)
filha de um sargento da Manutenção, debruçada para um piano barato, de pálpebras descidas, a inundar o espaço à sua volta com um jorro de acordes.

2

E pronto, não tenho mais a dizer, julgo que estamos perto do fim porque a chuva abrandou e nenhum som nas telhas, gotas que rareiam talvez, nuvens mas insignificantes, altas, não ameaçando ninguém, tudo se transforma à minha volta e não me refiro à casa somente, ao meu passado onde novas memórias sem relação com as anteriores se demoram um momento e vão-se, uma senhora a rir e os braços cheios de duplos queixos, tanto prazer naquele corpo enorme e eu a bater as palmas feliz, pedaços de recordações que a cabeça ilumina tornando a perdê-los sem que me despeça deles, serei uma criatura a sério ou uma invenção de quem escreve, uma marioneta, se calhar pensou
— Preciso de uma mulher aqui
e construiu-me capítulo a capítulo aborrecendo-se comigo, talvez esperasse outra pessoa, palavras que o contentassem mais, o céu a enegrecer entre as nuvens que por seu turno embranquecem e a senhora gorda a inchar, não passo de uma voz julgo eu mas de uma voz porquê, perguntas e perguntas e se tento parar numa esperança de resposta o que faz o livro esporeia-me, aumentou o corredor, pôs o quarto da minha mãe ao fundo no sítio que o meu irmão João ocupava para que eu pudesse sair sem que notassem, deu duas bengalas à Mercília em lugar da única que tinha carregando-lhe na doença e na idade, esta casa melhor antes da sua chegada, quase nem um parágrafo a respeito da sala e o jardim ignorado, a senhora que ri é minha, não dele, não leve o que me pertence que já levou quase tudo e depois da última página, no caso de ser uma marioneta, deixarei de existir, o que sobrar de mim durará algum tempo até me esquecer como esqueceu os outros ou os mandou embora, já não são úteis, ala e não fico nem um minuto num lugar que não é meu, o meu irmão Francisco mostrando-me papéis
— Não são donos nem de um parafuso vocês

vendê-lo-á sem remorsos
— Está aqui a tua letra e o carimbo do notário perdeste tudo mana

não mana com ternura, por escárnio e como zangar-me se ele uma voz também, cessou de haver pessoas à minha roda substituídas por reflexos e ecos, os cavalos eram verdade mas não as sombras no mar, espero que o infeliz escondido na quinta não apareça agora, quantos gritos se escutam à noite que desaparecem logo, nós suspensos, à espera
— Haverá mais gritos?

até compreendermos que um engano e continuamos a andar, provavelmente os gritos da gente, todos gritamos em vão dado que ninguém acode, tenho trinta e um anos, a minha mãe a contar pelos dedos, a desistir de contar
— Trinta e um anos já?

a minha filha Ana trinta e um anos não acredito, dá ideia que nasceu há minutos e quem tem trinta e um anos sou eu, as coisas em que acreditava nessa época senhores, o que julgava possível, o que ia acontecer de certeza e não aconteceu, lembro-me de pedir há instantes ao meu marido
— Avisa o médico que começaram as dores

e em cada curva para Lisboa com as árvores a surgirem nos faróis e a desaparecerem de imediato, tão terríveis, tão grandes
— Sai-me a criança não tarda acelera

lebres e corujas de olhos roxos paralisadas na estrada imolando-se, um som de borracha, um ressalto
(não bem ressalto, uma vacilação insignificante)
e era tudo, a quantidade de bichos de que o campo é feito, texugos, insectos, passarada, um unicórnio quem sabe
(imolar-se como um unicórnio?)
uma aldeia com o coreto a girar, não apenas o coreto, a aldeia inteira a girar, os edifícios, a capela, o café
(existe sempre um café)
com bicicletas à porta e clientes a jogarem dominó, a certa altura uma tabuleta Lisboa 50 kms e os 50 kms eternos, repetindo-se durante horas, a minha saia molhada, o banco molhado, verifiquei e sangue, isto sucedeu há instantes e trinta e um anos senhores, não a minha filha, uma criança que se não parece

comigo, quase seis da tarde dizem e como quase seis se a manhã
continua a menos que em lugar de sol uma lâmpada, entre o sol
e a lâmpada aposto que o sol, deve ser verão dado que o verão
eterno embora faltem o calor e as moscas e partes minhas gela-
das, a enfermeira no hospital colocou-me um funil na barriga e
aplicou a orelha ao funil

— Muito bem muito bem

a voz que sou trinta e um anos já, que estranho o tempo
num livro, marcha depressa, acalma-se, torna ao passado, estag-
na, visto que eu uma marioneta transportam-me para trás e para
a frente, desarticulam-me, alteram-me, soltem-me a meio da página e peguem-me de novo

— Necessito de ti afinal

enquanto a senhora gorda sem sair da poltrona em que a
achei continua o seu riso

— Quem é você responda-me

e os braços a tremerem

— Quem é que hei-de ser?

não sou uma voz, sou uma pessoa a sério, chamo-me
Ana, estou viva, caminho para o quarto da minha mãe não porque me obrigam, porque quero, lá vai a Ana com a senhora a
rir-se dentro dela

— Quem é que hei-de ser?

e desconheço quem você é, não me mace, como perdi
quase tudo perco-a a si igualmente, se me abrirem com uma faca
calhaus e areia, comecei por afirmar que estamos perto do fim e
concordo comigo, o meu irmão João um mês ou dois derivado às
manchas na cara, agarrei-lhe na manga

— É um cancro isso?

só os olhos responderam nas feições imóveis e não compreendi a resposta, não passas de uma lebre, uma coruja, um ressalto e nem se vê quem foste, porque insistes no parque de tronco
em tronco à procura, eu para a minha irmã Beatriz

— Viste as manchas do João?

as sobrancelhas dela

— Cala-te

e não me calo Beatriz, não depende de mim, se dependesse encantada, que prazer tiro eu disto, é o que escreve quem
manda e ordenou-me que falasse como ordenou aos outros mes-

mo à Rita e ao pai e ordenará à mãe e ao que prendemos na quinta, o Francisco primeiro a dar o tom, a odiar-nos e no entanto há momentos em que não ódio, outra coisa, somos sempre outra coisa e por baixo da outra coisa outras coisas ocultas, que outras coisas são as minhas ensinem-me, ao tirarem-lhe o oxigénio a minha irmã Rita

— Ouves a senhora gorda a rir?

e perto dela não ouvia, oiço agora a gargantilha que salta

— Quem é que hei-de ser?

eu para a minha irmã Rita

— A senhora gorda?

dado que ninguém excepto uma velha defunta há séculos e eles convencidos que viva, atavam-lhe uma toalha ao pescoço

— O caldinho dona Ema

numa generosidade assanhada

— Não mexa a cabecinha

e embora não mexendo a cabecinha a sopa nas bochechas, em contrapartida cobrem com o lençol doentes que continuam alerta e as rodas da cama seguem pelo corredor no seu barulho de rodas, para quê adjectivos, o filho da dona Ema comparecia aos sábados com um pacote que não abria nunca entalado nos joelhos

— Trabalhou como uma moira

composto e de sapatos juntinhos até que o informavam

— Terminou a visita

e lá ia com o pacote em que tilintavam latas que suponho de comida de gato porque o imaginava solteiro e a trabalhar como um moiro num escritório de patentes sem atender aos anseios da telefonista viúva, isto

(lá estou eu com conversas a passear na página)

numa cave de janela à altura do passeio em que

(vais continuar assim?)

uma Santa Apolónia de massa e um rádio a pilhas onde acompanhava a monotonia do terço para além da fotografia da dona Ema em épocas mais prósperas ornamentada por um chapéu de palha com ginjas na fita a acenar um começo de adeus que não se transformava em despedida, limitado à ponta dos dedos e ao começo da palma, serei uma criatura a sério

(já não era sem tempo)
ou uma personagem de livro, ao trazerem-me do berçário a minha mãe
— Essa?
com lebres e corujas de olhos roxos na ideia pensando na quantidade de bichos de que o campo é feito, texugos, insectos, passarada enquanto para mim chocalhos de rebanho que um cãozito desesperado unia a latir e a febre que sinto vai tornando mais lentos, no sótão baús cheios de primos penso eu, o primo Fernando engenheiro e a minha mãe com respeito
— Fez uma data de pontes
guardava na escrivaninha papéis enodoados rasgando-se nas dobras com esquemas a lápis
(arcos e mais arcos)
e números e setas, sobre um deles um besouro contemporâneo do primo Fernando de patas para o ar, o primo Fernando borbulhando nos baús onde suspensórios, labitas, quem fomos nós ao certo mamã, em miúda eu não mãe, mamã, ponho a questão de que se voltasse ao mamã me sentaria ao seu colo e não adivinho a resposta, atentem na Ana com vontade de dizer
— Mamã
e a escapar a todo o vapor em seguida, não é o que escreve o livro, sou eu que narro isto, o do livro a juntar palavras e o que significam palavras, convencido que a voz se desloca sozinha e não desloca, o primo Fernando não do lado Marques, do outro, com narizes redondos, a Mercília entregava-me o dinheiro que o meu pai lhe dava embrulhado num lenço e o que vendia a droga a separar as moedas
— Não chega nem para a cova de um dente
apesar de um monstro
(um abutre?)
que me picava a barriga
— Nem para a cova de um dente
até travestis no baldio, não o filho da dona Ema que trabalhava como uma moira, consolava-se com o terço e o gato, comiam ambos das latas na bancada da cozinha, o marido da minha irmã Beatriz
— Ana

ou então o gato comia sozinho e o filho da dona Ema a observá-lo, não me envaidecia que

— Ana

espantava-me, eu feia, media-me no espelho e não me assemelhava a mim, as feições e os trejeitos de uma estranha, não meus, o quarto da minha mãe a dez metros, cinco metros e mesmo que corra não consigo alcançá-lo, quantas vezes corri em sonhos a escapar não me lembro de quê

(da senhora gorda a rir-se?)

e à medida que corria os pés os pés afundavam-se, os meus irmãos ultrapassavam-me avisando

— Depressa

o meu pai, correndo também, segurou-me o cotovelo e perdeu-o, se apanhava a pata de uma rã perdia-a igualmente, escorregava e sumia-se no lodo numa queda molhada, o meu irmão Francisco não as atravessava com um arame como atravessava os sapos, o charco na cerca onde os toiros pastavam e os empregados do meu pai

— Cuidado

a fazerem sombra no mar dizia a Beatriz e eu acreditando nela, por que motivo não fariam sombra no mar se até as nuvens e as gaivotas fazem, nódoas mais escuras e debaixo das nódoas safios, tubarões-martelo e o deus Neptuno, senhor das mil crinas, com a sua barba e o seu tridente de prata, mamã, se antes do fim do livro eu conseguisse uma só vez

— Mamã

e esconder no seu colo o que não exibo a ninguém e o que faz o livro nem sonha, que segredos terá ele, escreve para os ocultar ou para que a gente os conheça, o que vende a droga

— Nem para a cova de um dente

e eu a sumir-me no chão, sentia-os em cima como sentia os pombos, não idênticos aos da cidade, violentos, pescoços compridos e bicos em anzol, a tosse fininha dos travestis argumentando

— Amigo

vestidos de que sobravam músculos, lantejoulas coladas, o marido da minha irmã Beatriz distraído da afeição que lhe tinha, quem não se distraiu do que fui nesta vida

— Qual é o nome daquela?

e após um momento distraem-se da pergunta também, nem uma voz sou quanto mais uma personagem de livro ou uma pessoa e se não sou uma personagem de livro nem uma pessoa qual o motivo de me obrigarem a falar e o que vale o que digo, estamos perto do fim, daqui a trinta ou quarenta minutos os joelhos dobrados, o corpo dobrado sobre os joelhos e a cabeça dobrada sobre o corpo, ora aí está o refrão ou antes um dos refrões juntamente com a sombra dos cavalos no mar e como esta casa etc. e depois das seis horas a Ana no degrau com o da gabardine, não trabalhou como uma moira, não faleceu por enquanto, oiçam o seu grito de noite em que tantos gritos como o dela, os vizinhos a atentarem melhor, a procurarem-se nervosos

— Foste tu que gritaste?

e no silêncio que alonga a pergunta pinguitos pausados, a casa aguenta apesar da chuva de março, não me abandones casa, pronuncia o meu nome para que alguma paz nesta febre e a minha testa seca, os meus olhos tranquilos, devo ser mais que uma voz, se o filho da dona Ema me convidasse para morar com ele aceitava eu que não gosto de gatos, deslocam-se como os assírios nos museus, evaporam-se tornando a surgir e em que local estiveram entre a ausência e a presença, se perguntasse ao meu pai não respondia, pensava, bebia no escuro, de pijama, sentado na escada, com a senhora gorda a rir, se o meu pai falasse a senhora sem uma pausa no riso

— Quem é que hei-de ser?

e desconfio que agora junto à minha mãe, não quero, arranje uma ponte na mecha tio Fernando e leve-a, não uma ponte de comboios, uma ponte de gente e o meu irmão Francisco em lugar de expulsar-nos atravessando-a connosco, uns grãozinhos de pó no fundo da colher bastavam-me, as cólicas menores, as dores suportáveis, uma espécie de futuro na dispersão do presente e oxalá me erga, consiga, cuidei que a minha mãe não era importante e afinal importante mesmo que não se interesse por mim, que mal fiz eu a Deus para me mandar estes filhos, contava-me do meu parto, Lisboa 50 kms e o automóvel e o sangue, começaste a infernizar-me a vida antes de nasceres, pelo menos os teus irmãos tiveram a gentileza de esperar uns tempos, apesar de curtos, antes de me matarem, pequei mais do que imaginava para receber tal castigo, dormir na cama da dona

Ema no meio dos trastes, dos terços, da dentadura na mesinha de cabeceira e a cara da dona Ema toda metida para dentro logo abaixo do nariz igual às mães dos empregados da quinta enfarpeladas de luto em banquinhos corridos, esperam que no outono uma corrente de ar as enxote no sentido do cemitério para poupar na carreta, há ocasiões em que o vento faz tocar os sinos não a finados nem a fogo nem à Elevação da missa, tremuras que se demoram em desgostos de avó, a minha pedia-me vinho do Porto às escondidas

— Traz o cálice na blusa filha

e a minha mãe a enervar-se ao abotoar-lhe o casaco porque à tarde o mundo esfria

— Cheira a álcool você

descobrindo o cálice entre a almofada e o braço da poltrona onde se asilam chaves, botões, ninharias, como as coisas nos detestam, mal apanham uma aberta sepultam-se, se lhes fosse possível levantariam o soalho com as unhas para que as não víssemos ou se calhar não nos detestam, preferem

(cavalos que fazem sombra no mar não está mal)

relacionar-se entre si, já encontrei parafusos, moedas, fivelas, comprimidos

(se quisesse continuava a lista durante cinco páginas, dez, o comprimento de um almanaque até)

óculos opacos de borbotos e poeira, usei-os uma tarde a embater na mobília e a minha mãe recuando

— Não cresces?

um dos travestis em que o nariz dos Marques se prolongava intrigando-me

— Chama-se Marques você?

e um soslaio manso, amigável, não, um soslaio manso sem amizade alguma

— Oliveira

se morasse sozinha trocava o filho da dona Ema por ele mas como viverão os travestis, abrir o armário e dar com boininhas absurdas, frascos de tinta abertos no lavatório, um relógio de pulso com o seis e o doze a provocarem-se, a propósito de números Lisboa 50 kms e o quarto da minha mãe a três metros, extraordinário nascer de uma pessoa que morreu, que é do seu sangue mamã, das contracções, dos rins, nunca engravidei, fal-

so, engravidei uma vez e encerra-se o assunto, não menciono as compressas nem o balde nem a parteira a ralhar
— Lá fazê-lo soube-te bem não soube?
e não me soube a nada, a que devia saber-me, chegam-se a mim, respiram com força, vão-se embora zangados
— Nem reages
reagir a quê, como, se calhar respirar com força também, a parteira de mão estendida
— A maçaroca antes
e a Mercília à minha espera na rua sem me consolar felizmente, se me consolasse insultava-a, não me ampares o cotovelo enquanto o passeio sobe e desce, felizmente uma árvore aguentou comigo até o busto da praceta, um botânico barbudo, desistir de girar, nasceu em mil oitocentos e sessenta e cinco
(números, números)
estava escrito na peanha e os algarismos numa espiral aos sacões, a Mercília
— Menina
e eu
— Cala-te
porque a voz dela navalhas, o ruído dos automóveis navalhas, as botijas de gás que retiravam de uma camioneta navalhas nos ossos do peito
— Lá fazê-lo soube-te bem não soube?
e não me soube bem fazê-lo, sabe-me bem o pó, sabia-me bem que a minha mamã, nem isso, sabia-me bem ser uma invenção de quem escreve não uma pessoa meu Deus, não me tornem pessoa, dêem-me sensações de papel, sofrimentos de papel, remorsos de papel que a gente rasga e desfaz agora mil oitocentos e sessenta e cinco, pela alma de quem têm, não, o botânico não, a espiral nem pensar, as botijas de gás umas contra as outras em pranto, não calculava que chorassem, eu não choro, jura-lhes que não choro Mercília e a Mercília não uma cara, muitas caras que se sucediam
— Menina
duzentas caras, quinhentas caras, novecentas caras, novecentas barbas, novecentas datas na peanha, onde estão os meus pés, se levantasse um deles e caminhasse, se as navalhas longe, a parteira a ensurdecer-me

— Soube-te bem não soube?

e não me soube a nada, a que devia saber-me, sabia-lhe bem a si mãezinha e a minha mãe nem um pio ou antes que mal fiz eu a Deus para me dar filhos destes, sem modos, não tenho modos mãe, dou erros ao falar, a travessa oferece-se pela esquerda e o prato tira-se pela direita, os copos por ordem de tamanho, o maior ao centro e os outros depois, cheios até meio, não até ao bordo idiota, o guardanapo ao lado das facas, os talheres de sobremesa entre os copos e o prato com o cabo para aqui, de que país vieste, do Uganda, do Zaire, olha o avental torcido, corta-me esse cabelo e se te queimares com a terrina aguenta, não me interrompas como a Mercília para a minha filha Ana

— Menina

e as garrafas de gás não parando de tilintar ou são as pedras da vesícula contra as pedras da bexiga, que víscera minha não terá pedras já agora e nós tão perto do fim, a senhora gorda que ria a acomodar-se na poltrona

(a minha irmã Rita viu-a dado que recuou na cama, o meu pai deve tê-la visto creio eu, a minha mãe vê-la-á daqui a pouco e nenhum consegue mandá-la embora, permanece junto deles a estremecer alegrias)

— Quem é que hei-de ser?

interessada, simpática, de onde virá tanto júbilo, sou uma pessoa, não uma invenção nem uma marioneta, vocês que lerem isto respeitem-me, a minha avó pouco antes do caixão

— Não vão lembrar-se de mim

preocupada com o esquecimento, se me esquecerem e com o tempo esquecem é então que morro, o álbum das fotografias, para não ir mais longe, cheio de ausências desbotadas, um bombeiro com o capacete no sovaco, uma rapariga trazendo uma criança pela mão e que rapariga, que criança, quem teriam sido mais tarde no caso de ter havido mais tarde, o escuro ao princípio inofensivo cobre tudo depois, se me disserem

— Lá viver soube-te bem não soube?

respondo que não me soube a nada, a que devia saber-me, gostei dos setembros na Pensão Royal

(não admito que me transformem numa invenção, num fantoche)

ao adormecer as ondas não se abatem nunca, suspendem-se à beira do fim e recomeçam, dá ideia que várias e uma única que de tanto chegar se vai tornando silêncio e de súbito manhã e as gaivotas nas empenas, a minha irmã Beatriz e a minha irmã Rita a brincarem na areia e eu pasmada com um paquete ao longe, dentro de mim a suspeita, qual suspeita, a certeza que viveria para sempre, pessoas a almoçarem de cestos e um perdigueiro a que estendiam asas de frango, batatas, a minha mãe sem se queixar de nós, que mal fiz eu a Deus etc., conversando com uma vizinha e o facto da agulha do tricot brilhar ao sol não sei porquê acalmava-me, tudo sem mistério algum, não existiam segredos, maquinações, presságios, o Instituto de Socorros a Náufragos uma âncora de gesso a despegar-se da fachada e um jardinzito com a cancela partida, não me transformem numa invenção, sou uma menina a sério, o nevoeiro em Sintra, não connosco e a serra azul com um castelo, nenhuma senhora gorda a estremecer os braços, Lisboa não 50 kms, trinta

— Lá viver soube-te bem não soube?

árvores com uma faixa branca no tronco, viajávamos apertados entre malas e sacos e depois de Ranholas uma vontade de fazer chichi que nos obrigava a encolher por causa de um ouriço a atormentar-nos em baixo, a minha mãe insensível

— Aguentem-se um bocadinho que estamos a chegar

e que voz tem vontade de fazer chichi, que marioneta, sou uma pessoa caminhando nesta casa na direcção do que não quer encontrar, joelhos que se dobram, o corpo dobrado sobre os joelhos, a cabeça dobrada sobre o corpo, o ouriço a aumentar

— Não posso mais

um pinguinho nas pernas, um segundo pinguinho e apesar dos pinguinhos o ouriço crescia, o nariz da minha mãe subitamente atento, você um papa-formigas senhora, um tapir

— Não vão molhar-se pois não?

cada desnível um tormento, cada sacudidela uma ansiedade, cada travagem um arrepio porque o chichi nos pulmões e no fígado, afinal não sou uma pessoa, sou um balão a estoirar, se garantissem que a minha irmã Rita adoecia aos quarenta anos

(antes dos quarenta, quem escreve que faça as contas, não é assunto meu) nem ligava, se me dissessem que a minha irmã Beatriz no estacionamento frente às luzes dos barcos convencida que os cavalos e tal e coisa sorria, o que é a vida imagine-se feita de caprichos e acasos, para quê ser pessoa se decidimos tão pouco e se decidimos tão pouco quem decide pela gente, não acredito na Igreja, não acredito no Céu

(o Inferno é um caso a rever)

acredito que à noite uma única onda que se vai tornando silêncio e no silêncio nem nós, fotografias dos álbuns sumam-se, pertences dos finados estilhacem-se, a senhora gorda

— Quem é que hei-de ser?

desaparecendo por seu turno, sobra o eco do riso e após o eco do riso formas indistintas à deriva, qual a nossa importância, qual a importância da Ana logo ao nascer tão feia

(— Trocaram-na no berçário)

e se me trocaram no berçário quem serão os meus pais, os empregados da quinta, o maioral, a dona Ema talvez, a Mercília

— Menina

isto em mil oitocentos e sessenta e cinco quando o busto girava, enganei-me na data que vos disse agora, em mil oitocentos e sessenta e cinco nasceu o botânico que estudava plantas à lupa separando-lhes as folhas, a esposa de saia até aos pés trazia-lhe bolachas, não vou entrar por aí, seria fácil demais, não esmoreças, não divagues, não tentes escapar com artifícios vulgares, esta ordem não fui eu que escrevi, continua a caminhar até ao quarto onde a tua mãe ajoelha, mesmo deitada ajoelha, mesmo sem força ajoelha e sem ouvir obedece, todos os mortos obedecem, se procuram resistir tiramos o fato deles do armário

(com a pressa tinha posto tiramos o armário do fato)

amarramos-lhes o queixo, vestimo-los e aí estão eles prontos a viajar sob a terra, encontrarem-se uns aos outros, falarem mal de nós, a parteira de mão estendida

— A maçaroca antes

escondendo-a atrás de um quadro onde uma placa de caliça que se tirava e punha, um buraco suficiente para dez colheres de pó e me livrar da febre, os pretos respeitosos

— É rica aquela

e os pombos menos cruéis, quase pombos de jardim receosos da gente, que agonia de prédios neste sítio de cinzas, tanta

sala esventrada, tanta cozinha ao léu, tanto lixo senhores, até um bidé numa vereda
 (quase intacto, o bidé)
 até gente deitada, não me ampares Mercília, ando melhor que tu, se me demoro num móvel é porque me apetece, estou óptima, ao entrar olho a minha irmã Beatriz, não olho a minha mãe, começa a chegar a altura de acender o candeeiro e os objectos buscarem o fundo das prateleiras onde não logramos vê-los, são como ratos, as coisas, que nos evitam medrosas, apontem-me uma que seja capaz de um passo em frente anunciando
 — Estou aqui
 conforme eu incapaz de anunciar
 — Estou aqui mãe
 e não tenho mais a dizer, acabou-se ou estamos perto do fim, pouco importa, creio que estamos perto do fim porque a chuva abrandou e nenhum som nas telhas, gotas que rareiam, nuvens mais altas não ameaçando ninguém, tudo à minha volta se transforma e não me refiro à casa somente, esqueletos de recordações que a cabeça ilumina tornando a perdê-las, fiquem comigo, durem, por favor sente-se à mesa pai, acompanhe-nos, o meu irmão João de queixo rente à toalha com duas almofadas no assento, a minha mãe orgulhosa
 — Tem cabelo de rapariga já viram?
 nunca há-de faltar ao respeito a uma senhora este, estou a vê-lo daqui a pouco, porque tudo daqui a pouco, rodeado de herdeiras, aquelas que chegavam numa furgoneta e o meu filho João encontrava a abrirem e a fecharem um canivete só com metade da lâmina em torno do lago a que faltam os cisnes e em que outrora patos de caroço vermelho na base do bico, julgo que gansos, pavões, o meu irmão João para as herdeiras, incapaz de faltar ao respeito a uma senhora, numa delicadeza que nem foi preciso ensinar-lhe, nasceu com ele, podem agradecer ao bisavô Marques por isso
 — Quanto levas menino?
 de quem nunca uma freguesa se queixou, rendidas, enquanto a minha filha Ana ao Deus dará num baldio que prefiro nem sonhar onde fica tentando convencer um homem que prefiro nem sonhar como é a vender-lhe o que prefiro nem sonhar o que seja, há assuntos que evito, histórias que recuso, episódios de que

não me apetece inteirar-me, dêem licença que me orgulhe dos meus filhos, o Francisco devolver-nos-á o que o dezassete tirou, a Beatriz um marido não no estacionamento frente ao mar, em casa

(do que metemos na quinta não falo)

a Ana a empoleirar-se-me no colo

— Mamã

ela que nunca o fez em pequena, instalava-se no banco do quintal olhando as margaridas com fúria em lugar de obedecer-me, chamava-a e surda, ordenava-lhe que estudasse e não estudava, as freiras do colégio

— Não reza na missa fica de pé ao fundo

e ela no gabinete da superiora sem responder a mirar-nos como as gaivotas da Pensão Royal se fixavam num peixe que mais ninguém via, descendo a pique sobre ele e escalando os degraus do ar engolindo, se por acaso eu

— Porque ficas de pé ao fundo?

prendia-me no bico e comia-me víscera a víscera, se a não tivesse sentido no automóvel

(Lisboa 50 kms)

a molhar-me a saia e os estofos à medida que os ossos se me separavam e lebres e corujas paralisadas na estrada afiançava que não minha, a quantidade de bichos de que o campo é feito, texugos, insectos, passarada, um unicórnio quem sabe

(imolar-se-ia, o unicórnio?)

e se a enfermeira do hospital

— Muito bem muito bem

negava até à morte que minha, incapaz de uma atenção, um afecto, daí ter-me surpreendido o

— Mamã

julguei ter ouvido mal e todavia

— Mamã

a minha filha Ana uma personagem de livro, uma invenção de quem escreve a insistir

— Mamã

não uma pessoa é lógico e

— Mamã

pouco antes dos joelhos se me dobrarem, do corpo se dobrar sobre os joelhos e da cabeça se dobrar sobre o corpo, a minha filhinha

(Lisboa 50 kms e os 50 kms eternos, repetindo-se durante horas enquanto o coreto, a capela e o café giravam)
— Mamã
e ao dizer
— Mamã
uma criatura gorda que não faço ideia quem seja, a rir tremendo os duplos queixos dos braços na poltrona acolá, deixou de troçar de mim e calou-se.

3

Nunca consegui que os rapazes falassem, fazia-lhes perguntas e calavam-se, aceitavam o que lhes dava sem agradecer atentos ao próximo cliente nos arbustos numa tossezita de aviso, sons na cozinha do restaurante, uma preta a largar sobejos na base da escada com metade do perfil iluminado e os arbustos quietos, a preta olhava em roda como se me procurasse, entrava na cozinha e se calhar não me viu, depois gente a sair pela banda do lago desinquietando os cisnes, no fundo do lodo a navalha de um peixe colhia insectos à tona numa exactidão de ourives, tudo o que vive oculto e se manifesta sem ruído me intriga, as osgas da lâmpada do alpendre a transformarem-se em loiça, a deixarem de ser loiça num movimento instantâneo com uma asa de moscardo pestanejando na boca enquanto recuperam a sua condição de coisas, o que é imóvel distende-se num ímpeto de gula e readquire de imediato um estatuto mineral, os rapazes tão quietos quanto os peixes e as osgas impassíveis também, se lhes arrancassem um braço crescia outro de certeza, se lhes arrancassem a cauda uma mais clara a nascer, no caso de eu

— Como te chamas menino?

uma mirada que escorrega por mim, desce os canteiros, evapora-se na cidade ao fundo e o silêncio aumentado por um roçar de penas na cubata dos cisnes, a dona Mimi jogava os restos do pequeno-almoço na escarpa e as gaivotas meu Deus num turbilhão de gritos, voavam sem cabeça nem barriga e passados momentos intactas, a minha irmã Ana a arrancar caules das floreiras

— Nunca gostei de ti

se me tirassem fosse o que fosse eu intacto também, só é aleijado quem quer, um dia destes abandono os remédios do médico, apago as manchas da pele e estou bom, se me deixassem mandar nesta casa em lugar do meu irmão Francisco a minha

mãe curava-se e tornava ao sofá, se os rapazes falassem comigo ajoelhava diante deles
— Meninos
sem os acariciar, de joelhos apenas e que distância entre mim e vocês, não sei de onde uma voz a extinguir-se
— Joãozinho
ou seja a dona Mimi jogando-me na escarpa e não sinto as gaivotas, a ideia que um grito mas nenhum grito, ecos, a Mercília a vestir-me, a dar-me de comer, a ir-se embora, quem vem ter comigo, quem
— Filho
a minha mãe a sacudir-se
— Não achas que és grande demais para te pegar ao colo?
deixou de enternecer-se com o meu cabelo de rapariga e a delicadeza dos meus gestos, o nosso irmão João no quarto de cotovelos nas rótulas e queixo nas mãos sabendo que não vêm e todavia acreditando, todos esperamos aqui acreditando ainda, um último cisne no lago porque quase seis horas, não chove, o salgueiro este ramo, aquele ramo onde folhas quase, pontinhos verdes, filamentos minúsculos, pergunto-me se algum de nós verá as folhas crescerem, a Mercília talvez que começou antes e acabará depois, se a confrontasse com o bisavô Marques no álbum não atendiam um ao outro, ambos sem cara quase, conseguias vestir-me agora tu, dar-me banho, calçar-me, abrir a risca com o pente
— Parece um homem menino
não uma rapariga, um homem, pareço um homem Mercília, a minha mãe enganou-se, olha um albatroz sobre a Pensão Royal numa hipérbole sem fim, olha um cadáver de garraio na quinta esventrado não pelos cães, pelas hienas só focinhos babando-se e olhos meigos como estes meus no parque, dizem que cheiram a cadáver e a que cheira a minha mãe, a que cheiro eu sob as loções e os cremes, a rapariga de certeza que não, sou um homem, pode ser que não torne ao restaurante e desobedeça às ordens do meu irmão Francisco, recuso que se venda a casa, não admito um estranho no lugar do meu pai, jogue no dezassete senhor, impeça que o ocupem, é você quem tira o guardanapo da argola e a minha mãe esquecida do telefone
— Porquê?

o salgueiro que pingue, eu não pingo uma gota que seja, a dona Mimi pingou quando lhe morreu a catatua, duas garras na ponta da corrente, depois penas azuis, depois o bico torto, informava
— Chamo-me Berta
e a seguir reflectia, a dona Mimi para nós
— Onde descobriu ela este nome?
preferindo Isaura ou Alice, espirrava no nevoeiro, não se dava com as ondas, passei horas e horas
— Chamas-te Isaura ou Alice
e o bicho a pensar quando me dava igual que Isaura ou Alice e Berta servia-me, a catatua um esforço de raciocínio, quase Isaura, quase Alice e no limite do esforço uma mudança súbita
— Berta
a bicar sementes na conchinha
(muitas delas caíam)
irritada comigo porque as plumas da nuca um leque enfastiado, o que pertencia à minha mãe uma vareta a soltar-se, no caso de lhe perguntarmos
— De quem herdou esse leque?
desdobrava as varetas e abanava-o um momento, passei o tempo a esperar que tudo aquilo, as varetas, o pano
— Chamo-me Berta também
se arranjasse uma esposa acho que era capaz, olhava por mim, metia as almofadas nas fronhas eu que não consigo metê--las, sobra sempre um bocado que não entra, peço
— Tem paciência
e os botões da fronha a estalarem, acendia o esquentador que comigo não trabalha logo ao primeiro fósforo, punha a casa a viver, corrijo o que disse, se conhecesse uma mulher não era capaz e não sou homem tão pouco, não adivinho o que sou, espero nos arbustos que o freguês antes de mim
(uma ocasião dei com uma gaivota doente a ver subir as outras, quando estiver mais fraca as colegas despedaçam-na num rufo, eis o que se designa por vida)
descubra um caminho com mais buxos para desaparecer sem que o notem, provavelmente uma esposa, esse, a introduzir as almofadas nas fronhas numa simplicidade de milagre, porque terão as mulheres os gestos assim fáceis

(nunca esbarrei em ninguém que meditasse tanto como a catatua, o tempo que ela gastava a ponderar o nome, a dona Mimi hesitou entre o balde e o canteiro, acabou por embrulhá-la nos dedos cuidando embrulhá-la no jornal e entornou dedos e jornal no balde)

e uma intimidade com as coisas, insisto em puxar tampas que se rodam, giro chaves ao contrário, exalto-me com as ranhuras que não aceitam moedas demasiado grandes ou engolem as demasiado pequenas numa rapidez metálica, de quem herdei este desacerto com o mundo, eu de olhos abertos mantendo os olhos por trás dos olhos fechados, a dona Mimi recuperou os dedos no balde e enganchou-os um a um

(no meu caso trocava-os)

nunca consegui que os rapazes falassem comigo tal como nunca falei com o meu pai, consolava-me visitando o cavalo dele no estábulo, o que mais tarde torceu uma perna e mancava no pátio em lugar de o embrulharem num jornal e meterem no balde, admiro os animais porque sofrem calados, não há um bicho que chore tirando os porcos espirrando uivos no alguidar de mistura com o sangue, desinteressam-se de nós na cesta ou na gaiola e a minha mãe desinteressada igualmente, a boca queixo, não lábios e eu com saudades dos rapazes que nem uma frase me davam, uma noite em lugar do parque falei com uma mulher sentada num degrau e por cima do degrau a porta aberta e por cima da porta aberta Hospedaria Dallas ou seja um corredor a que faltava tinta

(vai chover outra vez derivado a uma desordem no vento a assustar as roseiras, uma corola que se levanta e me observa)

e na falta de tinta uma conta de multiplicar a carvão, a mulher caminhou à minha frente enxotando os sapatos como a Mercília, sem bengala, as pantufas outrora, nenhum lago, nenhum cisne, nenhuma lâmpada de restaurante a guiar-me, a minha irmã Beatriz

— Não entornes a sopa

(uma corola que se levanta e me observa)

um esconso com uma cama e um cabide num prego

(tenho mesmo de continuar esta léria?)

e na janela um muro, a mulher acendeu um candeeiro no chão e o esconso começou a existir de baixo para cima

(quase acrescentava que garrafões e santinhos e não acrescento)

não vou descrever a mulher, presumir a idade, mencionar como era

(pelo menos não me esclareceu que se chamava Berta ou se demorou a pensar, tirando as catatuas não conheço quem pense)

um segundo candeeiro no tecto mas sem lâmpada, uma trança de fio que de tempos a tempos oscilava

— Sou eu

pareceu-me que uma criança a dormir a um canto

(não me pareceu, uma criança a dormir a um canto, que maçada de relato me impingiram)

sob panos confusos, as azinheiras alteradas no escuro consoante me altero ao apagar a luz, deixo de ser uma pessoa para me transformar em pálpebras, resta-me uma perna porque se dobrou no cobertor, fico com a perna um tempo até ela desistir não sei onde, uma bochecha esmaga-se no travesseiro e o passado com ela, mal chego à toalha da mesa e os outros altíssimos, numa zona vaga de mim a minha mãe a sorrir

— Até amanhã Joãozinho

convencida que pronunciava o meu nome eu que não tenho nome, tenho um cotovelo durante segundos dado que a articulação me dói e ao cessar de doer evapora-se, aconteceu-te da mesma maneira Rita, foste largando o que eras, no momento em que não sobrava nada continuavas a sentir conta-me, a dona Mimi pegou na gaivota doente para a alimentar com um tubinho e a minha irmã Beatriz

— Posso dar-lhe de comer dona Mimi?

apetecia-me que a chuva não parasse até às seis horas para me entreter com o algeroz e o som das telhas no alpendre, supor-me noutro dia e noutro sítio, por exemplo no esconso ou no lugar, não imagino qual, onde morarei sozinho, a criança que dormia um arrulho e a velocidade do sono aumentou como sucede aos frigoríficos que dão ideia de galgar uma ladeira a custo, chegam ao topo, demoram-se um bocadinho, descem, o perfil da minha mãe

— Bons sonhos

nítido contra a porta e nisto ausente, não ausente logo, a partir da altura em que os passos se esfumam, uma ordem à Mer-

cília a propósito de trancas e então sim bái bái, substituída pelo vento que respira porque o salgueiro respira ao passo que o salgueiro não necessita do vento, as folhas aumentam, os ramos estalam, as raízes tropeçam num cachorro sepultado ao avançarem mais fundo, não toquei na mulher, permaneci à entrada, uma criatura
 (um homem?)
 no esconso vizinho arredondou a voz e calou-se, a mulher abriu-me a camisa nos gestos da Mercília a lutar como ela com o terceiro botão onde o tecido um defeito e eu saudades do parque em que no mês de agosto abelhas, perdão vespas, uma comichão do lado esquerdo, suponho que a próstata e amparando com a palma sossega, esqueça a camisa senhora e a mulher
 — Sentes-te fraco?
 a espreitar a criança perdoando a fraqueza, que pincel os domingos, remorsos não sei de quê, a lentidão de tudo e ignoro se a mesma próstata ou outra demasiado escondida para que eu a descubra a maçar-me, não volto ao hospital, aferrolho-me no quarto, a minha irmã Beatriz depois de tentar a maçaneta a surgir nos caixilhos, não te apetece uma senhora que se ocupe de ti mana a alongar-te os dedos com verniz
 — Não estás a exagerar?
 e a minha irmã Beatriz
 — João
 pisando o canteiro com os sapatos sujos, se a dona Mimi visse zangava-se, não eram só os rapazes que não falavam comigo, era o que capava os bezerros, que não serviam para semental, com uma faca e uma guita, eu para a mulher
 — Não me sinto fraco
 e se fosse capaz de piedade tinha piedade dela mas a piedade extinguiu-se em mim como se extinguiu quase tudo, sobram os cisnes, em casa uma gravura por cima do canapé com uma rapariga abraçada a um cisne, como a piedade se extinguiu não me aflige a minha mãe e contudo caminho, a mulher esperava não sei quê da minha parte eu que não ofereço nada porque nada ficou excepto o que entrego aos rapazes, não passo de uma sombra que se aproxima sabe Deus com que entusiasmo e parte a contragosto perseguido por um pássaro a interrogar quem sou, não há bicho careta que não me persiga, a faca de capar os bezerros na bancada a mirar-me, desconheço se o mar contra os penedos ainda e ganas

de falar dele, das gaivotas, do que tanto desejei e não tive, do que mais quis e me roubaram, a Mercília a dar-me banho e as mãos nas minhas costas, o meu nariz no seu pescoço, ela
— Joãozinho
não
— Menino
a paz do meu nome na sua boca, das minhas pernas no avental
— Joãozinho
e eu eterno, eu um rapaz do parque que me desdenha e no entanto sou eu, trazem-me de furgoneta ao meu encontro, oferecem-me a mim mesmo
— Tome lá
e quando me pendurar na corrente embrulhem-me num jornal e entornem-me no balde que não faz mal, não faz mal, nada me faz mal que a Mercília não consente, não tem bengalas, é nova de maneira que o mar contra os penedos e os cavalos que dão sombra nele e em mim, a propósito de sombra como se dá sombra num esconso senão poisando o dinheiro na colcha e aqui entre nós inventei tudo, a Hospedaria Dallas, a criança, a mulher, vi o letreiro numa esquina e o resto aldrabice minha de uma ponta à outra, histórias para passar o tempo enquanto aguardo as seis horas

(exagerei as manchas da pele também, não estou assim tão doente)

que escritor teria eu sido se me apetecesse escrever, capaz de segurar-vos a atenção ao comprido das páginas, gostei do pormenor do segundo candeeiro apenas trança e o que fazia com este material se me desse na gana, talvez depois das seis horas

(nas manchas não exagerei, são verdade)

se houver espaço a seguir, quando a minha irmã Rita faleceu o tempo suspendeu-se e o meu pai julgando alisar-lhe a colcha, não, o meu pai a afastar-lhe o cabelo da testa, também não, o meu pai a pensar no dezassete, desta vez é que ganho e não ganhou, um negócio em Lisboa e a minha mãe a concordar que um negócio em Lisboa, para quê cenas, mal a conheceu, mal nos conheceu a todos, nunca esteve na Pensão Royal buscando a sétima onda, encontrava-o no meio da noite a beber, porque bebia você, porque olhava em frente como os cegos cujas órbitas pulsam à espera que um ruído as sobressalte, se tivéssemos falado nem que fosse um minuto, conversava com a Mercília na cozinha, não com a minha mãe, não comigo, não me recordo dos seus pais, recordo uma senhora de luto instalada na bordinha do canapé com vergonha de nós, a minha mãe para a gente

— Já não se cumprimentam as pessoas?

e os lábios na minha testa num acanhamento embaraçado, era a sua mãe pai a quem metiam duas ou três notas na carteira e ela incapaz de recusar

— Desculpem

um brochezito falso, quartos alugados a hóspedes, o caixeiro-viajante com a sua bagagem de amostras e um embrulhito de pastéis de feijão

— Uma surpresa madame

e o tenor do coro da Ópera atrasando-se nos pagamentos

— Estamos em ensaios senhora

a experimentar a voz no corredor, mais inchado que um pombo, a senhora a ausência de uma falange que as mangas escondiam, não me parece que a sua mãe pai, uma sobrinha do bisavô Marques que conheceu melhores dias e desde a morte do marido os penhores em segredo nos bairros onde os vizinhos não iam, espiava no passeio fronteiro, assegurando-se que ninguém a apertar arrecadas na palma, o guarda-chuva mesmo em junho, os sapatinhos desditosos, um segundo par no armário com que nos visitava aos domingos com um toque de campainha que não chegava a ser, um segundo toque meia hora depois, a minha mãe a chamar a Mercília

— Abre lá

e uma vozita em que se adivinhava uma colher de flocos e uma maçã ao jantar

— Perturbo?

que maravilha perturbo, não só as arrecadas nos penhores, os talheres, as aguarelas, observava nos leilões quem lhe comprava o passado, moldurinhas amolgadas, o casal de elefantes que segurava livros de patas no ar e uma das presas colada que se percebia a fissura, a minha mãe não por amizade, por hábito, desde quando não se dá um beijo à família, se o meu pai não tivesse falecido e largado o dezassete nós flocos e maçãs, a senhora das unhas vendo partir os solitários

— Não estás a exagerar?
na despensa duas ou três conservas em prateleiras desertas e a senhora das unhas a faltar às quintas-feiras sem prevenir que faltava, a minha mãe ao telefone
— Porquê?
não se apercebendo que a Companhia o cortou, acabaram-se os cavalos e não há sombra em parte alguma quanto mais no mar que aliás não há igualmente, há o papel da parede a descolar-se e os canteiros defuntos, o maioral na quinta
— E agora?
agora comem-se o feno da manjedoura e as peças do tractor, que aborrecimento com o dezassete tão próximo, o empregado da roleta baixinho para o fiscal não ouvir
— Esse número não consta
de modo que frequentávamos a sobrinha do bisavô Marques na esperança de partilhar a maçã, cinco andares à pata e o tenor a afiar gritos logo a seguir às escadas, a falta do tapete mais clara no sobrado, os pés da cómoda ausente rectângulos sem poeira e um quarto para as seis no relógio porque o mecanismo engoliu um parafuso e contraiu-se em três toques, quando engolir os parafusos todos que dirá ele amigos, porcaria de domingo de Páscoa este com o algeroz que não cessa, em chovendo na quinta o ribeiro estendia o braço, apanhava um borrego e levava-o consigo de patas para o ar encalhando na margem, tão diferente da época em que vivia, de passinhos preciosos e pestanas lamechas, os rapazes aceitavam o que lhes entregava sem me agradecerem e a minha mãe logo o que se responde ao darem-nos uma coisa, a facilidade com que vocês perdem a língua, tiraste-lhes as línguas Mercília, obrigado tia, vá lá, conseguiram, até parece que custa, repitam três vezes para não voltarem a esquecer e desamparem-me a loja, o borrego girou sobre si mesmo antes de o perdermos de vez, a sobrinha do bisavô Marques com o seu broche
— Perturbo?
e não nos perturba que ideia, sirva-se do ribeiro à vontade, desapareça com ele, se reescrevesse o episódio da Hospedaria Dallas mudava a prosa toda, no quarto cetins, luxos, espelhos e já que estamos ricos estampas de frades com noviças ao colo, a senhora das unhas
— Não estás a exagerar?

não se rale com a chuva mãe, preocupe-se em viver uns momentinhos mais, quantas costelas

(eu imensas)

no seu corpo parado, nem cinco, nem quatro, uma acolá a desistir, outra no ângulo oposto a dilatar-se um centímetro, que mal fiz eu a Deus para me dar estes filhos, salva-se a Beatriz apesar das nódoas, o que te sucedeu Beatriz e ela de beicinho a vibrar, a minha filha mais velha que me estragou o peito não mencionando a tiróide que nunca mais foi a mesma, o médico por vontade dela a criança matava-a, se vocês soubessem o que passei mostravam mais respeito por mim em lugar de arranjarem problemas como se não bastassem os meus, gastou o tempo a lamentar-se mãe já viu, a pisar os olhos com o lenço fabricando lágrimas, tão inteligentes para umas coisas e tão estúpidos para outras, é uma luta constante para tudo, não nos mace mãe, suma-se da frente

— Sumam-se da minha frente que não os posso ver

acertou em cheio senhora, ainda que queira não nos pode ver apesar de não nos sumirmos da frente, o meu irmão Francisco, a minha irmã Ana, eu, a minha irmã Beatriz já se sabe, falta a minha irmã Rita e daí sei lá se falta, quem pode jurar que não connosco assistindo, não se dava por ela a flutuar entre as cómodas e a sorrir para a lua, quando o ribeiro descer e descerá no verão até se tornar um fiozinho que mal se desloca nas pedras encontramos o borrego, você dentro de meses um cicio nas giestas afirmando que é uma luta constante para tudo, os ponteiros do relógio quase seis horas repare, cinco traços, dois traços e as molas a prepararem o som conforme o tenor do coro da Ópera a aperfeiçoar o diafragma e a limar a garganta, o brochezito falso, a falange que a manga escondia, os penhores num bairro onde os vizinhos não iam

(porque não se empenhava a si mesma?)

a prima séculos no passeio, assegurando-se que ninguém a apertar arrecadas na palma, que vidas as pessoas têm meu Deus, o que os sorrisos escondem, dúzias de pálpebras sob as pálpebras que vemos e quantas serão precisas para uma única lágrima, é nas pálpebras que não vemos que elas não chegam a nascer, desistem, de que servia nascerem, aborrecer a gente

— Perturbo?

a senhora das unhas

— Não estás a exagerar?

e não exagero querida, a nossa irmã Ana a regatear preços no baldio e o nosso irmão João sem que o chofer do táxi lhe respondesse ao cumprimento recusando a gorjeta

— Não quero um tuste de si

o nosso irmão João qualquer dia um borrego na enchente

— Estou melhor das manchas

e não está, não aguenta a ladeira no fadário do parque, a preta largava sobejos e depois gente a sair pela banda do lago no qual um cisne moribundo cantava

(o chofer

— Seu porco

e felizmente não ouvi)

a água escura ao contrário do mar e nenhuma primeira onda quanto mais a sétima, a impressão que no fundo da água a navalha de um peixe colhendo uma varejeira e sumindo-se de novo na imobilidade opaca

(Hotel Bellevue, lembrei-me neste instante ou seja não me lembro do edifício, lembro-me do nome, a ruir no nevoeiro)

tudo o que vive oculto me intriga, se eu lograsse emboscar-me à maneira dos bichos, escondidos e observando, surdos e escutando, qualquer coisa em mim para além da vista e do ouvido a compreender como as perdizes e os coelhos bravos compreendem, adivinham a morte, tentam protestar, resignam-se, dois minutos, um minuto, o relógio

(— Estamos em ensaios agora)

prestes a começar e daqui a instantes tanto cagarim senhores, badaladas, acordes, as osgas no alpendre a transformarem-se em loiça, a deixarem de ser loiça num movimento instantâneo e uma asa a pestanejar-lhes no queixo, apanhar assim um rapaz, engoli-lo

— Não me escapas pertences-me

e ser feliz com ele, dar-lhe o almoço, cuidá-lo, o dos óculos, o ruivo que cheirava a ruivo, o mais pequeno que não alcançava a toalha sem almofadas por baixo e a minha irmã Beatriz a endireitá-las, levanta-te um bocadinho, senta-te outra vez, não baloices as pernas e eu obediente a equilibrar o garfo, que espanto a sua morte mãe, porque consentiu adoecer, tão inteligente para umas coisas e tão estúpida para outras, você uma catatua

pendurada da corrente ou a gaivota que a dona Mimi alimentava com um tubinho, eu
— Senhora
e o meu
— Senhora
inútil, de hoje em diante permaneço calado no fim do corredor igual aos rapazes que se calavam comigo eu que tanto tenho a dizer
— Enquanto não me matares não descansas
não zangado, terno, pegando-lhes ao colo a escutar um
— Joãozinho
longínquo e a respiração da Mercília pelo nariz dos Marques contra a minha cabeça fazendo-me ter esperança não sabia em quê, talvez que o dezassete saia e de novo toiros, cavalos, os empregados de regresso e eu sem manchas, quase nenhuma próstata a maçar-me entre as várias que usamos, ninguém me jogou para um balde embrulhado num jornal, sorriam-me isto é a minha mãe sorria-me, o meu irmão Francisco sorria-me, o meu pai pegando-me no queixo
— Estás bom
enquanto o maioral lhe segurava as rédeas, as lâmpadas do candeeiro todas acesas recusando a sombra, a minha mãe com um vestido que não lhe conhecia
— Graças a Deus não chove
pedindo à minha irmã Ana que lhe subisse o fecho e prendesse o colchete lá em cima
— Precisa de ser apertado não achas?
colocaram-me um lacinho ao pescoço e compuseram-me o pulôver
— Se te sujas estrafego-te
e não sujo descansem, sou grande, esta noite a furgoneta há-de levar-me ao parque e a luz do restaurante protege-me do medo
(a minha mãe aborrecida com o vestido
— Vou chamar a costureira amanhã)
encosto-me à parede onde me possam ver a abrir e fechar o canivete de lâmina quebrada porque uma moita arredando-se e o sujeito das manchas na pele a aproximar-se de mim
— Quanto levas menino?
afagando-me a cara.

4

Quando a minha mãe, zangada comigo, chamava
— Maria José
em lugar de
— Zezinha
não fazia ideia que
— Maria José
era eu, a pensar qual Maria José, quem Maria José, onde Maria José
(o médico de olho no biombo de metal branco com cortinas de plástico brancas e numa das cortinas um insecto esmagado que de tão minúsculo se tornava enorme
— Faça o favor de se despir ali minha senhora)
e despia-me devagar, tão nervosa, quando a minha mãe
— Maria José
demorava a compreender verificando que mais ninguém na sala que se referia a mim, um nome não parecido comigo, nunca se pareceu, a minha mãe Alice e estava certo, o meu pai Gustavo e não estava tão certo mas apesar de tudo aceitava-se, agora Maria José por amor de Deus que susto, tivemos uma cozinheira Maria José e nada a opor, lembro-me que provava a comida não com a ponta da colher, com o mindinho, a esposa do farmacêutico Maria José e em cheio na mouche, soprava lá de cima
— Perolazita
e se tivesse dúvidas acerca do Maria José dela perdia-as, os sapatinhos mimosos enquanto os meus dois números acima porque ia crescer e a minha mãe como ela cresce depressa, não pára de enxotar-me para a morte que eu imaginava uma desconhecida de braços abertos no corredor à espera ou se calhar não uma desconhecida, a viúva do engenheiro que estendia o cestinho no ofertório da missa e as pessoas passavam as moedas umas às outras até à coxia, a minha mãe colocava-me algodão

no bico dos sapatos para que não andasse a chinelar pelo mundo e não caísse ao correr, endireita-te para não ficares corcunda, não há nada mais feio que uma rapariga corcunda e não tenhas pressa Zezinha, aí está, Zezinha entende-se, Maria José, referido a mim, não se entende

(o médico para a enfermeira

— Ajude a dona Maria José Natércia

e portanto não sou eu quem se despe e nem sequer estou aqui, o insecto do biombo uma melga com a pata esquerda dianteira intacta, dois números acima embora no seu caso não acredite que crescesse)

porque é que os pais, ao ralharem, dizem os nomes completos, nunca fiz isso aos meus filhos aqui no quarto comigo, penso que com medo sem que eu atinja o motivo e também penso, não estou segura, que chuva, domingo de Páscoa hoje dado que a Mercília ontem, com um caldinho que ainda deve esfriar na cómoda, sente-se o cheiro da gordura

— Domingo de Páscoa amanhã

a Mercília, ao darem-lhe o Mercília acertaram, não a concebo Isabel nem Lucinda e quanto aos meus filhos miro-os de alto a baixo e hesito, devia ter esperado alguns meses a seguir a nascerem, tu o Francisco, tu a Ana, tu a Beatriz, os restantes escapam-me, vejo outro pelo menos e não me sai como chamá-lo, o que te escreveram na cédula antes dos apelidos confessa, isto num tom divertido porque volta não volta me distraio de quem sou, torno-me divertida sem

— Porquê?

nem telefone e nenhum deles me escuta, afastam-se a cochichar para onde não os vejo que este quarto aumentou, tectos altíssimos, as paredes remotas, a mobília sei lá onde e o salgueiro calado ele que na época da minha mãe não se calava um segundo a fabricar o vento com as folhas e os cães defuntos com as raízes, desde quando o ar se agita se não existir quem o agite, passa-lhe uma coisa pela cabeça, decide-se e sacode a tarde a dirigir-se à gente blá blá blá, blá blá blá, eu blá blá blá em resposta que não sou pessoa de me calar e o meu filho Francisco

— Não a ouviste Beatriz?

não me consentindo ter opiniões, blá blá blá não ofende, é uma expressão educada, blá blá blá para ti, blá blá blá para a

tua irmã e o mínimo que espero é um blá blá blá de vocês em vez deste silêncio a aguardar desconheço o quê
(o médico para a enfermeira
— Ajude a dona Maria José Natércia)
e dona Maria José pior que estar doente e falecer, dona Maria José que insulto, não diga
— Maria José
mãe ao zangar-se comigo, para quê magoar-me com aquilo que não sou, no interior do biombo uma cadeira e um gancho cromado numa placa de pau que atarraxaram à parede, os meus pés descalços no linóleo e a costura das meias um buraquinho onde nascia um dedo com a unha vermelha, não diga
— Maria José
mãe à medida que me dispo, a saia que alargou, não emagreci, alargou, sobeja-me no rabo, a blusa de que me custa tirar o alfinete que fecha o colarinho ou seja a haste que se encaixa numa argola e não cede, não uma argola completa, uma quase argola e a parte do quase difícil de encontrar, o soutien cor de carne onde o peito se derrama ele que não se derramava dantes até que a Beatriz e o Francisco, não mencionando os restantes que me falham, lhe chuparam a força, dando-me em troca celulite estrias varizes, riscos azuis sob a pele e tornozelos inchados, então no fim do dia, em junho, os ossos da canela viste-os, não diga
— Maria José
mãe, diga
— Dona Maria José
e eu que remédio emudeço, agarro a primeira Zezinha que encontrar
— Perolazita
a fingir-me alegre enquanto agonizo e não se sonha o que fui agonizando estes anos, permiti que o meu marido não quisesse, permiti que mulheres, permiti o dezassete, não mencionei a manicure ao senhor padre Aires visto que quase não pequei juro, uma companhia, uma amiga, pode ser que por vezes, talvez, um bocadinho, enfim mas nada que escandalizasse ou viesse aumentar as Ave Marias da penitência acho eu, a Igreja como ele afirma e eu acredito abriu o espírito ao mundo, terminou a Inquisição felizmente em que por dá cá aquela palha e em muitas ocasiões sem palha se chegava um fósforo às pessoas, coloquei

a blusa nas costas da cadeira de ferro onde a pintura estalava notando-se o óxido a crescer, qual a razão de quase tudo ser de metal nos hospitais, tão desagradável, tão frio, tão predisposto à morte, a blusa no gancho cromado e o resto no assento, a enfermeira entregou-me uma espécie de bata, ai Zezinha, e apesar da bata nunca estive tão nua, segura que me viam à transparência as imperfeições do corpo se é que alguma imperfeição resiste a partir dos cinquenta, que empresa de demolições a velhice, pedaços de estuque, tijolos quebrados, uma parede a tremer com um pássaro em cima

(já não canta, aquele pássaro)

desmorona-se porque o pássaro pesa mesmo que não pese e não pesa mas pesa, guardei o alfinete que a minha mãe me deu aos dezoito anos, ai Zezinha, ai Zezinha, no estojo dos óculos que empurrei até ao fim da carteira onde agenda chaves lenço e parvoíces que não sabia que tinha, uma pata de coelho por exemplo, de onde virá aquilo que nunca me deu sorte, os comprimidos para os calores, os retratos dos filhos, Francisco, Beatriz, que é do nome dos outros, perco-os um a um, numa bolsinha de plástico, acho que João, não afirmo, surgiu neste instante um João e o tal João de babete

— Mamã

eu que detesto diminutivos

— Mamã

será verdade isto ou sou eu que imagino, para além da bata uma espécie de chinelos e eu especada a sentir as minhas mãos como dois bichos pendurados ao acaso dos braços, em que sítio vou pô-las desembaraçando-me de falanges que se dobram e estendem nem se agarrando a si mesmas, que inesperado ser isto, tão mal penteada senhores, como este gabinete é triste às três horas da tarde, se espreitar pela janela o radar do aeroporto, avenidas, nada que me segure o cotovelo a ajudar-me, o médico

— Não se importa de se deitar dona Maria José?

não Zezinha, não Maria José, dona Maria José, devo ser muito antiga e a prova é que a esposa do farmacêutico não

— Perolazita

em silêncio, o insecto do biombo que me tomava conta da roupa a avisar

— Estou aqui

e de que me serve um insecto esmagado, são sempre os infelizes que nos oferecem auxílio, se fosse noite, já se sabe, zumbia à minha roda impedindo-me de dormir, ligava a luz aos apalpões sem encontrar o candeeiro, achava o fio depois de tombar um copo de água, percorria cinco metros dele e o interruptor nicles, quando finalmente o interruptor

(o que este fio aumentou)

o insecto sumia-se, tudo muda nas trevas a começar pela gente, ombros minúsculos, pernas que sobram do colchão, a minha mãe que não aparece na porta

— O que foi rapariga?

(não Maria José, vá lá)

embora a chame aos gritos sem que me escute a voz, se amanhã me queixar surpreende-se a meio de um bolo

— Não gritaste nunca

e cascas de ovo umas no interior das outras na bancada, a enfermeira colocou-me um lençol sobre a bata pronta a cobrir-me a cabeça e a declarar-me finada, sentia palavras do outro lado onde continuam os vivos, o meu filho Francisco, a minha filha creio que Beatriz, o tal João de babete que não estou certa que exista e a enfermeira entre eles com o João ao colo tratando-o por Joãozinho e eu a pensar

— Joãozinho?

(qual Joãozinho, quem Joãozinho, onde Joãozinho?)

venha depressa com o coiso de bater as claras a pingar e acorde-me mãe, se me sacudir acordo, reconheço-a, é a minha mãe, e sereno, a que me tratava por Maria José ao zangar-se e por senhora Maria José nos êxtases como quando o meu pai lhe deu um anel de esmeralda e ela com a pedra a acender-se e a apagar-se

— Venha cá senhora Maria José e abrace-me

as asas do nariz dos Marques felizes e eu sem entender porquê, preferia uma caixa de sapatos com bichos da seda ou um porquinho da Índia, aqueles olhos de uma doçura líquida que se os entornasse pingavam, o coração tão rápido sob o pêlo ocupando-o todo, assim que o médico me auscultou o peito o meu igual, ansioso, ainda bem que as costelas o impediam de me subir à boca, acaricie-me a barriga, verifique-me as patinhas, os dedos do veterinário de repente quietos

— Há qualquer coisa aqui no pescoço

provavelmente um anel de esmeralda que se acendia e apagava, foram precisos onze anos para o teu pai reparar que eu existo, oxalá não cases com um no género menina que ao meu pai para ser uma cópia do teu só lhe faltava o dezassete, a dona Maria José casada com um número e filhos de que se não recorda, julgo que um deles Fernando, não, semelhante a Fernando, Frederico, que outra Beatriz e penso que acertei, pelos menos acorda em mim luzes de barcos, ela ou eu num automóvel frente à água, não sei quem ao meu lado a compor-se nas calças e nódoas na minha roupa de que não me apercebo, não Fernando nem Frederico, apareceu-me um Francisco no escritório a somar, o meu marido um copo primeiro, um copo e uma garrafa depois e por fim a garrafa somente, atravessava a casa de olhos baloiçando nas pálpebras, a enfermeira descobria porções minhas com o lençol e o pêlo café com leite e branco a encrespar-se, a ponta do focinho bigodes que tacteiam enquanto o meu nome letras quase invisíveis ou imensas que não cabem em mim, Zezinha, qual Zezinha, quem Zezinha, onde Zezinha e chove dado que os fungos dos intestinos despertam, nas fendas do salgueiro um musgo pálido e porque vou escurecendo tanta noite cá dentro, a Mercília

— Senhora

ela que ainda há pouco

— Menina

hoje em dia

— Senhora

tal como para a minha mãe

— Senhora

de modo que devemos ter a mesma idade a minha mãe e eu, a minha mãe Alice e o meu pai Gustavo, pelo menos os nomes permanecem comigo e há-de haver uma fotografia sem ser no álbum, por aí, o médico a experimentar um ponto nos arredores do umbigo

— Ora aqui estamos nós no que interessa

a minha mãe com uma revista nos joelhos e o meu pai a sorrir sob os óculos porque os óculos sérios, acima dos óculos a risca ao meio e o latifúndio da testa, ele não Maria José nem Zezinha, uma cerimónia que nunca logrei entender, não entrava

no escritório, não mexia na secretária, não lhe pedia nada e todavia que distância entre nós, barbeava-se em camisola interior e eu surpreendida por a espuma se transformar em bochechas, os chocalhos dos rebanhos acordavam-me antes do tempo numa monotonia oca, outra garganta dentro da minha e qual delas a autêntica quando me constipava, depois de o meu pai morrer as botas que tempos junto à cama afirmando
— Somos ele
e o fato do dia seguinte no cabide com a gola de veludo preto porque domingo também, são pessoas ou o algeroz que se dirige a mim, se perguntasse as horas respondiam-me
— Seis
e quem respondia
— Seis
a Mercília, os meus filhos, as roseiras que persistem visto que alguma coisa há-de persistir, o médico
— Ora aqui estamos nós no que interessa
com a minha morte nos dedos a avaliar-lhe o tamanho, a consistência, o peso, uma morte pequena de modo que se calhar só faleci ali, não no resto do corpo e a minha mãe a ralhar-me
— Maria José
como se eu tivesse culpa e talvez tenha não sei, há ocasiões em que a gente, pensando-se felizes, se distrai de nós mesmos, o meu filho Fernando, não, o meu filho cujo nome me fugiu a olhar-me, parou de chover dado que a janela mais clara e o quintal a existir de novo ao encontro da noite, daqui a pouco a lua à qual não sei quem sorri e ela a sorrir de volta, achava o meu marido, escutava o som da garrafa no aparador e os pés na escada a voltarem à cama comigo a fazer de conta que dormia e não durmo, oiço tudo, os barrotes da casa desistindo um a um, as marmeladas nos boiões, as tábuas do soalho cada qual com a sua voz
— Ai Zezinha
outras mortes ainda mais pequenas no ventre, se começasse a cantar iam-se embora mas não há sons para além de um gorgolejo que se interrompe e prossegue, não tens uma solução que torne isto mais fácil Mercília, quando me piquei na tesoura sopraste na ferida
— Já não dói pois não?

e cessou de doer, fiquei a contemplar o tracinho espantada, o meu pai não Maria José nem Zezinha, de longe em longe
— Tu
acabaram por lhe guardar as botas no armário primeiro e na cave depois onde tudo termina num rodopio de traças e me deixarão entre fonógrafos e magazines de moda, o senhor padre Aires a assoar-se
— A morte é uma passagem
a examinar o lenço
— E a sinusite não me larga
de modo que eu, Deus me perdoe, a desconfiar da passagem influenciada pela sinusite, os santos que já haviam passado com cara de sofrerem, correntes de ar na igreja, o homem a dirigir o coro de borbulha na nuca e um adesivo em cima, impede-me de passar Mercília, não permitas que passe, na eventualidade de o médico
— Dona Maria José
qual Maria José, quem Maria José, onde Maria José, eis a Zezinha no quarto a alisar pratas de chocolate com a unha enquanto as azinheiras galopam lá fora e os cavalos e os toiros quietos no pasto, a minha filha Ana
(terei tido uma filha Ana?)
pegando-me no pulso para avaliar o coração e soltando-o quando o coração trocou o pulso pelas têmporas, não sei o que aconteceu às pratas no livro de leitura, perdi-as, se me calar acabo, continua, um domingo, não domingo de Páscoa como este, o meu marido que eu não conhecia nem dos eléctricos veio jantar connosco e depois do jantar o meu pai e ele no alpendre, a minha mãe
— Simpatizaste com o rapaz?
não Maria José nem Zezinha
— Simpatizaste com o rapaz?
e o guardanapo demorando a entrar na argola, o meu pai Gustavo, a minha mãe Olívia, Aline, Alice, exactamente, Alice, a minha mãe
— Como esta casa deve ser triste às três horas da tarde
uma argola, o meu pai uma argola, o meu marido sem argola, isto em fevereiro, em outubro o meu marido uma argola mas diferente, ora aqui estamos nós no que interessa, o meu pai

e o meu marido passaram do alpendre ao escritório, o meu pai à frente sem nos ver e o meu marido que parecia reflectir abanando a cabeça, no escritório a voz do meu pai quase sempre

(não têm descanso, as azinheiras?)

a do meu marido no fim e pelo menos nunca envergonhei ninguém num estacionamento frente ao mar contando as ondas e as luzes dos barcos, o meu pai nem sequer

— Tu

ausente, o meu marido a tomar chá connosco e o galope das azinheiras mais rápido, notavam-se os beiços que o freio arrepanhava e tudo envolto em ramos e folhas, a minha mãe levou o tabuleiro à copa sem chamar a Mercília e nunca pensei que da sala à copa um trajecto tão grande

(repito o teu nome porque vais auxiliar-me Mercília, coloca-te entre mim e o que não sei apesar das bengalas, proíbe-os de me puxarem por uma alça da camisa e obrigarem-me a ir)

e ao voltar numa pausa do galope das azinheiras que nem à noite se suspende, até aqui em Lisboa continua, olha os troncos, os galhos, milhares de bagas a estalarem os dedos, o meu marido a estalar os dedos eu que detesto ouvir estalar dedos, aposto que os estalava um a um no Casino a aguardar o dezassete, a minha mãe

— Já se conhecem melhor?

a minha filha Ana

(Ana?)

esse ruído às vezes abrindo as gavetas da cómoda para me roubar talheres, já não dou pelas roseiras, já não dou pelas vozes, dedos e dedos somente, quantos dedos confessem, quantas criaturas no corredor à espera, quantas pessoas aqui, o senhor padre Aires a assoar-se porque a sinusite o não larga amarrotando o lenço num desconsolo vencido, não se debrucem para mim, não me vejam sem maquilhagem nem brincos, a minha filha Ana com pó e um isqueiro, o meu filho João

(recuperei-lhes os nomes, mais fácil que eu supunha, tudo vai bem palavra)

junto aos cisnes de um lago semelhantes à existência isto é pontos de interrogação que se deslocam alterando as perguntas, qual Zezinha, quem Zezinha, onde Zezinha, a esposa do farmacêutico

— Já se conhecem melhor?
não
— Perolazita
até que partiu o osso da anca, meteram-lhe um ferro a segurar desgraças e estagnou à janela no andar de cima da farmácia a espiar o lago com indignação, se caminhava um passo leve, um passo pesado, um passo leve, um passo pesado e no fim dos passos leves e pesados molas de poltrona a receberem-na a custo até que em maio uma cruz na porta fechada, pronto, como é fácil mencionar estes assuntos quando não nos dizem respeito e nisto
— Ora cá estamos nós no que interessa
as mãos no fim dos braços sem utilidade alguma, o passado esquecido, o presente estreitinho, o futuro improvável, o que nos dizem referido a outro, o que dizemos não nosso, a quem pertence esta voz e um vidro fosco em torno, os joelhos dobrados, o corpo dobrado sobre os joelhos, a cabeça por estranho que pareça sem peso a aguentar um momento esvaziando-se de lembranças
(sobra o maioral a enterrar um cão, o pires de sementes que se deixava na varanda para alegrar os pássaros e no dia seguinte a varanda suja de cascas e fezes, o meu avô a medir-me
— O que será dela um dia?
apreensivo, em que sítios caminha debaixo da terra avozinho?)
antes de se dobrar por seu turno e o meu avô a aproximar-se com um laço de pontas compridas em lugar de gravata e o boné na mão
— Cá estás tu
de tempos a tempos a seguir ao jantar tocava concertina para mim, de olhos fechados e papada no instrumento movendo a biqueira ao compasso, o bigode
— Coisas antigas
a disfarçar a emoção de tornozelo a tremer, por um triz não chorava coitado ou então a aguazita que trazia sempre nos olhos eram lágrimas mesmo, a concertina mais sopros que música mas não fazia mal senhor, gosto de valsas asmáticas, apertava-me nas rótulas
— O que será dela um dia?
e sou isto, torne a pôr as correias nos ombros, a passear nas teclas não lhes tocando quase, a prevenir num segredo pomposo

— Premier Amour

e a concertina para um lado e para o outro, um dos sapatos a elevar-se nos agudos e a poisar nos graves, o Premier Amour derramado quintal fora, mais ferrugem que acordes, demorado, contente, não imaginava que a felicidade fosse capaz de ser triste, os cotovelos do meu avô afastavam-se e juntavam-se num arremedo de voo

(não num arremedo, voava a cinco ou dez palmos de altura mas voava)

ponham-lhe um pires de sementes na varanda para ele bicar ao almoço e sujar tudo, não me tratava por Maria José nem por Zezinha, tratava-me por filha

— Filha

a desculpar-se no interior da aguazita

— Coisas antigas

e digo aguazita porque me comove pensar que lágrimas e o que significam as lágrimas nas pessoas crescidas, não o meu avô dos cavalos e dos toiros sem bigode no álbum, o outro que trabalhou nos comboios, não nos comboios-comboios, no armazém da Companhia entre bielas e apitos, o Premier Amour uma senhora chegada de Paris exuberante de pestanas e sombrinha branca que se enganou na porta

— Pardon

e o meu avô, então novo, de pala nas sobrancelhas como os telegrafistas dos filmes a levantar-se pingando tinta de aparo enquanto a sombrinha rodava, que corpete, que cintura, que clavículas pálidas, está escrito nos livros que Paris castanheiros, esplanadas e fiacres às voltas num carrossel perfumado, não imaginava que a felicidade fosse capaz de ser triste garanto-lhe, ao prender-me nas rótulas

— O que será dela um dia?

pergunto o que pensava e não acho quem responda, a aula inteira quieta, pensava em quê diga, maravilhado, vencido, perdendo a francesa de que a concertina trazia de regresso as pestanas, a sombrinha, o

— Pardon

mais chilreado que dito, um seixinho que lhe bailava no estômago e o meu avô dilatando-se, a minha avó

— Não jantas Tavares?

    à medida que ele arrepiava o bigode, há-de chegar-se a mim com o laço de pontas compridas e o boné na mão
  — Cá estás tu
  um pires de sementes para comermos debaixo da terra, eu
  — Não deixe cair as cascas senhor
  porque faço cerimónia com os defuntos, sabemos lá as manias, os hábitos, entra-se de repente, cumprimenta-se e ficamos à espera, calculo que a francesa perto, de sombrinha, pestanas
  — Pardon
  e os castanheiros de Paris diferentes dos nossos, mais bonitos, mais verdes, um halo em que não se caminha, se navega, uma atmosfera de pisa-papéis com palhetas doiradas rodando-nos em torno, diga
  — Oui
  avô e curve o braço em anzol que ela talvez dê o seu, a minha avó sem sombrinha nem pestanas, terrestre, a avançar com a panela
  — Não jantas Tavares?
  e como posso jantar se a minha neta comigo e ainda não a prendi nas rótulas, não a cumprimentei
  — Filha
  não fui buscar a concertina, não anunciei
  — Premier Amour
  a disfarçar a emoção alindando o bigode não amarelo do tempo, castanho que morri há imensos anos, julgo que vinte, trinta, incorrecto, cinquenta e três em abril e sem chuva como contigo, sol, os castanheiros de Paris transparentes, não dei por ti no velório, dei pela tua mãe sem aguazita, seca, pela tua avó a ir-se embora com a panela, amuada
  — Não jantas de facto
  o armazém tão longe, não viajava de comboio, via-os partir e era tudo ou seja esguichos de vapor que anulavam a estação, percebia lenços, desgostos e continuava a escrever de boca no papel a afogar a vida, não mudei muito pois não, sou o mesmo e é exactamente o mesmo avô, o cabelo, a figura, tanta bagagem acolá, tanta mala perdida, não imaginava que a felicidade fosse capaz de ser triste e no entanto é, uns sopros, umas notas,

uma ânsia de chorar sem lágrimas porque nem lágrimas existem, alguém que não sabemos quem seja gastou-as, acabaram-se, se procurar não descobre nem uma entre os carimbos de modo que espero até subir as pálpebras

— Coisas antigas

a fim de sorrir para si, sento-me ao seu lado e estamos bem não estamos, talvez haja uma felicidade sem tristeza, talvez sejamos capazes, não assisti ao velório, fiquei a aperfeiçoar pratas de chocolate no quarto ou antes a rasgá-las com as unhas danada por rasgá-las, fui-me ao livro de leitura e nem uma escapou, cinquenta e três anos em abril, tem razão, sol e eu irritada com o sol, com que direito sol, que estupidez o sol, um empregado de armazém que tocava concertina e nunca partiu num comboio, um inocente, um pateta, não se atreva a chamar-me

— Filha

e a morrer a seguir, tenha consideração, respeite-me, se lhe apetecer falecer não crie ilusões às pessoas, veja o que fez às minhas pratas que até na tabuada e na gramática as procurei para estragá-las, apague o sol com um pau comprido e uma espécie de chapelinho na ponta como o sacristão fazia às velas do altar e um cheiro de sebo a erguer-se em rolinhos, não me venha com

— Filha

que não sou sua filha e não quero ser sua neta, sou uma estranha entende, não me sento no banquinho, fico de pé a ralhar-lhe, detesto-o como detesto Paris e as esplanadas, os castanheiros, os fiacres, perfumes que se calhar inventou, pare o bigode comovido

— Coisas antigas

não comece com partes gagas, a aguazita, a biqueira, aguente-se que eu aguento-me também, o que posso fazer senão aguentar-me não é, Premier Amour que treta, que Premier, que Amour, uns acordes cretinos que impingia à gente e depois a léria da francesa, do

— Pardon

da sombrinha, mostre-me a francesa se é capaz, como se chamava ela, tudo tanga confesse, nem um pires de sementes lhe deixo na varanda para bicar ao almoço e sujar tudo, da madeira que você é feito há-de sujar tudo, foi-se embora sem se

incomodar e a gente que lhe limpe as porcarias com um pano maltratando as costas, não fique especado a censurar-me que não tenho pena de si, livre-se de
— Filha
livre-se de
— Cá estás tu
suma-se-me da vista mais a concertina, cinquenta e três anos em abril e nenhuma chuva como contigo, olha que vitória, console-se, deu-lhe prazer ganhar-me não foi, deu-lhe prazer que eu falecesse, não ponha essa boquinha, não me prenda nas rótulas, não insista
— Filha
que bem o avisei que se calasse, sua filha uma ova, sua neta uma ova, sou a dona Maria José, não sou a Zezinha e como não sou a Zezinha nunca fui a Zezinha, sou a dona Maria José que já não fala, não ouve, não consegue mover-se, sou a parva da dona Maria José que gosta muito de si.

a sorte suprema

1

E agora que são seis horas e a chuva aumentou posso voltar ao escritório não ainda para tirar os papéis da gaveta e enxotar os meus irmãos e a Mercília mas a fim de escutar o telhado da casa tão vivo, janelas fervendo gotas, as corolas dos canteiros inchadas e não compreendo se tudo isto dentro ou fora de mim, o que sucedeu à quietude das coisas, serei eu que vivo, fervo, incho e engulo o salgueiro, as roseiras, o quarto da minha mãe de onde todos saíram salvo o que parece uma musiquinha de concertina e não acredito que musiquinha, nunca houve concertinas aqui, um piano sim mas calado, de tampa fechada à chave e a chave perdida, onde a terão metido que nunca a encontrei, se a descobrisse esborrachava uma nota e um arrepio interminável no nervo que sou, talvez a minha mãe não mereça mais que uma concertina a fungar uma valsa pateta que um sapato não meu, era o que faltava, sublinha e a valsa a diminuir num esforço cansado, apesar do fole a minha mãe morreu a descer no colchão até aos caboucos onde se calhar a esperam
— Por aqui por aqui
e todavia dava-me ideia que atenta, não atenta como as pessoas, como os objectos que desconfiam de nós
— Vão quebrar-nos?
no receio que os deitemos fora ou deixemos de usá-los
— Já não prestamos é isso?
cada vez mais distantes mesmo na borda dos móveis e a gente
— O que é aquilo ali?
não
— Será uma estatueta um vaso?
a gente
— O que é aquilo ali?
com a palavra estatueta e a palavra vaso sem sentido, descrevam-me o que chamam estatueta e o que chamam vaso para

me lembrar o que é, não me apetece continuar no escritório, apetece-me correr, o que corri nesta casa em criança a magoar-me nas mesas
— Onde vais tu Francisco?
e o Francisco tenso de zanga e medo, o que corri na quinta desenganchando a cancela sem me ralar que batesse na esperança de eu voltar
— O que se passa contigo?
e não se passava nada, alcançava as azinheiras, os relentos do estábulo onde sempre morno inclusive em janeiro e o arado velho que se desfazia no campo jurando
— Sou capaz de trabalhar
e se corria por mim hoje corro pela minha mãe, a descer no colchão convencida que a guiam
— Por aqui por aqui
e não a guiam senhora, quem pode guiá-la
(com a concertina uma espécie de brisa
— Pardon
que uma sombrinha solta, as coisas que vamos buscar santo Deus)
há-de passear sem destino tentando maçanetas que resistem, buscando ecos que não há e respirações apagadas, quando chegar a minha altura quem procuro se ninguém me ajudou, não me peçam que vos estenda a mão porque não sei agarrar, não me ofereceram
— Toma
não se interessaram por mim, pego no álbum de retratos, deito-lhe álcool em cima, acendo um fósforo e mato-vos, acabando de correr quero esta casa deserta, despeço-vos a todos e à minha mãe convosco, mando enrolar os tapetes, sair a mobília, as garrafas do meu pai no quintal, escusa de sentar-se no degrau que não lhe sobra um copo e a propósito de sentar-se o que pensava ali quieto, nos últimos tempos desistiu do dezassete demorando-se no alpendre a segredar
— Que miséria
e que miséria o quê, a sua memória, a quinta, as vísceras que falhavam, no que me diz respeito que miséria a casa sob a chuva e as roseiras dobradas, quem comprar isto, se comprarem isto, não há-de dar pela gente

— Alguém morou aqui?

e dúzias de solas para cá e para lá medindo aquilo que durante anos me rodeou, protegeu, se ocupasse o degrau do meu pai entendia-o, pode ser que existam um copo e uma garrafa esquecidos e os meus olhos sem verem nada, cegos, pode ser

(não acredito)

que uma criatura ao meu lado, alguém com quem falo e não responderá, me esforço por ouvir e não se importa comigo, se levanta e me deixa porque o gonzo da cancela uma onda final e depois o silêncio, eu rodeado de silêncio, imerso em silêncio, respirando silêncio, uma glândula minha muda de lugar em silêncio ou anuncia

— Falta pouco

se ao menos o meu irmão João ou a minha irmã Ana ou a minha irmã Beatriz frente ao mar, eu

— Boa tarde dona Mimi

sabendo que não teria resposta, lá anda a seguir à esfregona

— Tudo sujo tudo sujo

com o nevoeiro a amortecer os protestos ou a afirmar por ela

— Tudo sujo

os toldozinhos, o pátio, os velhos à entrada, saiam-me da cabeça, larguem-me, a minha irmã Rita sob a campa

(e as jarras de vidro cujas flores se perderam)

de vestidinho azul

— Tenho pena de ti

girando uma das tranças com a mão, fica comigo não por amizade visto que não gosto de ti como não gosto dos outros nem do que se esconde na quinta e cujo nome se cala, aí está ele quase a roçar-me o ombro sem me roçar no ombro, fica a seguir-me de perfil como acontece aos cavalos e aliás nenhum cavalo já, nenhum gado, um cachorro a farejar coelhos nas tocas e os empregados de chapéu no peito à espera que eu regresse

— Senhor

não

— Francisco

como o maioral

(quem julga ele que é?)

não
— Menino
como o da segadora
— Senhor
visto que sabem quem manda e pergunto-me o que esperam, não há nada a esperar salvo as enchentes do ribeiro engordando com a chuva, há anos chegava-se de barco quase até à latada e as mulheres vestem-se de luto quando a fome aumenta, tornam-se pedra e somem-se nos xailes, roem cardos, não mendigam
— Senhor
não almoço convosco como o meu pai fazia e de repente, junto ao quarto da minha mãe, a concertina, era a música que a entretinha e a tornava alegre, a minha irmã Beatriz persignava-se a olhá-la e não havia fosse o que fosse para ver, desiste, também nas luzes dos barcos não havia fosse o que fosse para ver e insistias que tonta, todos os defuntos se assemelham pelo menos ao princípio, antes da terra começar o seu trabalho e os insectos, as lagartas, a humidade, essas coisas que em meia dúzia de anos transformam a gente em ossos, na altura em que o sacho do jardineiro esbarrou no cão sepultado a minha irmã Rita
— Vai trotar para nós
e não trotou é lógico, trotar com quê, aposto que hoje em dia nem um osso sequer, caroços que talvez uma lupa distinga, não vale a pena desejar que duremos, não duramos, chegando ao final deste capítulo evaporo-me, a minha irmã Ana a pensar no baldio porque a febre e as dores ou antes não acredito que a pensar no baldio, a não pensar, um espaço sem nome onde não cabiam ideias, o meu irmão João um risinho e a calar-se admirado, quem se riu em mim, eu à entrada da porta impedindo um riso igualmente, não um riso, um soluço parecido com um riso e qual a razão de um soluço se não sofria, era a morte da minha mãe, não a minha, interrogo-me acerca do que julgarei da minha
(esplanadas, fiacres, loureiros, não, esplanadas, fiacres, castanheiros, não me recordo de fiacres nem de castanheiros na quinta, carroças no estábulo em que gatos bravos à tarde, lembras-te daquele que se encrespou para ti a bufar, as orelhas que terminavam numa espécie de espinho, o pêlo tão grosso e o lilás dos olhos, sobra pouco tempo, não te desvies, anda)

a Mercília ajeitou a minha mãe e tanto vento lá fora, em crianças prendia-nos a coberta e mesmo a dormir sabia que ela comigo a emendar os sonhos errados, a minha mãe da sala
— Nenhum deles acordou?
e os espelhos profundíssimos, se tombasse num deles não regressava mais, o que existirá depois do vidro que me alarma e intriga, a minha avó
— Rapaz
a prender-me o pescoço, o porco chorando amores sentidos de cabeça para baixo à medida que a faca lhe rasgava a goela, largue-me o pescoço avó, não me obrigue a sangrar, deixe-me crescer, ser grande, mande todos embora, o meu pai
— Francisco
isto é o meu pai calado, eu com desejo que ele
— Francisco
dado que é difícil a morte mesmo se a gente não sente e não sinto, quer dizer sinto
não me puxem pela língua, sinto a chuva e basta, tenho as chaves do escritório comigo
(conseguiria distinguir uma figueira de um castanheiro sem verificar os ouriços?)
expulso-os quando me der na vontade, fiquem aí, aproveitem, o meu pai afinal
— Francisco
mas onde está o meu pai e portanto enganei-me a menos que oiça o que não existe a não ser no álbum, abrindo-o a concertina a soprar embora folheando as páginas instrumento nenhum, senhoras, militares e bebés que deram origem, através de metamorfoses que o álbum não acompanha, aos militares e às senhoras, a velocidade com que vocês se alteram numa página ou duas e derramam o corpo numa poltrona a articular tolices saudosos de uma valsa, esplanadas, fiacres, alguém que
— Pardon
a enganar-se na porta toda sombrinha e pestanas, que perfume é este que se demora em nós, o que agita o salgueiro será o vento ou um leque, apetece-me gritar como as gaivotas da Pensão Royal e o mar tão sereno Beatriz, ao despires-te via o teu peito nascer
(vontade de contar e não conto)

eu apesar de
— Não olhes

a espreitar cheio de perguntas que não eram perguntas, era

— O que vai ser de nós?

um pássaro contra os caixilhos que o nevoeiro enganou e uma manchinha de sangue no quadrado de vidro colando-lhe uma pena cinzenta que escorregou devagar, no teu lençol uma manchinha igualmente que tapaste com a palma e eu vi

— O nevoeiro enganou-te Beatriz?

se eu bater contra os caixilhos caio nos penedos e perco-me, a minha mãe

— O Francisco?

a tua manga alisando a manchinha sem compreender

— Estou doente?

e a dona Mimi para a minha mãe a inspeccionar a mancha

— Que idade tem ela?

que idade tinhas tu, que idade temos hoje, as ondas ao recuarem um albatroz na areia embrulhado em alcatrão com uma asa para cima, a outra quebrada sem a esconder sob a mão e um cachorro a cheirá-la levando-a consigo, não deixes que um cachorro te abocanhe Beatriz, não quebres nenhuma asa, não consintas que te embrulhem em alcatrão e limos, a Beatriz a minha irmã mais velha, a que me sossegava

— Ninguém te rouba

quando passos no corredor que pretendiam pegar em mim e tirar-me aos meus pais, a minha mãe um murmúrio saudoso

— A concertina

e calava-se, fiacre: antiga carruagem de aluguer geralmente puxada por um só cavalo e conduzida por cocheiro que se contratava por corrida ou por hora, li na enciclopédia, por corrida ou por hora e a minha mãe lá dentro

— O seu pai um fiacre?

e o seu pai não um fiacre, um empregado de armazém dos comboios entre relentos de óleo, calhas

(— O seu pai pobre?)

uma única secretária e ele de pala nas sobrancelhas escrevendo, escrevendo, o que têm os castanheiros de Paris que não existe nos nossos, onde arranjaste esse sangue Beatriz e a minha irmã Beatriz, que vou expulsar desta casa, tão alarmada quanto eu

— Não olhes

a minha irmã Rita não viu, a minha irmã Ana não viu, o meu irmão João não viu, a minha mãe acompanhou-te à farmácia inclinada para ti a falar, quando tentei ouvir pensando na gaivota e na asa partida a minha mãe

— Que queres tu?

a afastar-me com o braço, uma ocasião contei as ondas e cheguei a mil e treze falhando uma ou outra porque me distraía, se calhar mil e quarenta e oito em números redondos, mesmo de luz apagada continuava a contá-las, mais densas, mais lentas até que uma delas se imobilizava antes de chegar à praia, parei de ser e ao ser de novo manhã, quem dá à manivela no interior da água mandando-as e trazendo-as, nunca mais vi o sangue da minha irmã Beatriz

— Estás curada mana?

e o corpo dela sem desistir de alterar-se, o que te sucedeu que aumentas como o mar, eu não aumento, estico-me, olha um pêlo no queixo, outro pêlo, a voz ora aguda ora grave e no entanto sangue algum, a dona Mimi

— Está a ficar um homem

o que haverá na Pensão Royal que nos altera, desde que a minha mãe morreu quem nos acompanha à farmácia se acontecer alguma coisa, inclinada para nós a falar, qualquer dia barbeio--me, caso, sou velho, fico a moer insignificâncias num quintal de província isto é a prolongar o passado, lembras-te da manchinha da tua irmã na Pensão Royal ou de como a casa era triste às três horas da tarde e não lembro, lembro o sacho a desenterrar o cão que sou eu, lembro os pés da mulher que cuida de mim e enrolo-me neles não direi que satisfeito, tranquilo, trabalho num armazém entre bielas e apitos, alugo um fiacre, parto castanheiros fora e não quero partir, quero que a Mercília me dê banho, me vista, me penteie, me solte

— Vá ter com os seus paizinhos menino

e eu a fingir-me interessado por uma crosta no dedo, não me mandes embora porque os meus pais não me ensaboam, não me enxugam, não me penteiam sequer, a minha mãe ao telefone

— Porquê?

e o meu pai com os cavalos, não me apetece lamentar amores sentidos de cabeça para baixo, o meu irmão João a rezar convencido que Deus o atendia e não atende

(mais de dez mil ondas, se me desse ao trabalho de as coleccionar uma a uma não cabiam num saco)

a minha mãe garantia enquanto não me virem morta não descansam e enganou-se senhora, vi-a morta e não descanso à mesma, uma inquietação de que não entendo a origem e como tremo ao desenhar as palavras, mal se decifram as letras, o meu pai a sugerir aos empregados

— Não me mandas a tua filha ao escritório para arrumar papelada?

e lá vinham elas de vestido de domingo e travessão no cabelo, Ercília, Nanda, Custódia, a alta por quem me apaixonei, Lizete, a desembaraçar-se de mim

— Já me chegou a papelada

e a caminhar nas estevas espantando os borregos, encontrava-a atrás de uma azinheira

— Não abuse menino

doía-me a testa sem me doer a testa, amparava-me a um declive e logo depois a Lizete a sorrir enquanto eu punha a roupa a detestar-me

— Detesto-me

a palma dela quase no meu braço

— Não faz mal deixe lá

sem me detestar por seu turno, amo-te Lizete, mesmo que a minha mãe tente impedir hei-de amar-te para sempre dado que

— Não faz mal deixe lá

Ercília, Nanda, Custódia, não a Lizete senhor que se chegar não a vejo, no fim dos papéis o meu pai procurava trocos nos bolsos e apenas chaves, canetas, o que o dezassete comeu já viu, nas noites desses dias mais tempo no degrau e um copo maior, a minha mãe na outra ponta do lençol

— Empestas

e o meu pai a desejar tornar-se parte da terra, ser o tractor que abandonou num valado sem a roda que faltava, uma ocasião dei por ele a girar o volante de cara embrulhada em si mesma,

desembrulhou-se ao ver-me num acanhamento que me amoleceria se amolecesse consigo à medida que as costas da minha mãe para cima e para baixo no escuro, a Mercília na camioneta da carreira e os meus irmãos longe, onde paras Lizete que te amo ainda, penduravas calças nas traseiras da casa, penduravas-me a mim de cabeça para baixo sem atenderes ao meu choro à medida que a faca me rasgava a garganta, um homem de motorizada a conversar contigo e como podia eu proibi-lo de falar-te se
— Não faz mal deixe lá
a que trata de mim onde não me conhecem
— Coitado
na cerca do quintal com a vizinha, se a minha irmã Beatriz
— Francisco
degolava-te juro, tu no estacionamento a olhares os navios, se a minha mãe me acompanhasse à farmácia o empregado curava-me, o homem da motorizada foi-se embora
(um boné de oleado com pala de plástico)
e a Lizete a rir para ele, pode chamá-la ao escritório pai, não me incomodo e pela porta fechada uma sola a raspar o soalho e os guinchos do canapé a aleijarem-me, tapo os ouvidos e os guinchos maiores, portanto agarro num vaso e esmago-o no pátio
(begónias, begónias)
entorno o seu perfume no lavatório e deito a brilhantina no balde, deram-me uma tartaruga em pequeno, não sei a que propósito vem isto mas surgiu-me na lembrança e eu parvo com os caprichos da memória, porquê não lembranças mais felizes se bem que não encontre nenhuma mas não mandamos em nós, infelizmente tudo o que recordo me faz zangar ou me dói, deram-me uma tartaruga em catraio e as pernas dela mindinhos, a cabeça um polegar, dava-lhe moscas e não comia, ervas e não comia também, deslocava-se em impulsos obstinados
(que história aquela do fiacre)
de polegar a vigiar-me, quis oferecê-la à Lizete mas como se o homem da motorizada junto dela e as duas sombras uma sobre a outra no chão, não sombras de criaturas de pé, de criaturas deitadas, permaneci com o bicho
(na hipótese de uma tartaruga bicho e desconfio, é uma tampa de cofre)

na algibeira comichando-me a virilha porque mesmo na algibeira a tartaruga sem repouso

(como se comunica com uma tampa de cofre e se lhe dissesse que tampa reagia coitada?)

acabei por a lançar numa poça e aposto que teima em deslocar-se na direcção do mar onde animais improváveis, se calhar a tartaruga, a estas horas, na Pensão Royal atravessando os penedos de tombo em tombo, desaparecendo nas arribas e reaparecendo das arribas numa energia implacável e as gaivotas arrancando-lhe pedaços como a Lizete me arrancou ao dar com a motorizada sem homem encostada ao tractor, o boné e a camisa penduradas do travão, uma sola a raspar no soalho e o canapé sem descanso, nada disso, enervei-me, sem canapé, a Lizete para o homem

— Pardon

acalma-te Francisco, a Lizete

— Vais deixar-me tu?

e silêncio, quer dizer não silêncio, acalma-te, a filha de um empregado somente, que léria é essa de amor, quem vive com uma camponesa analfabeta, a tua mãe

— Não acredito

a tua mãe

— Só me dás desgostos Francisco

a pensar no orgulho dos Marques e na importância dos Marques, no dinheiro que tivemos antes do dezassete o engolir, a Lizete preocupada

— Vais deixar-me tu?

não

— Não faz mal deixe lá

a Lizete

— Vais deixar-me tu?

como se o mundo dependesse do homem não a deixar e em lugar de resposta um protesto nas ervas, escrevi bem, um protesto nas ervas, a motorizada em Coimbra e tu de joelhos a pensares em matar-te, que fantasia o amor, não há amor nesta vida, há porcos de cabeças para baixo a chorarem os tolos, a tua irmã Beatriz a compor-se no automóvel frente às luzes dos barcos e o marido

— Demoras muito a arranjar-te?

a badalar as chaves não olhando ao passo que eu olharia a Lizete, pensei comprar
(decidi comprar)
dois metros de tecido para roupa de cerimónia e a minha mãe
— Não acredito meu Deus
e tenho a certeza que a Mercília entendia, não a mão da Lizete, a sua mão no meu braço e não
— Deixe lá não faz mal
a Mercília
— Menino
gostava do tecido e se a Mercília gostava uma bodega é claro, viste a santinha dela fosforescente, horrível, és um Marques Francisco, o teu nariz não mente, que é da dignidade dos Marques, do orgulho dos Marques, ainda se fosse uma francesa
— Pardon
e castanheiros, esplanadas, fiacres, tu nas barracas dos empregados a comeres com eles, a tia Isméria
— Enlouqueceu
a motorizada não tornou à quinta, a Lizete definhou, engordou, definhou outra vez, a tartaruga uma tampa na areia que as ondas arrastavam, devias ter ficado coisa, quem te mandou ser tampa, a minha mãe para a tia Isméria a servi-la do bule
— Já lhe passou a cisma
e passou o tanas, ia espiar a Lizete que descascava um alguidar de ervilhas na soleira e agora que são seis horas e a chuva aumentou posso voltar do escritório e enxotar os meus irmãos para a rua, o telhado da casa tão vivo, janelas fervendo gotas, as corolas dos canteiros inchadas e não compreendo se isto
(continuo a amar-te Lizete, bastava dizeres-me
— Não faz mal deixe lá
e eu alegre, diz
— Não faz mal deixe lá
e permaneço à espera)
dentro agora de mim, serei eu que vivo, fervo, incho e engulo as roseiras, são seis horas e a minha mãe faleceu, ei-la a descer no colchão até aos cabouços onde se calhar a esperam
— Por aqui por aqui

e você a acompanhá-los satisfeita, pessoas que não conheci e talvez conheça um dia

— És o filho não és?

se eu lograsse confessar-te Lizete, exprimir-me, escrevo Lizete e não ouves, tantas ervilhas que faltam, o meu pai

— Como te chamas?

tu

— Lizete senhor

e embora o mesmo o teu nome diferente do nome que digo, no caso que eu

— Lizete

és tu, no caso de o meu pai

— Lizete

és a que os outros vêem e não entendem quem seja, a que toma conta de mim

— Lizete?

e a esquecer-se em seguida enquanto eu não esqueço a tartaruga e não te esqueço a ti, se tornar à Pensão Royal descubro uma de vocês nos penedos cercada de gaivotas a cambulhar para a praia, que esperança de viver as tampas de cofre têm meu Deus, pega-se numa e ela logo

— Não achas que respiro Francisco?

a minha mãe uma tampa que desistiu de respirar, a minha irmã Beatriz não sei quê no interior dos olhos que me lembrou o dia da manchinha que a palma cobria, o mesmo susto, o mesmo medo enquanto diante da minha mãe serena, para onde é que você foi senhora que não consigo enxergá-la a tornar-se minúscula primeiro e invisível depois, na hipótese de permanecer no quarto a cómoda continua, o roupeiro continua, a cortina julgo que continua igualmente de mistura com a chuva, se a cobrir com a palma ninguém dá por si no lençol como a Lizete não daria por mim ainda que lhe tocasse e não toco, disseram-me que uma filha não sei, mudou para a cidade e qual cidade, tantas cidades visitadas, entrevistas, perdidas na janela de um comboio, mal começam a nascer giram sobre si mesmas e desvanecem-se reduzidas a uma criatura de uniforme e bandeirola no ar que se desvanece também diante de uma estação com uma tipuana sem folhas no seu outono perpétuo, não são apenas os sinos que pertencem a novembro, o meu pai para o maioral

— A Lizete?

e a casa a escurecer sem que acendam as luzes, onde param o corredor, a cozinha, os quartos, a sala, estarei aqui ainda ou não existo mais porque a chuva acabou, não temos casa e o Francisco sem poder expulsar os irmãos daquilo que não há, dono de quê se a quinta terra apenas, dono de moitas, de espinhos, tão inteligente para umas coisas e tão estúpido para outras, não contava que o mundo se evaporasse assim, o Francisco sem nada, não são os teus irmãos que se vão embora, és tu mas vais-te embora donde, se ao menos dedos no teu braço

— Não faz mal deixe lá

resta-te o poço no caso de o mato e de as figueiras bravas o não esconderem de ti, antigamente uma vereda e hoje vereda alguma, arbustos, o ribeiro uma fita lodosa, as cabanas dos empregados desertas, devem ter tomado a camioneta da carreira como a Mercília amanhã

— Onde é o passeio dona Mercília?

e ela sem olhar o condutor que a ajudava com a mala

— Longe

a comer cardos numa aldeia perdida, lembras-te de me obrigares a deitar, entalares o lençol, ordenares

— Durma menino

há quanto tempo isto aconteceu e por que motivo não continua a acontecer, ao dar com a minha cama no quarto que não tenho pergunto-me se ficarias um instante

(não peço muito, um instante)

e eu a sentir-te ao meu lado, não esqueci o teu cheiro, a tua forma de arredondares a almofada, o teu cochicho quase terno

(não terno, quase terno, o que sabem os pobres de ternura?)

— Não pense menino

(não sabem de ternura, são como os perdigueiros, lambem-nos por interesse e é tudo)

e não penso garanto, não porque me aconselhes mas porque no fundo tens razão ignorando que a tens visto que não entendes a gente, de que serve pensar, sento-me num tijolo ou isso, há-de haver um tijolo

(não serei dono da casa nem da quinta, serei dono do tijolo)

cruzo os braços nos joelhos até ao dia em que me digam
— Por aqui por aqui

e me levem não faço ideia para que sítio mãe, suponho que o mesmo em que você não acaba de falecer sob a chuva e o vento não torce as roseiras, a senhora das unhas
— Não estás a exagerar?

e os meus dedos tão longos, as minhas unhas tão grandes, as minhas mãos tão bonitas, a Lizete a recusar o homem do boné, a chamar-me
— Senhor

e eu um homem finalmente, eu um homem contigo, a Lizete
— Pardon

e nós dois a atravessarmos de fiacre as esplanadas, os castanheiros, Paris, a tia Isméria
— Enlouqueceu

(a indignação dos Marques)

enquanto tu, com uma sombrinha e milhares de pestanas, te amparas a mim.

2

Quando acordava a meio da noite ensurdecida pelas vozes do meu medo
 (perguntava-lhes
 — Quem são vocês?
 e nada, faziam menção de se afastarem e riam-se de mim, se uma delas me tocasse o que aconteceria?)
 misturadas com os zumbidos da terra levantava-me da cama cercada pelos móveis que partiram na minha ausência embora ao acender o candeeiro eles de repente ali, não entendo o motivo de se esconderem, nunca os tratei mal ou os mandei para a cave, dizia-lhes
 — Deixem-se ficar
 e aceitava-os, já que aí estão continuem, quando acordava a meio da noite atravessava o corredor na direcção do quarto dos meus pais, um trajecto muito mais longo que durante o dia com centenas de árvores nas janelas que não gostavam de mim falando, falando
 — Ana
 isto sem vento, sem chuva, sozinhas
 — Ana
 eu de mãos nas orelhas
 — Ana o quê?
 e as árvores multiplicavam as folhas enquanto o corredor não cessava de aumentar, os meus irmãos a dormirem de roupa na cadeira e os copos de água com um halozinho no fundo, tão nítido, a minha avó a dentadura no dela e a dentadura fora da boca
 — Ana
 enquanto na boca obedecia à minha avó
 — Filhinha

como as gengivas se encarniçam mal as desencaixamos de nós, não largue seja o que for de si mesma senhora, sente-se toda junta na poltrona de óculos na mão
— Não dás desgostos a Jesus?
não me ralhava no caso de não a cumprimentar a caminho da despensa com a colher de pó, nunca declarou
— És feia
erguia a mão que se me afigurava postiça numa espécie de aceno, isto é subia três centímetros dando a impressão que um fio a puxava e no entanto entendia-se com o papel dos rebuçados e a dentadura que eu julgava rígida a mastigar mole, toda a cara mole ao comer, pregas que afogavam os olhos e depois de afogá-los os traziam à tona numa mirada difícil, eu a alarmar-me
— Avó
a garganta engolia o rebuçado girando dobradiças e a minha avó de regresso
— Filhinha
as mãos postiças uma por cima da outra, as dos santos nas igrejas iam perdendo o verniz, as dela não, completas, percebia-se a Mercília na cozinha alargando o seu cheiro de estábulo, não deves ter nascido do bisavô Marques dado que nem um pingo de açúcar de xarope contigo, gestos apenas e no interior dos gestos um soprozinho que me vestia inteira
— Menina
nós à mercê dos objectos, olha as chávenas no louceiro e o brilho das torneiras que surge numa queixa e se desvanece logo, um pingo ora no lavatório ora na sala ora junto à orelha, nós mais os mortos que permanecem connosco por intermédio do que abandonaram nas gavetas
(cartas, terços)
prolongando o passado
— Não vos deixamos assim
quando acordava a meio da noite ensurdecida pelas vozes do meu medo atravessava o corredor na direcção do quarto dos meus pais sentindo cada desnível do sobrado e a franja de tapete a enrolar-se, pedia às árvores que não gostavam de mim
— Calem-se
enquanto o cachorro farejava o que ia pingando da lua pela erva adiante e demorava-me à porta sem coragem de entrar

assustada pelo espelho onde a minha mãe lutava com o vestido que diminuiu senhora, não se olhe com tristeza

— Não paro de engordar esta barriga estas ancas

experimentando outra saia e o fecho éclair não sobe, profetizava

— Hás-de passar por isto

e mais camiseiros, mais corpetes, mais casacos na colcha, a minha mãe

— Mercília

como se a Mercília a salvasse e não salva, o que pode uma velha a tropeçar de consola em consola entre duas bengalas, pergunto se nos distinguia pelo odor consoante o gato a alongar o focinho e a desistir de nós escutando-se a si mesmo, em lugar de pulmões um bule a ferver, acabaram por enterrá-lo e o bule calou-se ou se calhar um sobressaltozito logo que as gardénias crescerem, se encostar o ouvido ao chão oiço os pulmões que insistem, o meu irmão Francisco acompanhou a pá do jardineiro buscando entender o que não havia para entender

(não há nada para entender, amanhem-se)

— Achas que qualquer dia fazem o mesmo à avó?

só que em lugar do bule

— Filhinha

e as mãos postiças a cavarem rumo à superfície, quem não aprecia estar cá fora amigos, a poltrona ocupando a sala e a gente com receio dos olhos afogados em pregas que voltavam condenando-nos, a minha avó não

— Filhinha

desdenhosa

— Vocês

e a minha mãe a desculpar-se

— Mãe

tão embaraçada a pobre, o meu pai e o jardineiro transportaram a poltrona para a cave dando-se ordens na escada, para aqui, para ali, esta almofada não dá, vamos tentar ao contrário e a minha mãe

— Atenção

como se a poltrona a mastigar sem descanso, que incompreensível ser velho, o que se faz com um mundo que nos escapa, o que sucedeu ao que havia, pessoas que não sabem de nós, diálogos que não nos dizem respeito, criaturas que nos empurram sem atentarem na gente julgando-nos na cave onde o postigo da manhã não chega, como esta casa deve ser triste às três horas da tarde, quando acordo a meio da noite, que insistência a minha, ensurdecida pelas vozes do meu medo apercebo-me que os móveis partiram na minha ausência, tento alcançá-los e não agarro nada

(se uma gaivota falecer o mar leva-a?)

de maneira que fico quieta à espera escutando-me a mim mesma, não sei quê na boca a impedir-me de gritar e no entanto grito sem notar que grito até que a ideia das bengalas da Mercília, não a Mercília, ao pé de mim

— Menina

a minha mãe no quarto com o meu pai e eu incapaz de entrar, não a transportem a ela que pouco pode coitada, arranjavam-lhe as unhas, ia engordando, enervava-se, transportem o espelho para a cave que não suporto ver-me

— Quem é esta?

— É a Ana tão feia

o cabelo, a figura, a blusa que se pendura em mim e um dos meus peitos ao léu, o meu irmão Francisco

— Não tens vergonha tapa-te

e não tenho vergonha nem me tapo, aguardo que o meu pai acorde dando-me um bocadinho de espaço no colchão ao seu lado

— Lembras-te dos toiros Ana?

e não te lembras dos toiros, lembras-te daquele de quem não se diz o nome a espiar-te da cerca sem o nariz dos Marques, a distinção dos Marques, o orgulho dos Marques, a balança da farmácia que tremia mesmo sem peso algum, no sábado em que o meu pai o trouxe numa cesta parecida com a do gato

(a asa a despegar-se, o vime a que faltavam pedaços)

a minha mãe

— Não suporto vê-lo

tremendo mais que a balança e a Mercília a ralar-se com ela

— Senhora

não comia connosco, não lhe davam banho connosco, não morava connosco, sentíamo-lo no pomar conversando sozi-

nho como eu estas palavras que adorava não dizer e serei eu que as digo ou o que escreve a dizê-las por mim
 (centenas de mentiras que tem dito por mim, se me deixasse explicar e não deixa, contar as coisas direito, mostrar-lhe, o que vende pó por exemplo
— Sou o teu dono
é verdade mas não é verdade, ponha
— Sou o teu dono
de outra forma, que complicado exprimirmo-nos)
a Mercília para ele não
— Menino
o que nem chegava a um olhar
— Tu
e ele obediente
— Dona Mercília
um camponês, um criado, não reparei que falassem mas talvez os cavalos da minha irmã Beatriz fizessem sombra neles ocultando-os, o meu irmão João
— Quem é?
a minha mãe a fingir-se desentendida e quem era de facto, uma vez uma mulher no muro a estender-lhe um saquito com pouca coisa dentro, uma camisola, legumes, sapatos que não deviam servir-lhe
(quando acordava a meio da noite)
demasiado pequenos ou demasiado grandes e aposto que usados, ao estender-lhe o saquito a Mercília
— Já o viste não viste?
enxotando-a e o saquito ali, tenho a certeza que o Coração de Jesus numa moldura de cartolina só que não me atrevo a jurar, a Mercília
— Não lhe mexam
(acho que posso jurar, o Coração de Jesus apertado nos espinhos)
e passadas horas saquito algum junto ao muro
(enterraste-o Mercília e o Coração de Jesus a latir-nos nas solas)
quando acordava a meio da noite dava por mim a pensar nele até que o ramalhar de uma azinheira o apagava e adormecia de novo, o maioral para a mulher

— Some-te

não uma cigana, não a esposa de um vendedor ambulante, alguém da vila mas sem importância, humilde, cuidava percebê-la entre os rebanhos e se calhar engano meu, lérias que a gente inventa quando nos inquietamos, os corvos do baldio, para não ir mais longe, inventados

(inventados?)

pássaros pequenos que se alimentavam de pedras e no entanto leves, se me alimentasse de pedras barulhos densos cá dentro e eu incapaz de andar, a barriga toneladas e cada passo um estrondo, folheando o ar com a boca sem encontrar a página em que se respira, a mulher um saquito e não imaginava que Jesus dúzias de corações estrangulados, quando acordava a meio da noite ensurdecida pelas vozes do meu medo perguntava

— Quem são vocês?

e riam-se de mim com as mãos iguais às da minha avó, postiças

— Filhinha

a erguerem-se-lhe do colo graças a uma roldana que as puxava aos sacões, as do meu irmão João escondidas nos bolsos a menos que

— Quanto levas menino?

as da minha mãe no lençol concentrando o corpo todo nelas, fígado, hipófise, varizes

— Comeu pedras você?

sem que a senhora das unhas

(— Gostas do teu irmão João?

e não tenho resposta)

lhe aperfeiçoasse as falanges com tigelinhas de água quente e pinças

— Não estás a exagerar?

a minha mãe de joelhos dobrados, corpo dobrado sobre os joelhos e a cabeça dobrada sobre o corpo a exagerar realmente, não era preciso morrer tanto mãe, que percentagem de si desistiu, podia deixar uma parte no sofá a lamentar-se de nós à tia Isméria, fiz o que pude garanto-te e olha a gratidão que recebo, nem um só de que me envaideça já viste, que sorte não teres casado e o meu pai a descer as escadas de gravata e perfume molhando

o mindinho na língua a aperfeiçoar as sobrancelhas, lá vai ele azinhaga adiante de cotovelo na janela do automóvel
(automóveis no estacionamento frente à praia Beatriz)
sem se despedir de nós
(acerca do meu irmão João tenho resposta mas não a dou, perdoem)
não me recordo de se despedir de mim ou me sorrir se voltava a largar na cómoda uma ficha do Casino que se esqueceu do dezassete
— Apetecia-lhe casar tia Isméria?
e um canto da boca a torcer-se atrás do guardanapo, uma fracção da torrada que não pertencia à torrada, que difícil engolir não é, o pescoço desobedece
(o meu pai não se despedia de mim)
a língua demora, como o mundo fica sem bússola quando se está sozinho e a balança da farmácia a tremer pesando o quê ou então somos nós que trememos, as árvores nos caixilhos
— Ana
isto mesmo sem vento nem chuva, o homem da gabardine no degrau
— Trabalhei nos guindastes
e logo Tágides na muralha, seis horas da tarde, seis e cinco, o meu irmão João à espera da furgoneta no parque, o que se passa comigo que não faço ideia o que seja, não se trata de cólicas nem de febre nem dos músculos sem força, você que escreve o livro conte a história por mim, a dona Mimi
— Tudo sujo tudo sujo
e custava-lhe muito um sorriso senhor, quando acordava a meio da noite
(tenham paciência, esperem)
quando acordava a meio da noite
(agora já consigo)
e atravessava o corredor sentindo cada prego, cada falha do sobrado, cada nó da madeira a tia Isméria, não, a tia Isméria
(— Apetecia-lhe casar tia Isméria?)
o guardanapo, a torrada, o roupão com um palmo da bainha descosida
(não trabalhou nos guindastes, vivia de dinheiritos que o nariz dos Marques contava e recontava

— Só isto?)
a pedir socorro pendurado no gancho com uma das mangas para dentro
(ofereceram-lho para o enxoval tia Isméria ou herdou-o já gasto?)
seis e seis, seis e sete, ao afastar o nariz dos Marques do dinheiro a tia Isméria tropeçou no roupão e o canto da boca a torcer-se não atrás do guardanapo, atrás do braço todo, de início notas, depois notas e moedas, depois moedas, depois moedas nenhumas, o envelope somente e a tia Isméria sem acreditar, não me lembro do meu pai um sorriso para quem quer que fosse e mesmo que um sorriso o chapéu ocultava-o, por que motivo não sorria para a gente ou se importava connosco, nem uma palavra à mesa, erguia o garfo que desaparecia cheio e reaparecia vazio, a minha mãe em frente dele muda, nós mudos, a Mercília muda a girar com a travessa, como esta casa deve ser
(seis e nove)
como esta casa é triste às três horas da tarde
(uma das Tágides loira)
quando acordava a meio da noite e as árvores
— Ana
mesmo sem vento, sem chuva e eu de mãos nas orelhas
— Ana o quê?
quando acordava a meio da noite atravessava o corredor na direcção do quarto dos meus pais, um trajecto muito mais longo que durante o dia e a mesa de cabeceira da minha mãe principiava a existir no escuro, quer dizer o despertador, a caixa dos lenços de papel com um lenço saído
— Ana
dedos à procura do botão no candeeirinho de folhos com um laçarote amarelo e eu de súbito a ver-me, tenho pescoço, tenho peito, tenho uma camisa branca, o armário ao mesmo tempo na parede oposta ao espelho e no interior do espelho afinal não vazio embora no interior do espelho num ângulo diferente, não o armário completo, um terço de armário e não direito, convexo em consequência de um defeito no vidro que além das pessoas
— Não paro de engordar esta barriga estas ancas
arredondava as cortinas, debaixo do candeeiro o ombro da minha mãe a subir da almofada e a cara incluída no ombro,

fazendo parte da clavícula ou isso, a boca a nascer no interior das pálpebras e a ocupar tudo, onde arranjou uma boca tão grande senhora

— Já não se pode dormir em paz nesta casa?

num protesto que o candeeiro, ao ir-se embora, apagou carregando consigo o armário da parede e o armário do espelho e deixando-me ensurdecida pelas vozes do meu medo, a da minha irmã Rita, a do meu pai que nunca escutei, a da senhora das unhas interrompendo a lima

— Não estás a exagerar?

com o arco das sobrancelhas muito alto na testa e não voz, um gorjeio, a minha mãe e ela comunicavam por gorjeios, risinhos, segredos de papel de seda de que nem uma frase entendia, tão secretos quanto os bichos enterrados no quintal que protestam de indignação eles que se resignavam em vida, o meu irmão João teve um coelho no quarto roendo peúgas, camisolas, roendo-nos a nós sem nos morder, de longe, a lembrança de um triciclo a empenar-se no quintal e a minha irmã Beatriz demasiado crescida para o selim pedalando no graveto, não me obrigue a ditar estes episódios eu que detesto o passado, o que dava para não ter recordações, minúcias que regressam não como aconteceram, deformadas, faltava um pedal ao triciclo e a memória do pedal que faltava, sei lá a razão disso, a moer-me, o meu irmão Francisco alheado do pedal

— Vocês não são daqui

a minha mãe a subir da almofada, o meu pai um volume sem feições à esquerda dela, quieto, quem me garante que não o homem da gabardine que trabalhou nos guindastes ou o maioral

— Menina

ao descobrir-me no estábulo com as vacas que não conversavam comigo

(quem conversa comigo?)

cheiravam a leite de cafeteira e a fezes que queimavam, a Mercília lavava-me na cozinha das labaredas das fezes enquanto a dona Mimi

— Tudo sujo tudo sujo

me ameaçava com a esfregona, seis e onze e o fim da tarde a modificar o salgueiro transformando-o numa harpa tão perto da mudez que o sentido me fugia se é que existe um sentido, a propósito de sentido haverá lugar para mais defuntos nas covas e que espaço destinam à minha mãe no meio deles, no cemitério abandonado perto da quinta duas ou três cruzes de pé e o resto mato e um vapor doce em outubro, acordava a meio da noite e não me levantava, permanecia a escutá-lo, o meu pai no degrau com a garrafa e o copo morto igualmente antes de falecer ou se calhar falecido há que tempos, não o meu pai que dava ordens aos empregados, outro lutando com o ribeiro se a água crescia, remoinhos de lama com uma desordem de pardais em cima sem galho onde poisarem, não me lamentem

— Ana

por não saber quem sou, a minha irmã Beatriz sabe quem é, o meu irmão Francisco sabe quem é, o meu irmão João talvez saiba quem é, é um menino à espera no parque e a Ana a vergar-se de cólicas, olha a Ana que nem os toiros a vêem, por mais que digam

— Ana

não é a mim que dizem, nunca me deste banho Mercília, julgavas dar-me banho e era uma estranha que lavavas, você que escreve isto

— Não me entendo com a Ana

e de cada vez que me obriga a falar a minha voz foge-lhe, no cemitério abandonado um arcanjo de gesso à deriva nos caniços, o que se me afigurou um ancinho, o que se me afigurou uma enxada, ferramentas de vivos entre os pertences dos mortos e quem está vivo e quem está morto esclareçam-me, não me entendo com a Ana, vou rasurá-la do livro e não me rasure do livro, se me rasurar do livro nunca fui

— Não a devia ter posto aqui desequilibra-me o trabalho

mas mesmo não sabendo o que fazer com ela não a mande embora, repito que ao acordar a meio da noite ensurdecida

(quando fala por mim detesta o que escreve?)

pelas vozes do meu medo

(se uma delas me tocasse o que aconteceria?)

não dou com a minha mãe nem com o meu pai no fim do corredor

(aí estou eu, aguente-se)

nenhum ombro na almofada e nenhumas pálpebras no ombro, nenhuma boca a aumentar no interior das pálpebras, o compartimento deserto, grampos onde estiveram os quadros, poeira que não achou o seu lugar e dançarica à procura, nada excepto o eco da chuva nas roseiras, o domingo de Páscoa que terminou às seis horas e seis e treze

(já estamos para além do fim, não desista)

o meu irmão João que vai sair para o parque e o baldio a chamar-me dado que a febre não desce, não é bem frio o que sinto, é o corpo

— Adeus

e portanto empresta-me uma das bengalas Mercília, para alcançar a rua uma bengala basta, quem no baldio a esta hora excepto cinzas e pombos, nem o homem da gabardine dará por mim sob a chuva a sonhar com os guindastes que não partiam nem chegavam, à espera, se me casasse não sabia tomar conta de um homem, tratar dele, cozinhar, não presto, a minha avó

— Filhinha

confundindo-me com a minha irmã Rita, se descobrisse que era eu disfarçava ou então para a minha mãe

— Tens a certeza que é tua filha esta?

numa altura em que a matriz já sem força e como se o teu marido se não servia de ti, a minha mãe

— Mãe

enquanto a dentadura da minha avó mole, pregas que afogavam os olhos e depois de afogá-los os traziam à tona numa mirada difícil, antes de falecer anunciou

— Vou-me embora

não aborrecida nem com medo, igual a quando pensava abraçando-se às costas de uma poltrona numa saleta que desconhecia

(estou a ir melhor agora?)

e na qual até o sol era escuro tornando as chávenas, em lugar de brancas, negras e os gestos da mãe dela e da senhora que a mãe dela visitava os movimentos sem peso do pastor no ribeiro quando a água baixou acenando a ninguém

(vou melhorando a cada frase?)

e os empregados quietos, o meu pai surgiu com um gancho atado a um pau e principiou a trazê-lo, a esposa do pastor tranquila, os filhos tranquilos, lama nas azinheiras, palhas, raízes não sei de quê, uma copa de chapéu

(do pastor?)

a pingar, a esposa chapéu igualmente, os filhos chapéu, quem não usa chapéu nesta quinta meu Deus, a minha mãe é claro, os meus irmãos, a Mercília uma espécie de boina ao estender a roupa lá fora

(onde guardavas a boina que não a encontrei na mala Mercília?)

acho que a minha avó morreu abraçada às costas de uma poltrona numa saleta que desconhecia a pensar como esta casa deve ser triste às três horas da tarde, sem se despedir da gente, afastando-se apenas, um bocadinho sem paciência, um bocadinho maçada enquanto a mãe dela falava e falava, a minha avó

— Vou-me embora

e as mãos postiças uma por cima da outra na manta, todos os dedos, todas as unhas, os polegares perfeitos, a voz a espessar-se somente

— Vou-me embora

e continuou a olhar-nos, as botas do pastor pesadíssimas, o apito de chamar as ovelhas no seu cordão ao pescoço, os empregados com pontas de cigarro na fita dos chapéus observando o ondular das mangas, no início do mês o meu pai instalava um banco no alpendre e entregava os ordenados puxando-os de uma lata, ao receberem a paga os chapéus não nas cabeças, no peito, a esposa do pastor guardou-o sem conferir num intervalo da blusa e ao guardá-lo um relevo que não supunha tão branco, o ribeiro tornou a ser como um jorrozinho inofensivo em que lagartixas e rãs, seis e trinta e cinco e no interior da chuva, numa redoma de água, a minha irmã Beatriz a vesti-la, a penteá-la, a perguntar a ninguém

— Acham que lhe pinte a boca?

dado que ninguém respondia, a tia Isméria no álbum há anos, a senhora das unhas ausente, a Pensão Royal demolida, a Mercília uma inicial no ar com uma das bengalas antes de se apoiar outra vez, o meu irmão Francisco no escritório a reunir papéis e a febre e as dores, quem me reconhecerá sob a terra, a minha mãe

— Foste a Ana?

e se disser

— Fui a Ana

não acredita, pode ser que a minha irmã Rita a interessar-se
— Faleceste de quê?
se bem que a minha irmã Rita não se interessasse por nós, olhava a lua à janela que nunca vi sorrir, sorrir de quê, nascia das azinheiras a atrapalhar-se nos ramos, quem nos visitará esta noite, quantos narizes de Marques cada qual com o seu lenço na igreja com a gente, há-de haver um buraco entre duas capelas mortuárias para aquecer o pó com um fósforo, na boca do pastor uma mordaça de limos e o cão a farejá-lo, chocalhavam-me tanto os ossos que os podia contar não mencionando as vértebras a multiplicarem-se pelo cérebro dentro, o meu irmão Francisco
— O que se passa contigo?
e não passa seja o que for mano, terminei, a minha mãe para a senhora das unhas
— O que me saiu na rifa
e a senhora das unhas a aumentar-lhe os dedos, que família me deram, o que faço eu aqui, quando acordava a meio da noite
(a casa já não triste às três horas da tarde, não casa, e a não casa
— Ana)
ensurdecida pelas vozes do meu medo misturadas com os zumbidos da terra levantava-me da cama cercada pelo vazio dos móveis que partiram na minha ausência embora ao acender o candeeiro eles de repente ali, não entendo o motivo de se esconderem, nunca os tratei mal ou os mandei para a cave, dizia-lhes
— Deixem-se ficar
e como já não existe a casa não atravesso o corredor na direcção do quarto dos meus pais que não há, espero que uma criatura me pegue no braço
— Ana
contente por me guiar até ao baldio sob a chuva não dando pelo portão que se fecha atrás de mim para sempre e o trinco a girar uma, duas, três voltas proibindo-me a entrada, não dando pelo triciclo, pela minha irmã Beatriz, pelas bengalas da Mercília, por mim a pensar
— Este não é o caminho do baldio

à medida que a febre aumenta e as cólicas e as dores

— Este é o caminho do cemitério abandonado logo a seguir à quinta

duas ou três cruzes, um arcanjo a que faltava uma asa, não é em Lisboa que estou, nunca estive em Lisboa, nunca foram seis horas

(como é que só agora percebo que nunca foram seis horas?)

e portanto a minha mãe não defunta, viva e não acredito que a minha mãe viva, acre

acredito que há-de haver um degrau para me sentar, provavelmente aquele onde se estendia o homem da gabardine e eu no degrau cruzando uma a uma as paredes que perdi

(o que sucede à febre?)

até à paz da infância.

3

Joãozinho meu único filho, flor do meu coração, minha riqueza, amo-te. Se soubesses como é difícil aos sessenta e sete anos subir o parque ao teu encontro às escondidas dos irmãos que tens e me não pertencem, trouxe-os um tempo e esqueci-os, quantas vezes à noite com eles deitados ao meu lado na cama onde te deitei depois e trouxeram da cave dado estar segura que o meu corpo morrera e o teu pai
  (não houve pai no teu caso, só eu)
  uma sombra a pesar-me de luz apagada com o salgueiro e as roseiras prevenindo
  — Não deixes
  e ainda que uma perna nas minhas não deixava visto que a minha forma de não deixar era consentir que imaginasse tocar-me sem me tocar de facto, não lhe percebia os gestos, não sofria com o seu cheiro, o meu marido a cova do lençol onde se estendia uma ausência e por conseguinte não houve marido, houve uma esperança de ti, a senhora das unhas, que escandalizava os teus irmãos cuidando que lhe pertencia eu que te pertenço, nas vezes em que telefono
  — Porquê?
  e não perguntava à senhora, não me preocupa a senhora, perguntava ao teu sangue e ao meu, se escutassem a sério entendiam que não
  — Porquê?
  que
  — Joãozinho
  a senhora das unhas que ajudei por não consentires que te ajudasse
  — Não estás a exagerar?
  e não estava a exagerar, era verdade, a cova onde se estendia o que chamam teu pai uma ausência, tive-te a ti, não tive

marido, quantas vezes à noite com eles deitados ao meu lado na cama onde te deitei pensava
— O que fazem aqui?
sem que nenhum me respondesse e o que podiam responder, nem um pingo do meu sangue nos seus, nem um pedaço da minha carne nos corpos, tranquilizei o salgueiro e as roseiras
— Nenhum
e os ramos serenos como na época de eu pequena em que o vento ainda não existia, existia a paz dos campos e a Mercília no meu quarto
— Menina
a proteger-me dos mistérios que cresciam em mim, de quem são estas ancas, quem me acaricia ao não acariciar nada, o vento apareceu muito depois, por desgraça minha ou castigo de Deus, na minha idade madura e na minha velhice, a abrir portas que eu julgava incapazes de se abrirem e atrás das portas tanta gente reprovando-me o quê, acusando-me de quê, reclamando o que não faço ideia o que seja
— Traíste-nos traíste-nos
dúzias de caras severas, desiludidas, zangadas e era para as caras que me ralhavam, não para a senhora das unhas que eu ao telefone
— Porquê?
e embora eu
— Porquê?
o vento continua a rodar e não faz mal o vento desde que te tenho Joãozinho, meu único filho, flor do meu coração, minha riqueza, se soubesses como é difícil aos sessenta e sete anos
(um castigo divino que não compreendo, sessenta e sete anos)
subir o parque ao teu encontro às escondidas dos irmãos que tens e não são teus, trouxe-os um tempo e esqueci-os, os teus irmãos
— Mãe
e eu
— Esqueci-vos
só tu me pertences porque falaste na minha barriga comigo iluminada de ti, à espera no intervalo de dois candeeiros

(o que existirá nos candeeiros que não mostram, revelam, no caso do parque não os arbustos, os defeitos deles, o que não chega a ser quase sendo ou o que deixou de ser sendo ainda, que falsa a realidade, é a mentira que está certa)
  onde mais nenhum ho, onde mais nenhuma mulher senão eu, que a furgoneta dos meninos chegasse no pavor que não chegasse nunca, uma ausência de faróis na estrada, a lâmpada do restaurante a piscar porque os objectos também desmaiam, enfraquecem, desistem, seguramo-los na palma demorando a acreditar
  — O que vos aconteceu?
  e não respondem é lógico, o que responderiam, desejam uma gaveta onde continuar a não ser de mistura com rolos de cordéis, metades de tesoura, óculos que se os pusermos o mundo turva-se, que outra coisa o mundo senão turvo aliás, o pavor que a furgoneta dos meninos não chegasse e eu sem ti meu filho, minha riqueza, meu amor, Joãozinho, atenta a insectos a meio caminho entre a quitina e a vida, o mar da minha irmã Beatriz
  o mar da minha filha Beatriz que me regressa à ideia não parando de formar-se e ela no automóvel
  — Quem sou eu agora?
  sessenta e sete anos é obra, onde deixei o telefone para lhe perguntar
  — Porquê?
  e o aparelho que recusa falar ou decidindo falar o que não me contava, que livro este senhores onde perguntas sem fim, subir ao teu encontro a enganar-me nas áleas, desembocando no parque dos cisnes cuja curva dos pescoços me interroga
  — O que fazes aqui?
  e eu cansado
  eu cansada de responder-lhes procuro o meu único filho, o que me falou na barriga o que ninguém me disse e eu não consigo dizer, digo
  — Como esta casa é triste às três horas da tarde
  e não digo
  — Mãe
  porque só o Joãozinho existe em mim e o que há em mim secreto, aproximo-me dele nas traseiras da cozinha em que o cheiro da comida se torna restos de legumes no chão

— Quanto levas menino?

e o meu filho calado

(seis e trinta e sete, quem está aí a pronunciar o meu nome, que gaivota esquartejada nas rochas que a água cobre e descobre e os meus joelhos dobrados, o corpo dobrado sobre os joelhos, a cabeça dobrada sobre o corpo, a minha filha Ana a recuar sem se mover com uma lágrima não nos olhos, na boca, sempre pensei que as lágrimas nascessem dos olhos e enganei-me, é na boca que se formam e crescem, a minha filha Beatriz a procurar no armário

— Que vestido lhe pomos o azul ou o preto?

por mim escolhia o azul que deforma menos, se me permitissem deslocar o queixo que aferrolharam num lenço mencionava o azul e não permitem)

enquanto o meu irmão Francisco

o meu filho Francisco a murmurar vinganças no escritório onde o meu pai primeiro e o meu marido depois me proibiam de entrar, a minha mãe

— Os homens

e ainda hoje ignoro ao que se referia segredando

— Os homens

sempre detestei a casa, não é aqui que moro, continuo no colégio com a Silvina e a Berta debruçadas para os nossos reflexos no charco do pátio, cabeças de que as bolhinhas de lama misturavam as feições ao ponto de me percorrer com os dedos para verificar qual eu era e que fragmentos não meus se me incluíam no nariz, nas bochechas, naquilo que sonhava à noite e não me pertencia, o pé defeituoso da Berta a coxear aos arrancos, uma ocasião o Joel

(acho que era o Joel)

entregou-me um bilhetinho

Adoro-te

e quedou-se à minha frente a cortar as mãos às rodelas, corrigir isto tudo, é a minha mãe, não sou eu, uma ocasião a Silvina entregou-me um bilhetinho

Adoro-te

num envelope perfumado com o frasco da madrinha, pombos de bicos unidos e laços cor de rosa ao pescoço, ela à minha frente

(comprovem se já mencionei a quinta, mal acabo uma página roubam-na)
a cortar as mãos às rodelas, talvez dois ou três dedos me pertencessem derivado aos reflexos no charco, a senhora das unhas
— O indicador e o mindinho diferentes já viste?
e diferentes de facto, desobedecendo-me às vezes, chove neste quarto onde me escolhem a roupa como chove no parque e eu à tua espera riqueza, os faróis da furgoneta graças a Deus lá em baixo, o Joel
os faróis da furgoneta graças a Deus lá em baixo trazendo as acácias do escuro
— Tome lá
e curvando-as mais, no interior da furgoneta os
o meu filho, o meu único filho porque os outros não meus, meu aquele a quem a Mercília dava banho a impacientar-se e penteava magoando-o, tão sensível, tão frágil, tão à mercê do mundo, duas almofadas na cadeira para chegar à mesa, a colher demasiado grande, uma tigela em vez de prato, a Berta a roubar-me o envelope
(quase escrevia o Fernando que ton, que tonta)
e a Silvina a sumir-se do charco sem se lembrar
(sem se lembrar?)
de levar os dedos que lhe cabiam e entregar-me os meus, há alturas em que julgo distingui-, distingui-la noutros charcos e apenas a minha cara a estilhaçar-se e a recompor-se sozinha, a minha cara de rapariga, a minha cara de mulher, a minha cara de velha, sessenta e sete anos em maio que não chego a fazer, sinto os dedos que não me pertencem no lençol ou então deixei de ser eu para me tornar o lençol que os sente e os restantes perdi-os, quando muito fica a chuva que continuará eternamente como este domingo de Páscoa sem fim, quem garantiu que os dias acabam e acreditou nisso, com a chuva o vento e no vento o parque onde o meu filho me aguarda, o que escreve o livro a dar conta do vento
— Como se trabalha isto?
e quantas palavras são precisas para construir uma vida, não a nossa que só existimos ao lerem-nos, a dele
(se o Joel, ou seja, se a Silvina me beijasse consentia?)

tão complicado tudo, nem reparo no que digo, estou na cama e no parque, a da cama a ausentar-se e a do parque a galgar a ladeira, percebia-se o murmúrio dos cisnes

(são os cisnes ou as pessoas que morrem a cantar?)

atritos, passinhos, plumas que se ajeitam a fim de adormecer

(no que se refere à senhora das unhas chegámos a beijar-nos?)

no dia em que o meu avô faleceu, já vestido, já calçado, de barba aparada de fresco com um floco de sabão a endurecer na bochecha e que custou a extrair com a ponta do lenço

(os episódios que não me dá gosto lembrar e acabo por lembrar, que frete)

a minha avó para mim

— Vai-te embora

e ao ir-me embora a maçaneta trancada, se tentasse rodá-la ficava-me na mão, dei a volta ao quintal e por um retalho de janela vi-a abrir a boca do meu avô lutando com a resistência dos ossos, puxar a língua e depositar-lhe uma moeda em cima a fim de pagar ao barqueiro que o transportaria ao outro lado sem ficar a inquietar-nos com exigências e ordens, ao meter o queixo no sítio a expressão torta a mangar, no caso da minha mãe, erro, no caso do meu filho Francisco moeda nenhuma

— Ao chegar à margem peça ao pai que deve andar lá para jogar no dezassete

e passados tantos anos a história da moeda atazana-me a ideia, eis a minha avó a dar-lhe brilho e eu com medo dela a fugir-lhe, não me trate mal senhora, não me escancare a mandíbula, será que a minha filha Beatriz uma moeda na gaveta ou num sapato sei lá de forma a que eu não descobrisse, a minha mãe a espiar tudo, a desarrumar tudo, a mexer-me nas coisas, dava pelas camisolas fora do lugar, as cartas que recebia do Joel, que recebia da Silvina dobradas em pregas diferentes, o bilhete com o

Adoro-te

no lixo no meio do que a Mercília desprezava eu que tinha decidido não mencionar a Mercília que por vontade dela, tão certo como dois e dois serem quatro e em nome de quê dois e dois são quatro, o que as pessoas necessitam para se sentirem

seguras, como esta casa é triste às três horas da tarde e a minha mãe numa espécie de horror, os olhos dela, a boca
— Gostas de homens João?
a Mercília que por sua vontade nem
— Menino
me chamava ou se ocupava de mim mas é a minha mãe que fala, não eu
(tão certo como dois e dois serem quatro que parvoíce, o que é dois, o que é quatro, não gosto de homens descanse, um dia destes caso-me e você mais furiosa ainda
— Casares-te João?
dado que lhe falei na barriga e por ter falado na barriga lhe pertenço, sou ela, anular o parênteses e recomeçar na Beatriz, será que a minha filha Beatriz etc.)
será que a minha filha Beatriz uma moeda à espera mas não acredito que a minha filha Beatriz que nem no presente pensa, fosse acumulando tolices, as luzes dos navios no mar, calcule-se, vistas de um automóvel estacionado e ela de cabeça nos cavalos
(ao passarem por mim via-lhes as goelas abertas como a do meu avô mas sem moeda na língua, nenhum barqueiro os aceita e portanto condenados a galopar sem descanso)
não acredito que a minha filha Beatriz preocupada com o futuro como se existisse futuro e não existe futuro, existem ilusões, projectos, desejos que nos abandonam com a mesma indiferença com que surgem sabe-se lá de que sítio e porquê, ela à espera que a chamem e o telefone mudo, tudo mudo para ti menina, a campainha da rua muda, nenhuma pedrita no vidro
(quem atira pedritas aos vidros hoje em dia?)
ainda me correspondi com a Berta até casar com um engenheiro, da Silvina não sei, disse vou casar com um engenheiro e morar no Algarve de modo que o charco vazio, deve reflectir nuvens em viagem para leste, dantes eram os patos que emigravam, agora são as nuvens que não grasnam nem se demoram em círculos antes de partirem modelando brisas ou alunas que não adivinho quem sejam na hipótese do colégio continuar e a Irmã Circuncisão
— Pecaste pecaste
obrigando-nos a beijar-lhe o crucifixo se nos demorávamos na privada, as nuvens hão-de regressar para o ano na época

do acasalamento a fazerem ninho nas árvores, pauzitos, folhas, lodo, o que supúnhamos ovos e afinal levantam o bico ao alto à espera, a Irmã Circuncisão ainda a cheirar a pouca água e a sopas de vinho, ao beijar-lhe o crucifixo notavam-se pinheiros com canecas de resina nos cortes dos troncos e camponesas de luto
  (porque é que as camponesas quase sempre de luto?)
 sentadas de banda não nos burros, no trotezinho deles, aposto que tem saudades de giestas e galinhas Irmã
  (olha as giestas e as galinhas a ciscarem na eira)
 e que Deus a apavora, tão vingativo, maldoso
  (as galinhas maldosas igualmente, quem viu uma galinha sorrir, imobilizam-se de pata no ar a detestarem-nos)
 Irmã Circuncisão, Irmã Santos Inocentes, Irmã Eufrosina, não ganhavam rugas com a idade, perdiam-nas, a pelezinha lisa, as mãos doces, biqueiras de homem a surgirem do hábito, o céu cheio de toucas que rezavam voando na meia-luz de um postigo gradeado, como se peca na privada ensinem-me e o dedo formidável de um anjo
 — Acabas no Purgatório tu
 enquanto o Limbo cheio de crianças por baptizar, aflitíssimas
  (o Joel mais forte que eu, mais alto, a mudar a voz)
 assemelhando-se àquelas que nos seguem da beira da estrada à saída das aldeias com um bocado de pão apertado no umbigo e um boné de pala não para a frente, na têmpora
  (digo
 — Joel
 e os meus rins estremecem)
 se pudesse voltar atrás e descobrir-me num charco, a cara que não tenho quando o charco se franze, que tenho de novo quando o charco se acalma, oito anos, dez, treze, eu mulher numa mancha, vejam o meu tamanho, as tranças que raparam
 — És uma senhora agora
 e não sou apesar de haver aprendido o que pecar na privada significa, a Silvina explicou-me
 — É assim
 fiz assim e um arrepio de cana que a lestada transtorna, não prazer, o corpo um punho que se aperta e no interior do punho, inesperado, dando medo, uma contracção dos dentes

(escutei-os ranger)

ignorava que os dentes capazes deste guincho, fora da privada calmos, mal me sentava na privada aí estavam eles a torcerem-se, não se torceram com o meu marido, não se torceram com

não se torceram com o meu marido e pronto, espero que o anjo sem tempo de chegar aqui, porque será que as camponesas quase sempre de luto, a Berta casou com um engenheiro e mora no Algarve de forma que eu sozinha nos charcos, da Silvina não sei, o Joel noutro parque visto que há-de haver outros parques, outros restaurantes no alto, outros cisnes, passinhos delicados de burros no pinhal, forram-nos de algodão ao nascer, almofadam-nos por dentro, cavalos que desistiram de aumentar ao descobrirem em si vocações de peluche, não relincham, produzem barulhos de alavanca de poço, a professora de Música do colégio

(dona Cândida)

interrompia a aula

— Peço perdão

demorava a encontrar o lenço e chorava em silêncio enquanto as notas da ardósia num solfejo inquieto e o metrónomo a afirmar não tão depressa que não lhe víamos as falanges, a professora guardava o lenço na carteira fungando sorrisos de arco-íris isto é sete cores pálidas de um canto ao outro da boca por cima do nariz onde oscilava, sem obedecer ao metrónomo, um desses pingos transparentes que sobejam nos galhos e apodrecem com eles, lembro-me da laranjeira em que durante horas uma gota a dilatar-se desejosa de comunicar connosco sem chegar às palavras, tudo respira neste planeta meu Deus, as tábuas do soalho não cessam de tossir, os cálices a embaterem no louceiro, a canalização diálogos no interior dos tijolos, a professora de Música reunia-se com as palmas

— Vamos lá

a dar por falta de uma sobrancelha, a recuperá-la com o mindinho e a gota da laranjeira ora roxa ora azul, que sucedeu à Silvina

(Silvina ou Silvana, a memória tem disto)

que nunca mais a vi, o número de criaturas que fui perdendo senhores embora a professora de Música se mantenha sem que eu entenda o motivo, aí está ela

— Peço perdão

calando-se a meio da aula a remexer no lenço, por quem chora dona Cândida, o que lhe sucedeu na vida, usava uma clave de sol na lapela, tocava violoncelo anunciando

— Dó menor

e a clave de sol a pular, foram descobri-la na sala dos professores com uma embalagem de remédio das baratas no colo e uma última lágrima que o lenço não conseguiu aparar dançaricando na pálpebra, no rótulo da embalagem o aviso manter longe do alcance da dona Cândida, não, manter longe do alcance dos adultos, também não, adiante, o violoncelo no estojo que ninguém reclamou, na varanda da casa dela que me ficava em caminho

(via-se o nosso salgueiro duas esquinas depois)

as cortinas de repente solenes, o lustre e no mês seguinte nem cortina nem lustre, uma criatura de lenço na cabeça a esfregar as paredes, mal encontro um charco debruço-me e só a minha cara se debruça para mim demorando a reconhecer-me se é que me reconhece, não compreendo a mentalidade dos charcos, o que fizeram aos trastes da dona Cândida e à clave de sol na lapela, rouba-se tudo aos defuntos, oiço-os sem moeda na língua

(tê-la-ão engolido?)

— Onde pára a caneta que o meu tio me deu e o livro de História em que desenhei bigodes nos reis?

a farmácia do bisavô Marques qual o sítio dela afinal, Santarém, Lisboa, a aldeia da quinta em que me levavam ao circo acampado na erva entre a ruína da leprosaria e a feira com a mulata de turbante que previa o passado visto que prever o futuro o primeiro idiota consegue, serás assim há dez anos, ganhas uma bicicleta na primeira comunhão e a gente acredito, não acredito, faz em outubro seis meses o médico para mim

— Não gosto do caroço no seu fígado

mandando-me sair na pressa de perguntar à minha filha Beatriz

— Tem moedas para o barqueiro você?

e a minha filha Beatriz

— Barqueiro?

porque não assistiu à língua puxada com força, ao cruzar-se com o meu avô no dia seguinte à morte, passeando no corredor em busca dos óculos, a minha avó a ralhar-lhe

— Perdeste a moeda não foi?

procurando-a nas algibeiras, no forro do casaco, no espaço entre as gengivas e a bochecha

— Abre a boca malandro

o meu avô ainda hoje no corredor sem descobrir os óculos, espreitou no caixote dos sobejos senhor e o meu avô a olhar-me, notava-se o esforço para entender mas o que eu dizia escapava-lhe, bolinava para mim de mãozinha na orelha

— Como?

aproximava-se mais, desistia

— Não te oiço

a barba que entretanto cresceu, o cabelo comprido, não o meu avô, um mendigo, o médico

— Não gosto dos caroços nos pulmões também

assistindo com o estetoscópio às confidências deles, na casa da professora de Música nem um eco de violoncelo

(a clave de sol comprou-a num ourives, ofereceram-lha, herdou-a

— O que queres da tia Ofélia?

— A clave de sol

se calhar de oiro ou com um banho de oiro ou apenas amarela não sei, durante anos e anos desejei tanto ter uma)

lágrimas nas torneiras

— Peço perdão

que eu secaria de boa vontade na esperança do arco-íris do sorriso de um canto ao outro da boca, sete cores pálidas por cima do nariz onde oscilava um desses pingos que sobejam dos ramos, quantos não haverá nas roseiras dobrando os galhos porque o vento se pegou a nós, despenteia a minha filha Beatriz, aumenta a febre da minha filha Ana, selem uma égua ao meu avô e guiem-na pela arreata para longe da casa a fim de termos paz, nem a minha cara num charco, a lama que se franze suspirando por mim, a Berta casou com um engenheiro, o bilhete da Silvina

(ponho o capítulo na boca da minha mãe apesar do Joel não me sair da ideia)

no estojo dos brincos, amanhã ou depois o meu filho Francisco

— E esta?

e o que me rala o meu filho Francisco, o que me ralam os outros que me não falaram na barriga, trouxe-os um tempo e depois esqueci-os, mais um mês e os tordos na quinta, andorinhas, lagartos, bichos que a primavera educa numa paciência de miniaturista, não acredito que os joelhos dobrados, o corpo dobrado sobre os joelhos e a cabeça dobrada sobre o corpo, eu viva à tua procura Joãozinho meu único filho, flor do meu coração, minha riqueza, amo-te, se soubesses como é difícil aos sessenta e sete anos subir o parque ao teu encontro, de início não dei pela lâmpada do restaurante e a metade do algeroz que as tileiras cobriam e de súbito, que maravilha, uma preta a despejar não sei quê em não sei quê rapando superfícies metálicas com o garfo, sou rica, uma casa em Lisboa, animais, a farmácia do bisavô Marques que o meu marido perdeu no dezassete, casou comigo derivado ao dinheiro por mais que o meu filho Francisco garanta

— Não temos nada sabia?

a senhora das unhas

— Não aceitaram o teu cheque no banco

ao mostrar-lhe o cheque o meu irmão

ao mostrar-lhe o cheque o meu filho Francisco

— Não há nem para mandar cantar um cego sabia?

a mim não me interessa mandar cantar ninguém, tomara eu que se calem, é no silêncio que escuto a carruagem do príncipe e a voz da minha mãe a levantar-me do sofá e a pegar-me ao colo

— Morre de sono esta

comigo sem dar por ela, voz somente, vizinha e longínqua

— Morre de sono esta

à medida que me levava até ao quarto, senti uma sandália num móvel porque um dos pés pendurado de mim, a carruagem do príncipe e os guardas de barrete de pelúcia à frente e atrás acenando as mangas cheias de botões

— Até amanhã condessa

a minha família não na sala, na extremidade do mundo, um riso de mulher que me ofendeu os cérebros no interior da nuca, ultrapassámos uma fieira de escuros e claros e como podem existir tantas janelas, a silhueta de uma arca, a silhueta de um abajur

(não afianço que uma arca ou um abajur)

tentando magoar-me também e impedir o príncipe de
— Até amanhã condessa
se me perguntarem
— O que é que está a acontecer-te?
não sabia, talvez a minha mãe a estender-me na cama e o corpo a mudar de posição nos lençóis, provavelmente uma cadela a experimentar a almofada antes de poisar o focinho nas patas cruzadas, não uma menina, a Boneca girava duas voltas completas e só depois se aquietava, a minha mãe cuidando que me despia e de facto arrancando-me a pele, por cima dos ossos e dos nervos não existe carne, existem camisola e saia e eu sem camisola nem saia de articulações e tripas à mostra, a minha mãe embrulhou-as no pijama
(penso que conservo os pés porque ela a descalçar-me, um atrito na unha do dedo grande ou do dedo a seguir que me fez agradecer à carruagem
— Até amanhã príncipe
e o clarim dos caçadores na floresta chamando os perdigueiros)
o travesseiro que recebeu não a minha cara, o corpo todo porque a minha cara se tornou o corpo todo, não há parte minha que se não concentre na cara e não existo para além das bochechas, a bochecha direita e a bochecha da fronha que agora me pertence ou na qual me tornei, os dentes no interior do tecido, não no interior do queixo e não de esmalte, de algodão, o cobertor em que me amortalharam num lamento
— O raio da miúda nem sequer ajuda
e como ajudá-la mãe
(espero que a minha mãe)
se não passo de uma forma cada vez menos nítida, olha perdi as costas, olha perdi a memória, o que jantei hoje não me lembro, terei escrito a cópia da escola e não me lembro tão pouco, a Silvina entregou-me um bilhete e não recordo o que diz, recordo a expressão dela à espera
— Já leste?
e a professora de Música
— Peço perdão
cruzando e descruzando os sapatos a despedaçá-los com força, onde pára a carruagem do príncipe que a não ouvi ir-se

embora, onde paro eu, o fragmentozinho de miolos que persiste em trabalhar reduz-se ao

Adoro-te

percebo

(julgo perceber)

a minha mãe

— Já está

conforme percebo o riso da mulher mas não me afecta o riso que por seu turno se esvai e eu com ele, a última coisa de que tenho consciência é a consciência de me haver sumido, pensar

— Acabou-se

sem terminar o

— Acabou-se

e é ao escrever isto que tento compreender quem se ria e como há risos que doem, certos talheres que derrapam na loiça uma dor semelhante, certas rodas que chiam, o príncipe no parque comigo à tua procura Joãozinho, flor do meu coração, minha riqueza, amo-te, se soubesses como é difícil aos sessenta e sete anos subir o parque ao teu encontro, como esta casa é triste às três horas da tarde, as alcatifas, as sanefas, as persianas descidas, o meu avô atrapalhando-nos em toda a parte à procura dos óculos com o apêndice dos Marques amolgado nas coisas

— O diabo dos óculos?

(sete cores pálidas de um canto ao outro da boca por cima do nariz onde dançarica uma lágrima)

de início não dei pela lâmpada do restaurante e a metade do algeroz que as tileiras cobriam até que de súbito

(que maravilha meu querido)

uma preta sem nos ver

(o que importava se nos visse?)

a despejar não sei quê em não sei quê, sou rica embora o meu filho Francisco

— Não temos nada sabia?

o meu filho Francisco

— Não há dinheiro nem para mandar cantar um cego sabia?

a mim que não me interessa mandar cantar ninguém, tomara eu que se calem, é no silêncio que escuto a carruagem do

príncipe e os cascos dos cavalos que não fazem sombra no mar Beatriz, galopam pela quinta, e é tudo, os guardas de barrete de pelúcia à frente e atrás e o príncipe
— Até amanhã condessa
a hesitar melhorando a coroa
— Condessa ou marquesa?
sou condessa Francisco, mando cantar os cegos que me apetecer, dúzias de cegos, centenas de cegos, milhares de cegos com o seu clarinete e as covas das órbitas no interior das quais um malmequer a girar na direcção do som, o meu filho Francisco submisso
— O dinheiro é seu mãe
e ora aqui temos uma atitude sensata, não do meu marido, não dos que trouxe em mim e esqueci, não do meu avô baixinho
— Que gaita a história dos óculos
ele que nunca se atreveu a protestar em voz alta, com os empregados não sei, com a minha avó respeitoso, dás licença para isto, dás licença para aquilo numa amabilidade prudente, todos os cegos que conseguir comprar
(dezenas de milhares de cegos)
a cantarem enquanto me vou chegando Joãozinho, flor do meu coração, minha riqueza, amo-te, pergunto
— Quanto levas menino?
e tal como a minha mãe fez comigo pego em ti, neste caso em direcção de um buxo lamentando
— O raio da criança nem sequer ajuda
e começo a despir-te.

4

São sete da tarde e não parou de chover. Quando chove anoitece de maneira diferente, o escuro vem com as gotas em lugar de subir da terra apagando as raízes como sucede no verão, aposto que o ribeiro a aumentar desorientando os girinos, de manhã pássaros de que não sei o nome eu que conheço quase todos à cata deles nas ervas, os tornozelos cautelosos, o olhinho atento e nisto as cabeças tão rápidas bicando, bicando, com a chuva nenhum pássaro, onde estarão agora, os sítios que os animais arranjam para se esconder de nós tirando os bois que os vemos sempre, alheados da gente e contudo esperando-nos, os outros penedos não trotam nem se zangam connosco, se o ribeiro continuar a dilatar-se um boi cheio de limos embatendo na ponte, os pássaros poisam-lhe na barriga e navegam com o boi, erguem-se da chuva num som de oleado, somem-se no milho e surgem do milho até que o céu abre uma fresta e come-os, dizem que domingo de Páscoa e é possível, não ligo, eles todos em Lisboa porque a mãe doente, nunca estive em Lisboa, nasci aqui e se a minha mãe adoecesse não ligava igualmente, não permitiam que conversasse comigo, ficava ao longe a ver, há anos que não aparece no muro com saquitos que não chegou a entregar-me, escrevo minha mãe e não estou certo que minha mãe dado que não nos parecemos e para mais não
— Filho
o maioral sem se apear do cavalo
— Não te queremos na quinta
e ela a obedecer limpando-se na manga, para além dos pássaros conheço os insectos, as lebres, raposas de focinho aguçado por um apara-lápis farejando perdizes, quando a dona Mercília na cidade com a senhora outra mulher traz o almoço, fica na porta a olhar
— És mesmo filho dele

no caso de todos em Lisboa e o alpendre deserto entro pelo postigo da despensa alarmado com o eco dos meus passos e o reflexo das pratas, as sobrancelhas dos retratos assustam-me

(o que pensam de mim?)

o postigo da despensa aperta-me a dificultar a saída, não as pernas primeiro, a cabeça e os braços, a boca mastiga os gerânios ao afundar-se no canteiro, o maioral

— Foste roubá-los malandro?

e o que havia para roubar além de sobrancelhas e ecos, se os tivesse roubado o maioral com um eco na palma

— O que é isto?

enquanto o som diminuía a desaparecer-lhe dos dedos, procurava-o com a biqueira no chão

— Onde se meteu o som?

e esquecia-se

(o que seria de nós se não nos esquecêssemos, de que serve lembrar, tomara eu que a memória da minha mãe me desapareça dos dedos, garanto que se desaparecer a minha biqueira quieta)

são sete da tarde e a chuva não parou, apercebo-me da agitação dos cavalos no estábulo, coices que não atingem ninguém, disparam-se no ar e é tudo

(— Onde se meteu o som?)

um galho que se desprende demorando-se na lama como se não pertencesse à nespereira

— Nasci assim sou sozinho

os morcegos a despertarem antes da hora nas traves do celeiro, contam que os viventes não lhes escutam a chamada e mentira, eu oiço-a, lançam gritos contra uma parede, recebem-nos de volta e apanho-os, se conseguisse guardá-los conforme as conchas de caracol sem bicho guardam uma ponta de vento nas espiras mostrava-os, não os caracóis das flores e os seus perfumes de enterro, os das couves que cheiram a comida de pobre, nos dias em que a esposa e os outros não estavam o meu pai levava-me a almoçar com os empregados numa tábua em cima de tijolos, nunca lhe disse

— Pai

nem

— Senhor

e mesmo depois da sua morte não sou capaz de responder se me faz falta, acho que me faz falta, acho que não, é assunto que não interessa e aliás quem me ouviria se falasse nele, ajudo os empregados no pasto, aos empregados eu
— Senhor
e dá ideia que surpreendidos de eu
— Senhor
embora com os camponeses não se perceba, choram por uma vaca, não choram por um filho, no que me diz respeito não choro por vacas e estou seguro que não chorava por filhos se os tivesse, não é que não sinta, julgo que sinto mas o sentir uma pedra por dentro que recusa as palavras, ganha-se peso com os desgostos, não merece a pena perguntarem se me apetece estar com a minha mãe, não respondo e se quisesse responder não respondia tão pouco, dava pela pedra e acabou-se, como se descreve uma pedra, da mesma forma que se estiver doente me calo, caminho mais devagar e demoro a deitar-me visto que a cama se tornou difícil e a manhã demora a limpar os caixilhos de tanta presença, barros de feira, gritos de leitões, o homem que engolia fogo pisando cacos e o filho a pedir esmola com uma lata onde as moedas estrondosas que nos ensurdeciam, não imaginava que o dinheiro fosse capaz de explodir, tão manso no bolso e na lata terrível, o homem do fogo passava as labaredas no peito e continuava vivo, acabado o tapete, vestido como nós, sem majestade alguma
(cacos de vidro a sério, de garrafas partidas)
assava um frango com o filho
(serei filho eu?)
sem lhe tirar as penas junto a uma furgoneta desmantelada a que faltava o guarda-lamas dianteiro, iam-se embora com a panela do escape de rojo e voltavam no ano seguinte com um farol a menos, mais quatro ou cinco feiras e nem volante traziam, mais sete ou oito e desembarcavam da camioneta da carreira como os emigrantes da França, a única coisa que interessava o pastor que cegou eram os corvos no campo, estendia-se no banquinho a palpar a tarde com os ouvidos
— Andam aí rapaz?
todo nos óculos de mica amparado com guitas e ao dizer todo é botas e chapéu incluídos, não sorriso de resto

(serei o último a escrever neste livro?)

um arrepelo da bochecha preocupado com os pássaros que se erguiam do milho em grandes bandos fúnebres, rodavam sobre a capela e afundavam-se nos loureiros, permaneciam os ecos das suas sombras rápidas e o cego de cabeça inclinada para o ombro

— Sumiram-se rapaz?

e não se sumiram descanse, perseguem-lhe as ovelhas, oiça os cães a ladrarem nestas sete da tarde em que não pára de chover, uma noite diferente não apagando as árvores, anulando-as, onde mora a minha mãe a juntar no saquito a fruta e as pagelas que a impedem de entregar-me, um marido, filhos e prefiro não pensar que um marido e filhos, é minha, uma boneca de pasta na almofada que envelheceu mais que ela, rugas, fissuras, o mindinho quebrado, ponha-lhe adesivo senhora que os mindinhos dão jeito, nenhuma boneca se casou que eu saiba, vão-se gastando sem homem como a criada do padre e o padre

— O meu chá Armindinha

a avisar a Armindinha ao topar-me rente à horta

— Esse nasceu do pecado

se calhar a minha mãe engomava roupa na copa ou fazia a limpeza e o meu pai do escritório a segui-la comigo a pensar

(não era eu que pensava, não me ponham na ideia o que não me pertence, quem escreve o livro não tem o direito de decidir por mim)

como aquela casa deve ser triste às três horas da tarde, não existindo a chuva os corvos respondiam ou o salgueiro ocupado a coleccionar pardais, se estivesse na minha mão, e infelizmente não está, o maioral agarrava num serrote e cortava-o, sete da tarde e não parou de chover, pelo menos um vitelo no ribeiro e o cão do pastor a latir, até hoje não dei por nenhum cão afogado, perseguem as rãs, exaltam-se e é tudo

(qual o motivo de habitarmos tão longe do mar?)

se calhar a minha mãe e o meu pai encontraram-se na igreja ao domingo

(na igreja ao domingo não me parece, a igreja vazia, santos sem auréola que o sacristão vendeu ao ourives, como diabo a virtude consegue ser desonesta?)

ou nas barracas dos que trabalham na quinta com o pastor cego a interrogar os corvos mas não liguem ao que afirmo porque a chuva transtorna-me, será que também chove no mar ou nunca chove no mar, haverá corvos nas praias, azinheiras, cavalos, um tractor para lavrar a água semeando-a de peixes tirados de um cabaz para os jogarem nas ondas, que vida me calhou que nem o nome da minha mãe conheço ou se aquela a estender-me o saco minha mãe realmente, suponhamos que empregada numa loja da vila, o café onde se amontoavam o dominó e as moscas e cada copo um círculo roxo incompleto nos tampos mas no café mulher alguma, velhos que retiravam as placas do bolso tornando-se mais altos e de cabelo menos branco para mastigarem mortalhas

(o vendedor de dentes ambulante, com uma mala cheia de bocas, compunha-lhes as gengivas em golpes de turquês desamarrotando bochechas e atrasando a morte dado que os molares de plástico necessitam de tempo para moer os dias)

e logo que escrevi moer os dias a chuva a aumentar, não calculava que me chamassem a comparecer neste livro de maneira que escapo ao que me compete dizer, menciono o cego, a igreja, entretenho-os, divago, fujo dos joelhos que se dobram, do corpo dobrado sobre os joelhos e da cabeça dobrada sobre o corpo, do príncipe na sua carruagem a perguntar

— O que aconteceu à condessa?

e não aconteceu fosse o que fosse à condessa Majestade, está em Lisboa com os filhos, se me deixassem recusar este livro

— Podes ir

esquecia-me da chuva, em criança os filhos da condessa falavam comigo na latada

— És nosso irmão não és?

e a dona Mercília logo

— Saiam daí meninos

dois maiores que eu, os outros mais pequenos, hoje em dia todos mais pequenos

(a que sorria para a lua como se chamava ela?)

se me apetecesse matava-os e as vértebras dos pescoços quebrando-se uma a uma, curioso como a chuva atenua os ruídos transformando cada som num segredo

(o príncipe a afastar-se

— Dá cumprimentos meus à condessa)

e se torna ela mesma os passos e as vozes, esqueci o que ia escrever, vamos muito bem a meio de uma frase, distraímo-nos e perdêmo-la, procuramos e zero, não a recuperamos nunca

(como esta casa dever ser triste e tal e tal)

e talvez fosse a que perseguimos desde sempre e estava ali à mercê, se torna ela mesma os passos e as vozes, afinal recuperámo-la, não é a chuva que cai

(recuperámo-la)

são pessoas, episódios, lembranças, o sótão poeirento que compõe uma existência

(às três horas da tarde)

piqueniques, abajures, dicionários

(só o volume de A a L, falta o outro)

uma andorinha a vacilar na empena e eu incapaz de ajudá-la

— Vai cair vai cair

quando os empregados no outro lado da balsa monto a égua do meu pai sem usar o selim nem o freio, um pedaço de corda e a terra sob as patas longíssimo, a andorinha acabou por cair, dilatou uma pata e dali a pouco os farreiros, enganei-me com a pressa, dali a pouco os rafeiros, o que será de mim se venderem a quinta, tomo a camioneta da carreira que a dona Mercília tomará acho eu, olhando a estrada a fim de olhar para dentro sem se ralar comigo embora haja alturas em que me dá ideia vê-la inquieta a meu respeito, trata-me pelo nome do meu pai não pelo meu, será que o nome do meu pai o meu e nos confunde, demora a estudar-me

— Tens comido?

arrepende-se de estudar-me e se me volto a dona Mercília parada a seguir-me, entendo que o

— Tens comido?

outra frase que não me atrevo a revelar porque me

que não me atrevo a revelar porque me embaraça, uma ocasião, em garoto, chamou-me num tom diferente daquele com que chamava os outros, mais brando

— Anda cá

e embora brando a protestar contra mim

— Não te lavas pois não?

deu-me banho, vestiu-me, escapou-se a correr
(era capaz de correr nessa época)
e eu a descobrir foi do meu pai que tratou, não de mim, é do meu pai que não sei porquê ela gosta, trata-me por não ter coragem de tratar dele, não sou ninguém para você dona Mercília salvo um empecilho ou então não existi, não existo, existe o meu pai que a protegia, a dona Mercília a olhar a estrada enquanto na berma passagens de nível, carroças, o castelo do príncipe com um estandarte lilás, joelhos dobrados, um corpo dobrado sobre os joelhos, uma cabeça dobrada sobre o corpo, um toiro morto
(um molar começou a doer-me não uma dor contínua, ao ritmo do sangue)
e o toiro morto não o meu pai, não os filhos do meu pai, não o maioral, não os empregados, não o bisavô da esposa do meu pai no degrau da farmácia ou no interior da loja onde uma balança tremia sem nenhum peso nos pratos conforme tremo sob a chuva que não pára até que o ribeiro aumente enquanto o pastor cego no banquinho
— Andam aí rapaz?
e eu sem avistar nenhum corvo
— Andam aí senhor
para se sentir vivo, portanto não o meu pai, não o maioral, não os empregados, não o pai da dona Mercília, outra pessoa mas quem, auxiliem-me que não consigo distingui-la, que coelho, que pintassilgo
(as malhas das armadilhas rasgadas e os bichos vivos)
quando chove anoitece de maneira diferente, o escuro vem com as gotas em lugar de subir da terra como sucede no verão
(se eu não tivesse pais, fosse órfão?)
o céu quase a beirar as copas, que digo eu, rasgando-se nelas
(não te enerves)
a dona Mercília
— Anda cá
e foi a coisa mais próxima de uma mãe que me apareceu, não consentiu que me ensaboasse, ensaboou-me ela
— Muito porco estás tu
não consentiu que me abotoasse, abotoou-me ela ou seja prendeu os dois botões que tinha, os restantes faltavam, de vez

em quando ofereciam-me camisas velhas e calças gastas num embrulho de cordéis, alguém no interior de mim
(eu, outro, uma mulher?)
— Não estás a exagerar?
e não estou a exagerar, a dona Mercília varria o alpendre como se não me topasse, se
(estou a confundir tudo)
se
(que diferença faz confundir, não componho livros, não invento mentiras)
se tivesse dinheiro e me deixassem jogar no dezassete porque tornava a haver dezassete na roleta e ao jogar no dezassete o dezassete saía
(palavra de honra)
comprava uma dentadura não usada, uma dentadura cara, nova
(o vendedor ambulante
— Esta aqui não fez mais que três bocas)
e largava-a embrulhada em cordéis num degrau do alpendre, não adoeça dona Mercília, não se torne tontinha sem se lembrar do presente e a esbarrar no passado, o seu pai de mão no peito chamando por testemunhas os frascos de remédio
— Minha filha?
o bicarbonato, o ácido bórico, o xarope de flor de laranjeira para a insónia e a tosse
— Minha filha nem sonhar provem-me que é minha filha
e a balança pesando só de um lado, uma das meninas do meu pai, a que acabou no baldio
— És meu irmão tu?
com marcas de agulha nos braços, nos cotovelos, na língua, metia a língua para cima e pegava num espelhinho a fim de dar com a veia, olha ela à procura com o dedo e tanta aflição naquele dedo Jesus, se as cólicas diminuíssem, a vontade de morrer amainasse, o homem da gabardine
— Trabalhei nos guindastes
se distraísse dela, que proeza trabalhar nos guindastes, que honra, mover contentores, carregar máquinas, respirar gasóleo, olha o sangue na seringa a combinar-se com o pó, o êmbolo

que desce e as dores e os vómitos, a menina do meu pai a arrastar uma boneca não pela mão, pela perna

(gostava que as bonecas vivessem como a gente e vivem, perdem cabelo, olhos, chocalham coisas dentro, a hipófise, o piloro, esses bocados de que somos feitos e se dispersam com o tempo)

e nos intervalos da seringa, enganei-me, e levantava a boneca a entornar para mim a pálpebra que resistia

— És meu irmão tu?

eu que não tenho irmãos, tenho o domingo de Páscoa em que tudo termina e depois do domingo uma segunda-feira improvável que o ribeiro atirou para a margem entre cabazes púcaros folhas

— Não prestas para dia

de forma que depois de domingo de Páscoa terça-feira talvez

(se eu me desabotoar abotoa-me dona Mercília, não os dois botões que sobejam, faça de conta que muitos, demore-se comigo, há alturas

não há alturas algumas, basta de pieguices, avança)

há alturas em que uma pessoa se acha esquisita sem dar por isso ou então sente um incómodo sem importância nem lágrimas embora não distante delas, não é que necessite de amizade, não necessito, a minha vida foi isto conforme a da dona Mercília foi a sua, os girinos vão perdendo a cauda, ganhando patas, arredondando-se e dentro de um mês ou dois rãs para nos acordarem num concerto de buzinas não mencionando as perdizes a abanarem-se no choco, estou para saber se são as rãs machos que cantam de braços afastados numa atitude de púlpito

(os cónegos rãs dilatadas espetando-nos pregos na alma)

ou as fêmeas os acompanham em gemidos de cabedal que se rasga, a mulher dos Correios embora não haja cartas para mim

(quem me enviaria uma carta e no caso de me enviarem uma carta o que diriam nela?)

— Cresceste

na vila a moradia do tenente-coronel de janelas vedadas por pranchas e a cancela aberta para um matagal de gatos, numa fresta dos espinhos e dos gatos o Cupido do lago sem flechas e os pés verdes de limos, depois de o tenente-coronel falecer

(não sei o que interessa isto mas um impulso que não compreendo obriga-me a dizê-lo)

a viúva e a criada ambas de luto, qual a viúva e qual a criada, foram-se embora com um montão de tarecos, condecorações, braseiras e a moradia principiou a desfazer-se exibindo os tijolos consoante a do meu pai se desfará em breve, as chaminés que se inclinam, as vigas do telha

(— És meu irmão tu?

e eu junto à estrebaria a brincar com pauzinhos)

as vigas do telhado, a empregada dos Correios a baralhar papéis

— Quantos anos tens agora?

não, baralhando as mãos que os papéis tentavam ordenar, são os papéis que põem as mãos como deve ser, alinhadas, não o contrário tal como são as coisas que tomam conta da gente, os pratos arrumam-nos costela sobre costela nas prateleiras depois de nos secarem com o pano e a gente convencidos que os guarda, moramos em armários, não em quartos, não sou teu irmão, não me roubes os pauzinhos, não entendes de jogos e a menina do meu pai a roçar os joelhos um no outro magoada comigo, chamava-se Ana, não vale a pena lembrar o meu nome dado que me parece que muda quando menos se espera, por exemplo julgo que Amadeu e Filipe, julgo que Filipe e Pedro, tudo se altera em mim, o que escreve

— Tenho de decidir-me

não se decide, demora e nós a escaparmos, não consigo segurar um nome muito tempo, fica comigo uns meses e substitui-se por outro, tenho vinte anos senhora

(a mesma coisa com as idades?)

e a boca da empregada dos Correios a voltar ao sítio dela por baixo dos óculos, no centro dos parênteses do sorriso que há séculos perdeu e no entanto vestígios de infância, cavalinhos de circo a galoparem à roda

(que cavalos são aqueles que fazem sombra no mar?)

com a equilibrista que ela gostaria de ser empoleirada na garupa e um homem de botas altas a comandar o volteio com o chicote comprido

— Gostava de trabalhar no circo você?

e a empregada a estranhar

— No circo?

que chegava em dezembro comigo a extasiar-me à distância, um tigre a suportar as moscas com olhos pedintes que me apetecia beijar, sobrava a cauda, uma pata, o que talvez fosse o cachaço, jogavam-lhe uma galinha meio depenada e embora ele sem fome a galinha esvoaçando cheia de pigarros e guinchos, a empregada dos Correios tinha um pavão de cobre no centro da mesa e um pote chinês a que faltava a tampa mas a dona Mercília desabotoava melhor, outro cheiro, outra

ia escrever ternura e retive-me, que perigoso despertar palavras cujo temperamento ignoramos, aí está a chuva a mudar de sentido, não da direita para a esquerda, de frente para nós, que crueldade na sua inocência, que gana de afogar-nos, além do pavão e do pote recordo-me do meu nariz na almofada junto a uma madeixa de cabelo, de um desconforto no ombro que demorei a entender serem unhas, ossos contra o meu peito, não sei quantos

(a posteridade que é o grande juiz a seu tempo dirá)

a boca fora dos parênteses cantando como as rãs, engolem borboletas, larvas, não me engoliram a mim

(as borboletas são insectos ou pedaços de papel que alguém soprou a cambulharem nos canteiros?)

o retrato de um velhote catita, outro desfocado de um cachorro de língua de fora perto do que parecia uma acácia e eis a vida das pessoas, o fogão com um quadrado de tricot em cima, o despertador de lata

(e se a gente se suicidasse senhora, já atentou no que somos?)

as unhas no meu ombro amoleciam não de alegria de fastio

(abrir o gás, comprimidos, a corda do estendal?)

os óculos numa mesita e a possibilidade da sua cara sem óculos assustou-me, pergunto-me a razão de tirarem os óculos aos mortos

(o vendedor ambulante de placas

— Já comprei dentes a defuntos

e os dentes dos defuntos maiores, necessitam de morder muita porção de terra não contando pedregulhos e raízes para regressarem cá cima) obrigando-os a caminhar ao acaso, interrogando esquinas, nos túneis lá deles, apesar de tudo a madeixa de cabelo ajudava-me não sei em quê mas ajudava embora se me afigurasse separada da nuca, escrevia de boa vontade uma dúzia de páginas acerca da madeixa mas não gosto de mostrar o que sinto, o meu pai não mostrava também pelo menos no que se refere a mim ou então não me via, ia-se embora de casaco e gravata para jogar no dezassete desejoso de não ganhar nunca, não era a quinta que ele queria perder, era eu, perdendo a quinta o meu filho desaparece, o meu pai a chamar pela minha mãe em silêncio, não pela esposa

— Benedita

o céu verde junto ao ribeiro, falcões pequenos que aprendiam a voar e tu comigo Benedita, não me pegavas na mão, acompanhavas-me apenas, descalçavas o pé esquerdo a aliviar os dedos e o pé tu inteira, olhá-lo bastava-me, que abismos se escondem num pé, que ravinas, o que existe no saquito que lhe levas para além de bugigangas, fruta, um dos falcões que aprendia a voar falhou o ramo e deve ter partido uma pata porque se arrastava no chão, uma fêmea abanou-lhe o corpo com as unhas e despedaçou-o à bicada, o retrato do cachorro desfocava-se mais, lembro-me da cicatriz que a empregada dos Correios escondeu no lençol, não era a cicatriz que escondia, era o quê, sei e não sei a resposta, isto é sei se a não sei e ao sabê-la perco-a, sete da tarde e não parou de chover, o

— És meu irmão tu?

que não me deixa em paz, não sou irmão de vocês, nasci de um pé, fim de texto e o meu pai

— Benedita

mesmo ao jantar com a esposa e a dona Mercília a servi-los, a senhora morreu na casa de Lisboa porque a matei como aos toiros na praça, isto junto à barreira quando interrompem a música e toda a gente se cala incluindo as rãs que me impedem o sono e pássaros cuja serventia desconheço, o toiro arredonda o cachaço no sentido do estoque e o meu corpo inclinado para diante, uma das pernas dobrada, a outra perna direita, os corvos escondidos no milho, o meu pai a espreitar em torno

— Benedita

e a achar-se sozinho, o padre numa cadeira da latada a descascar um pêro depois de levantar a sotaina em busca da navalha e Deus no alto julgando, a empregada dos Correios

— Sai pela porta de trás tem paciência

e os óculos na mesita a esmiuçarem-me sem dó, quase noite julgo eu porque as azinheiras negras, não pises as alfaces do quintal, deixa a cancela fechada, a moradia do tenente-coronel um pote na varanda de onde pendiam azáleas, se narrasse a minha vida que diferença vos fazia, todos temos problemas e um belo dia o doutor

— Umas semanas no hospital ajudam

e não ajudam porque a febre não cede, um alto na virilha e dúzias de pregos no fígado, respire pela boca aberta, aguente o ar, deite fora, erguem-nos da cama à manivela e a gente aos sacões com os pregos mais fundos, passos no corredor, uma telefonia distante, porque se vestem de branco cheios de canetas e agendas, porque coçam a bochecha e o que significa esse gesto, a cancela dançava e no peitoril acolá uma criança a fingir que come de um tacho vazio com uma colher vazia, cinco ou seis tomateiros a brilharem na horta, os Correios fechados, o que supus um cigano e cigano nenhum, o efeito das sombras, perdi a fotografia do velhote catita e o pavão de cobre, quanto ao cão nem me lembro, as noites no hospital duram mais do que a noite, fica um luar de fronhas, uma nesga de parede, o fígado a estender-se para o ureter, o ilíaco, o que temos na barriga subitamente com nome, mais peças que um telefone só que desordenadas, soltas, as supra-renais que se avariam e a gente com respeito por nós mesmos

— Deram-me supra-renais que privilégio

amanhã a empregada dos Correios carimbando envelopes com um par de trevos de quatro folhas cromadas a fazerem de brincos e a usar os papéis para arrumar as mãos batendo-os na mesa até ficarem direitas, a dona Mercília a subir para a camioneta da carreira e como se ergue uma criatura cujas supra-renais desistiram, não se consegue que o ureter e o ilíaco, de tão pesados, se elevem, o bisavô Marques à entrada da pharmacia a estudar as nuvens desconfiado do outono, o meu pai

— Benedita

e Benedita alguma com ele, a luz do candeeiro de pé alto que dá vontade de não ser, a melancolia da mobília, as cortinas amargas, um cinzeiro
— Amigo
e que queres tu, dá-me paz, fico à espera a contar os losangos do sofá sem saber o que espero, a enganar-me no número, a recomeçar, a minha filha Beatriz à entrada da sala
— A mãe
e qual deles comigo a não ser a minha filha Beatriz, não o meu filho Francisco, não a minha filha Rita falecida a pobre, a minha filha Ana e o meu filho João tão novos, anular o que escrevi desde a minha filha Beatriz até este ponto dado que o meu pai morreu antes da esposa, a chuva modificou-me a cabeça e não me entendo com os materiais que me deram, volta à empregada dos Correios a carimbar os envelopes sem se interessar por ti, esqueceu-te como a dona Mercília te esqueceu, o pastor cego em lugar de
— Andam aí rapaz?
esquecido também, eu e os corvos não existimos já, existe o toiro a embater nas tábuas, o silêncio da praça, o moço entregando-me o estoque e eu a retirá-lo da bainha
(supra-renais que extraordinário e hipófise e timo, cento e vinte mil plaquetas que cabem todas em mim não falando nos eosinófilos que também cá cantam, que prodígio não sou)
e caminho para a esposa do meu pai arrastando a lâmina na areia, sete horas e não pára de chover, quando chove anoitece de maneira diferente, faróis na estrada que os valados interrompem e regressam noutro sítio, quase nenhuma roseira, o salgueiro despido, a dona Mercília sem libertar a corrente da porta
— O que vens fazer tu?
e no entanto a porta a abrir-se como nos sonhos, o vestíbulo, uma sala, o escritório, outra sala, um corredor comprido onde os filhos do meu pai vão caminhando também
(o céu verde junto ao ribeiro, não transparente, não azul, os falcões pequenos a aprenderem a voar e cada falcão
— Benedita
ao passo que a senhora
— Não o quero aqui)

e de facto nunca estive aqui, não conhecia estes móveis, estas molduras cromadas, estas porcelanas de ricos, nas janelas do corredor as, não as, os pessegueiros do pomar, cheiros de cera, de tecidos caros, de líquido de polir metais, a que me perguntou na quinta

— És meu irmão tu?

a suar e agora vou escrever num único movimento até chegar ao fim, o estoque não a arrastar-se na areia, no tapete, no soalho, a entrada do quarto onde a esposa do meu pai me aguardava de focinho baixo oscilando e eu a imobilizar-me a cinco passos, seis passos

(o céu mais claro que em agosto, quase a assentar nas copas)

a erguer a lâmina, a fixar o ponto onde cravaria o estoque, a não senti-lo entrar e sabendo que entrou e então sim, não quando os filhos dela o disseram, os joelhos a dobrarem-se, o corpo a dobrar-se sobre os joelhos, a cabeça a dobrar-se sobre o corpo, então sim os corvos a subirem do milho e eu para o pastor cego

— Andam aí senhor

não lhes escuta a vontade de romper-nos e hão-de romper-nos descanse, não sente as asas a preguearem o ar, alegre-se que andam aí senhor, quantos lhe apetece, uma dúzia, duas dúzias, decida-se tenha paciência, não demore a mover a boca pensando porque não tarda um minuto chegam os cavalos como avisou a filha do meu pai que se chama Beatriz, chegam os cavalos que fazem sombra no mar e assim que o mar emergir do escuro desaparecemos para sempre.

depois da corrida

Estou sentada não no carro com o meu marido, sozinha num dos degraus que conduzem à praia do estacionamento frente ao mar, a ver as luzes dos barcos. Não ficou bem, recomeça. Estou sentada não no carro com o meu marido, sozinha num dos degraus que conduzem à praia do estacionamento frente ao mar, sem ver as luzes dos barcos. Outra vez, corrigindo a partir de frente ao mar. Estou sentada não no carro com o meu marido, sozinha num dos degraus que conduzem à praia do estacionamento frente ao mar, mais a ouvir que olhando e não são as ondas que oiço, é o que mora no interior das ondas e as vozes que me acompanham desde a infância, da minha mãe, dos meus irmãos, minhas, algumas quase inaudíveis de tão antigas, a dona Mimi por exemplo
— Tudo sujo tudo sujo
nítida numa esquina da memória e gaivotas com ela, a Mercília a pentear-me desenredando madeixas
— O que fez a este cabelo menina?
e não fiz nada palavra, nasci esquisita desculpa, a minha mãe até ao fim
— Devias usá-lo curto Beatriz
mesmo ao sairmos do médico no princípio da doença, uma dor que ia e vinha, o estrangulamento que dificultava os pulmões e o doutor
— Vamos esperar um mês talvez sejam só nervos
e não eram só nervos porque a cara mais comprida e a roupa mais larga, o médico com pena dela a dizer-me num movimento de mão
— Tenha pena também
mesmo ao sairmos do médico os dedos a avaliarem-me o cabelo
— Devias usá-lo mais curto

e eu a entender que não era no cabelo que pensava, era nela, o que irá suceder-me, os dedos largavam o cabelo e mediam a garganta, o que se passa com o meu pescoço, tenho um relevo aqui, comigo no tonzinho de quem não dava fé

— Apetece-lhe descansar naquele banco enquanto esperamos o táxi?

e não lhe apetecia descansar, não lhe apetecia que a afligisse com a minha aflição porque se te afliges uma doença de verdade e se não te afliges nervos que entrando em casa um chazinho há-de resolver, resolve, repara que engordei e as cadeiras me impedem de erguer-me, não é que esteja sem força, são as molas, não me falham os dedos, repara no meu braço, nem treme, não sossegam enquanto não me matarem vocês e não me matam tão cedo, os médicos exageram sempre, é a profissão deles, ando óptima e ao anunciar

— Ando óptima

um tendão que ela não esperava avariou-se e um desmaio na voz, a minha mãe com medo que eu me apercebesse do tendão, não voltas a trair-me, não consinto, não mostras à minha filha ou seja não me mostras a mim que o meu corpo desiste, deixa-me fingir que tenho esperança ou inventar uma esperança, acho que sou capaz de inventar uma esperança visto que a cabeça funciona, aliás só a cabeça funciona, devias usar o cabelo mais curto e na cabeça, a ocupar tudo, o pânico, não são nervos senhor doutor é o pânico, como se explica o pânico, agarra-me o pulso e não permitas que eu morra, os outros morrem, eu não, tirar as minhas fotografias do álbum onde somente defuntos para impedi-los de me pegarem a morte, usei farda no colégio, tive uma bicicleta, prefiro arroz a massa, acredito em Deus, não sou um nome nem uma criatura ao acaso, sou eu e por conseguinte é impossível morrer, a Mercília que morra por mim que é para isso que lhe pago

— Se prefere que morra no seu lugar eu morro menina

não

— Menina

hoje em dia

— Senhora

a Mercília

— Se prefere que morra no seu lugar eu morro senhora

a respeitar-me, a obedecer, pertence-me, não usou farda no colégio, não teve uma bicicleta, a tua avó nunca a beijou, se caísse na asneira de lhe perguntar
— Não beija a Mercília mãe?
a tua avó ofendidíssima
— Endoideceste?
e no entanto faleceu, se a tua avó faleceu quem me garante que não faleço como ela, a tua avó de perfil no caixão e dentro de mim
— Felizmente não sou eu
não suporto a ideia da minha filha Beatriz a pensar, comigo de perfil no caixão
— Não sou eu
e o alívio nas pregas da tristeza, receber pêsames, calibrar as lágrimas e a ampará-la no fundo do desgosto o consolo
— Não sou eu
a minha filha Beatriz que devia usar o cabelo mais curto, peço ao Nuno Miguel
— Ponha a minha filha decente
e se mando
— Ponha a minha filha decente
continuo a existir, vamos esperar um mês, vamos esperar dez anos, daqui a instantes noite e no compartimento às escuras o queixo dentes apenas, gavetas cheias de ossos não de talheres ou mantas e o pânico a crescer, qual a razão dos quadros, as mesas e os filhos durarem se não duro com eles, os meus perfumes não vazios, quase cheios, uma tarde na Pensão Royal vi crias de gaivota nas rochas, não brancas e pretas como as adultas, cinzentas, a sétima onda ao arredar a espuma levava uma ou duas, sumia-as nos intervalos dos penedos onde as mães as procuravam e logo que um peixe numa cova esqueciam-se delas, prometam que não me esquecem e o meu lugar à cabeceira, o meu tricot à espera, a Mercília desenredando madeixas e o pescoço da minha filha Beatriz para um lado e para o outro coitada
— O que fez a este cabelo menina?
eu esquecida da minha mãe e do doutor
(isto séculos antes da minha mãe e do doutor)
não fiz nada palavra, nasci esquisita, desculpa, o vento soltava-o do laço, a humidade encaracolava-o, o sol mudava-lhe

os reflexos e por baixo do cabelo, arredando-o, as feições, olha as pálpebras assimétricas de que não falam e eu vejo, a minha mãe morreu o mês passado no domingo de Páscoa e chovia, a roseira sem galhos, o salgueiro dobrado, a Mercília bengala após bengala em passos conquistados um a um, como é ter oitenta anos Mercília e o mundo exausto, não nós, tudo o resto pára e a gente continua, se não houver pés os cotos continuam, se não houver cotos as unhas cravam-se na terra e continuam, se não houver unhas os dentes que sobram continuarão na teimosia dos insectos que ultrapassam folhas pedras raminhos no sentido de um buraco que se não adivinha onde fica e eles no buraco a fitarem-nos, como é possível tanto vibrar de antenas, tanta atenção e tanto alarme, não disse nada quando o meu irmão Francisco nos despediu, não li as promissórias, não me debrucei para as dívidas, não me ralei com a quinta, alegrou-me que os cavalos cessassem de fazer sombra no mar e foi tudo, não dou atenção ao meu filho a encaixar metades de brinquedo na alcatifa, a Mercília na camioneta da carreira, a minha irmã Ana no baldio, o meu irmão João no parque, eu sentada não no carro com o meu marido, sozinha num dos degraus que conduzem à praia não a ver as luzes dos barcos nem sem ver as luzes dos barcos, a ouvir e não são as ondas que oiço, é o silêncio no interior das ondas e as vozes que me acompanham desde sempre e mal as vozes se calarem levanto-me e regresso a casa. Quer dizer não sei se tenho casa mas é a casa que regresso.

FINIS LAUS DEO

(escrito por António Lobo Antunes em 2008 e 2009)

Este livro foi impresso
pela Lis gráfica para a
Editora Objetiva em
novembro de 2009.